中国现代文学馆青年批评家丛书

丛书主编 吴义勤

金赫楠 著

我们怎么做批评家

北京大学出版社
PEKING UNIVERSITY PRESS

图书在版编目（CIP）数据

我们怎么做批评家 / 金赫楠著 . —北京：北京大学出版社，2017.4
（中国现代文学馆青年批评家丛书）
ISBN 978-7-301-28024-9

Ⅰ.①我⋯ Ⅱ.①金⋯ Ⅲ.①中国文学－当代文学－文学评论－文集 Ⅳ.①I206.7-53

中国版本图书馆 CIP 数据核字 (2017) 第 022699 号

书　　　名	我们怎么做批评家 WOMEN ZENME ZUO PIPINGJIA
著作责任者	金赫楠　著
责任编辑	李治威　黄敏劼
标准书号	ISBN 978-7-301-28024-9
出版发行	北京大学出版社
地　　　址	北京市海淀区成府路 205 号　100871
网　　　址	http://www.pup.cn　新浪微博:@北京大学出版社 @培文图书
电子信箱	pkupw@qq.com
电　　　话	邮购部 62752015　发行部 62750672　编辑部 62750112
印　刷　者	三河市国新印装有限公司
经　销　者	新华书店 660 毫米 ×960 毫米　16 开本　16.25 印张　230 千字 2017 年 4 月第 1 版　2017 年 4 月第 1 次印刷
定　　　价	42.00 元

未经许可，不得以任何方式复制或抄袭本书之部分或全部内容。
版权所有，侵权必究
举报电话：010-62752024　电子信箱：fd@pup.pku.edu.cn
图书如有印装质量问题，请与出版部联系，电话：010-62756370

目 录

丛书总序　　吴义勤　5
我们怎么做批评家（代自序）　　7

第一辑　作为写作的文学批评

《第七天》，盛名之下的无效叙事　　3
妙笔生花，或者喋喋不休
　　——阿袁小说论　　13
当我们谈论知识分子，我们在谈论什么
　　——关于《桃夭》　　23
作为写作的文学批评　　28
《红楼梦》，熙攘与围观　　36
2014：关于中篇小说的几个关键词　　42

第二辑　小说家的青春期

马小淘的声音
　　——关于小说集《春夕》　　57
从一个任性的"我"中走出来
　　——读蒋峰《白色流淌一片》　　66

80后，渐露峥嵘
　　——2015年的80后小说写作　　74

短篇小说，与80后写作　　78

当年离家的年轻人
　　——关于甫跃辉小说集《安娜的火车》　　81

北京，北京
　　——徐则臣和他的"京漂"小说　　86

小说家的青春期
　　——阅读颜歌　　90

《茧》：一次冒险的文学旅程　　96

以青年的名义
　　——关于《人民文学》2016年青年写作专号　　101

旧海棠笔下的六个故事　　105

乡土·乡愁，与80后小说写作
　　——以颜歌、甫跃辉、马金莲为例　　116

青年失败者：当下中国故事一种　　127

第三辑　笔谈

关于先锋文学、《红楼梦》，关于许多文学问题
　　——金赫楠对话李浩　　133

写作：对抗生活的力量
　　——金赫楠对话胡学文　　149

荒诞与真实
　　——金赫楠对话刘建东　　170

生活深处的残酷与温暖
　　——金赫楠对话张楚　　182

第四辑　我们这个时代的文学生活

一个女人的史诗
　　——从《甄嬛传》到《芈月传》　*195*

多媒体背景下的文学写作之我见　*203*

网络言情小说二三事　*206*

成长的真相
　　——那些成长电影　*217*

职场，office lady，与白日梦
　　——关于职场小说　*221*

我们这个时代的文学生活
　　——新媒体背景下的80后写作　*227*

附录

感觉·见地·立场
　　——金赫楠文学批评印象　*235*

固执、尖锐与个人才能
　　——金赫楠印象　*245*

丛书总序

中国现代文学馆是在巴金先生倡议和一大批著名作家的响应下，于1985年正式成立的国家级文学馆，也是目前世界上规模最大的文学博物馆。中国现代文学馆的主要任务是收集、保管、整理、研究中国现当代文学书籍、期刊以及中国现当代作家的著作、手稿、译本、书信、日记、录音、录像、照片、文物等文学档案资料，为文化的薪传和文学史的建构与研究提供服务。建馆二十多年以来，经过一代代文学馆人的共同努力，中国现代文学馆的事业不断发展壮大，现已成为集文学展览馆、文学图书馆、文学档案馆以及文学理论研究、文学交流功能于一身的综合性文学博物馆，并正朝着建成具有国际影响的中国现当代文学资料中心、展览中心、交流中心和研究中心的目标迈进。

为了加快中国现代文学馆学术中心建设的步伐，中国作家协会党组决定从2011年起在中国现代文学馆设立客座研究员制度，并希望把客座研究员制度与对青年批评家的培养结合起来。因为，青年批评家的成长问题不仅是批评界内部的问题，而且是一个对于整个青年作家队伍乃至整个文学的未来都具有方向性的问题。青年评论家成长滞后，特别是代际层面上70后、80后批评家成长的滞后，曾经引起了文学界乃至全社会的普遍担忧甚至焦虑。因此，客座研究员的招聘主要面向70后、80后批评家，我们希望通过中国现代文学馆这个学术平台为青年评论家的成长创造条件。经过自主申报、专家推荐和中国现代文学馆学术委员会的严格评审，中国现代文学馆已经招聘了三期共30名青年评论家作为客座研究员。第四批客座研究员的招聘工作也已经完成。

四年多来的实践表明，客座研究员制度行之有效，令人满意。正如中国作协党组书记李冰同志在中国现代文学馆第二批客座研究员聘任仪式上的讲话中所指出的那样，青年评论家在学术上、思想上的成长和进步非常迅速。借助客座研究员这个平台，通过参加高水平的学术例会和学术会议，他们以鲜明的学术风格和学术姿态快速进入中国当代文学批评现场，关注最新的文学现象、重视同代际作家的创作，对于网络文学、类型小说、青春文学等最有活力的文学创作进行即时研究，有力地介入和参与着中国当代文学的创作实践，在对青年作家的研究及引领方面发挥了不可替代的作用。作为70后、80后批评家的代表，他们的"集体亮相"，改变了中国当代文学批评的格局和结构，带动了一批同代际优秀青年批评家的成长，标志着70后、80后青年批评家群体的崛起。鉴于客座研究员工作的良好成效和巨大社会反响，李冰书记在第一批客座研究员到期离馆时曾专门作出了"这是一件功德无量的事情，要进一步扩大规模"的批示。

为了充分展示客座研究员这一青年批评家群体的成就与风采，中国作家协会和中国现代文学馆决定推出"中国现代文学馆青年评论家丛书"，为每一位客座研究员推出一本代表其风格与水平的评论集，我们希望这套书既能成为中国当代文学批评的重要收获，又能够成为青年批评家们个人成长道路的见证。丛书第一辑8本、第二辑12本分别在2013年6月、2014年7月由北京大学出版社推出后引起了巨大反响，现在第三辑11本也即将付梓出版，我们对之同样充满期待。

是为序。

吴义勤
2016年夏于文学馆

我们怎么做批评家（代自序）

正襟危坐于电脑前，敲下这些文字的时候，我突然发现，不知不觉中，被称作"青年批评家"已经很久了——而在我一直以来的意识中，阅读小说并把阅读体会写成文章，更多的是文学青年的兴致与兴奋所在。

是的，这就是我开始写作文学批评的缘起。作为一个没有 C 刊考评压力、不在现有学术规训和考核体系之内的文学青年，作为一个从小在师长"学好数理化，走遍天下都不怕"的督促声中插上门窃读《红楼梦》的阅读爱好者，阅读一直伴随了我的青少年时代，参与了我青春期内心的成长。出生于 1980 年代的我们，作为中国第一代独生子女，一边享受着来自家庭与社会空前的注目与宠溺，一边又遭遇着来自前辈与时代的从所未有的批评和质疑；在面对更多机会、更多选择、更多自由的同时，也不断彷徨于更多桎梏、挤压和挑战之下。如此种种，文学阅读，提供了最亲密的陪伴和抚慰。所以，我读，然后兴致之所在，我会写下自己的阅读感受——那些穿梭在文本的字里行间所生发出来的感动、喜悦和百感交集，又或者疑惑、踟蹰甚至愤怒。

其实，直到现在，我仍然认为：所谓文学批评家，究其本质，首先不过是一个读者。若说有什么特别之处，他大概比一般读者更不幸：当大家沉醉在情节人物之中恣意啼笑时，当普通读者代入自己"听评书落泪、为古人担忧"时，那个被称为文学批评家的人，得保持足够的置身事外。他不能仅从整体上去欣赏和感受一部作品，而要把其拆解成形象、语言、结构、思想，以及它们之间的相互关系。所谓文学批评家，究其本质，更不过是一个文学写作者。与其说在研究和解读别人的作品，不如说他是在经由这些作品，呈现自己关于世界的打量与思考、释放自己的内心情愫与张力。

基于此，我坚持认为，文学批评不是在指正培训作者，更不是引领教导读者；确切地说，它是以自己关于作家作品的那些文字，分享阅读，分享自己关于自我内心和外部世界的种种感受和思虑。世界之大，人的孤独与惶惑，挣扎与不甘，在这个过程中，文学提供了独一无二的见证与陪伴。而文学批评，作为同作家作品密切相关的文字，作为文学写作的一个门类，它同样需要浸润携带着对世事人心的了然与困惑，对世相百态的热爱与警惕。而不是一味地学术化到"无人之境"，畸变成"屠龙之技"。

而我自己的文学研究和批评写作，近来颇有几个困惑，或说一直未能解决的疑难——

一是，如何找到自己。我有时会倦怠和虚无，会在奋笔疾书用功时突然忍不住去沮丧和怀疑：我现在写下的这一篇文学批评，在当下高年产量的浩瀚文章海洋里，何以存在？或者说，我认为做当代文学批评一定要找到自己个性化的语言方式、表达方式和切入文本的立场角度，要拥有一种高识别度的批评声音。但我一直没有找到，一直在流行的、给定的腔调和范式中烦腻焦躁地打转，却又难以摆脱。

二是，如何找回初心。文学青年注定要慢慢长大、渐渐老去。从"文学青年"到所谓"文学批评家"，一路所持续加载的那些深刻、厚重、担当等等"大"词，以及圈子化、权力化、秩序化等等，在这样的过程当中，怎样始终保障和保持文学的初心与文学批评的初心？

如上，我老实地发布了自己对文学批评的基本观念和观点，更直接坦陈着一直困扰我的未解之惑，是为我的文学批评观。

第一辑

作为写作的文学批评

《第七天》，盛名之下的无效叙事

一

如果一部长篇小说雄赳赳、气昂昂地宣称要表现最当下的中国现实，"正面强攻时代"，那么我为写作者的勇敢和担当喝彩，同时也为他捏足一把汗。

我们可能比任何时候都更急切地渴望书写当下的作品，千呼万唤、左等右盼。我们渴望那些对应着中国当下经验的叙事，除了穷形尽相地铺展罗列当下的五光十色与光怪陆离，更经由它们打量和探究当下之惑、之痒、之兴奋癫狂、之苦痛艰深。就在我写作这篇文章的时候，放在桌上的手机频繁响起，订阅的手机新闻接踵而至，不断刷新地发布着刚刚发生的一个又一个中国新闻：世纪大案的庭审记录、"表哥"受审、被挖眼的六岁男童、车祸、工业原料泄露……当你还来不及为上一则新闻中的遇难者唏嘘悲痛的时候，下一个更让人瞠目结舌的事件已经发生。我们身处一个速度飞快且姿态决绝地奔跑中的当下中国，城际、动车、高铁、磁悬浮，中国速度在短时间内不断刷新、屡创新高；希望与无望同在，生机勃勃与垂头丧气共生。这就是我们身处其中的复杂中国，一个多层次错落交叉缠绕着的立体多面体，一个无法名状的巨大存在。在这目不暇接之中，我们比以往任何时候都更急切地渴望关于时代的某种言说与阐释，想要通过文学去厘清时代的脉络、接近现实的底色、理解他人的真理。

而讲述一个正在发生着的中国故事，却是难度巨大的。难度之一在于，如何与身处其间的现实保持一种审美距离？我们往往都同现实如胶似漆、不能自拔，因为身处其中，因为休戚相关，所以很容易从个人立场和现实境遇出发去看待、理解正在发生中的人和事，把自己的思考和创作局限在直接经验当中，局限在当时当地的逻辑秩序当中，缺少理性过滤和美学沉淀。讲述当下的难度还在于，写作者与读者共时地生活在文本所描摹的现实中，同书写历史的作品相比，更容易面临读者"像"与"不像"的追究。所以，也许与当下拉远距离的叙事更容易实现优美、引人入胜，深刻与厚重。大概因为，站在历史的前置最高点，作为一个抽身其外的叙述人回望岁月，他所讲述的本就是安放在历史中自洽的段落，它们是相对静止、清晰、完成时的，很多甚至已经被明证和检验。而且，隔着厚厚的尘与埃，旧时光往往都会无端地平添几分诗性与传奇性，这些都增加着小说的内在张力和美学力量。

如果著名先锋作家余华笃定地表示，这是他"迄今为止最好的作品""比《活着》更荒诞，比《兄弟》更绝望"，那么作为余华的一个长期关注者，我满怀期待，同时也深表疑虑。

余华的写作一直贯穿着一个主题：他想要呈现中国式的苦难与残酷，同时探寻中国式的救赎应对之道。从《十八岁出门远行》《往事如烟》到《活着》《许三观卖血记》，及至《兄弟》，莫不围绕着这一主题铺展叙事。在《兄弟》之前，面对中国式的苦难经验，余华还是有力量的，至少他自认为是有力量的，他在罗列苦难的同时致力于探究苦难的救赎之道。余华呈现出的承受与救赎除了如很多评家所言"温情地受难"，除了《活着》和《许三观卖血记》，还有《现实一种》那种从承受苦难到施加苦难、升级暴力的急遽转身。余华前期的作品部分地实现了对这一主题的有效书写，福贵和许三观一定程度上成为中国式苦难的代表人物。但是余华也一直存在一个致命的问题：他言说的有效性，往往是通过牺牲人物的生动、生气，牺牲生活的枝蔓和汁液，牺牲世界的自在逻辑来实现的。余华一直使用一种极端主观化、概念化的方式来把握世界，他笔下的人物，从十八岁出门远行的"我"到山峰山岗兄弟，从自虐的历史教师到为活着而活着的福贵，都是余华表达自己理念的工具和道具，不是血肉丰满、个性生动的人，只是符号化了的一个存在。人在具体的环境下基于自身逻辑的荒诞性与合理性，人的现实困境和灵魂灾难，人的最个人化的内心细节，这些都被余华忽略了，有意和无意地忽略了。

饱受诟病的《兄弟》之后，再次闭关多年后写下的长篇小说，余华这一次能为这个时代提供自己的什么独特发现与思考？他一直是时代大命题的勤奋思考和探索者，他从未湮灭和掩饰自己巨大的写作抱负与野心，面对当下如此复杂丰富的世事人心，面对时代的迷惑与迷茫，余华能从中感受、发现什么？中国式的苦难和承受，在时代高歌猛进的狂欢中依然存在，且以更复杂更诡异的方式分布在各个阶层各种人群，余华怎样延续和拓展他的主题关注？我满怀期待，更不无担忧：他会不会延续之前的旧方法？他会不会在《兄弟》的惯性下继续媚俗？他的新作，会不会让我和我这样的读者心理扑空，感觉失望？

二

小说名为《第七天》，扉页上引着《旧约·创世纪》中的文字，而文本中的结构方式与叙事框架，却分明对应着中国传统葬仪中的"头七"。一个亡灵，因为没有将以安息的墓地，在地狱里游荡了七天，每一天都邂逅更多的孤魂野鬼，知晓各种各样不可思议的死亡。余华选择了这样一种荒诞的结构方式，从现实世界结束的地方开始他的亡灵故事，七天七个章节，通过七天的地狱之旅串起了一系列的社会热点事件。现实世界和现实逻辑中本不可能近距离发生关系的杨飞、鼠妹、死婴、袭警者与警察等人通过这种结构轻易地实现了相遇和熟识；卖肾、强拆、袭警、车祸、爆炸、食品安全等触目惊心的社会事件经由这一结构简单地被串烧在一起。结构从来都不是单纯的技术问题和形式选择，文本结构很多时候反映着写作者如何理解和介入他所书写的人和事，如何处理各种经验。具体到《第七天》，荒诞结构的使用让小说获得了一种开放性，方便着作者塞进一个又一个本来毫无瓜葛的热点事件。但是在同时，这种碎片化的结构方式，也恰暴露了余华从整体上去考量、思虑和把握中国当代现实的无力，而这种无力早在《兄弟》中就已显现，面对纷繁芜杂、泥沙俱下的时代与现实，余华只能给出一种碎片化的呈现，平面化的描述。

文学应该在什么层面去介入现实、去讲述正在发生着的时代？那些人和事，我们早已通过新闻、微博等媒体方式，通过茶余饭后口耳相传的八卦方式详细地知道，那么，当余华作为小说家面对和介入的时候，读者为什么还要耐下性子听他再讲一遍？他介入这些旧新闻的独特视角、独特之处在哪里？当下中国，不缺少耸人听闻的案例，不缺少匪夷所思的事件，不缺少焦点热点和各种敏感词。我们每天浸淫其中，主动或被动，自觉或不自觉。当人们已经被这些信息包围、浸泡之后，如果要重新温习那些事件，其中的惊悚、荒诞其实已经很难对我们这些近乎麻木的心灵产生有效的击打与震撼。习惯刷微博的人都知道，没有最荒诞，只有更荒唐；没有最不可思议，只有更匪夷所思。那么，余华把这些微博热点和新闻焦点汇总串烧到他的小说叙事里，他要怎样处理、怎么去完成一次有效的叙事？

至少，他必须重构那些事件，重构那些作为小说基础材料的当下经验，完成一个既同现实紧密相关，同时又自成一体的文本天地。小说早已不是时代的留声机和书记员，穷形尽相地描绘、呈现所谓的世相真实太嫌表象和简陋。当新闻中的人和事进入小说，成为叙事对象，他们的命运也发生了变化：从被简单播报起因经过结果的对象，从被单纯道德评价与法律审判的对象，从被围观被八卦被同情被讨伐的对象，变成了写作者悉心揣摩、体恤，同时又冷峻审视、追问的灵魂。又或者，他们作为叙事素材，恰对应着写作者心中的某种契合，成为作家阐释自我、言说世界的一个支点。当新闻意义上的他人的事件与命运进入文学叙事，他们都变成了"作家自己"，作家自己的欢喜与疼痛必须注入他所书写的对象。《安娜·卡列尼娜》的写作就源自一则当时的社会新闻，19世纪70年代俄国新旧交替的历史大变革时期，托尔斯泰感慨于时代风云中家庭伦理和妇女命运的变化，以一则妇女自杀的新闻为素材写作了《安娜·卡列尼娜》。在写作中，托尔斯泰凭借自己对时代、社会、家庭、个体的深入观察和思考，成功地重构了事件中的人物和人物关系，使这部小说从最初只表现由一个妻子的不忠实而引发的家庭悲剧，发展成为一个通过讲述家庭故事，反映六七十年代广阔而复杂的、正在经历剧烈变动的俄国社会生活的宏伟的历史画卷。鲁迅名篇《药》的写作灵感也来自秋瑾被杀的社会事件，他的写作没有局限在扼腕喟叹，他从现实之痛切入了历史之殇，从此时此地的时代伤痕切入了历史文化根系的探究和反思，在叙事重构中实现了深刻的国民性批判。现实变成小说，新闻进入叙事，当然要有复杂而深刻的一系列变动，没有变动，它就只是新闻，这种变动是作家必须要有效完成的。而在《第七天》中，余华用事件的堆积，向我们展示了纷繁、烦乱的当下社会生活，仅此而已，他未能深入其肌理和血肉，实现之前我所说的重构。

这里，请注意，我想强调的是，没有任何一个时代是从天而降、倏忽而成的。所谓时代风云和现实百态，我甚至想武断地说，单纯地记录这些，无论如何的离奇曲折，如何的叫人唏嘘感叹，其实在小说的谱系中，这原本是没有价值的。各种大事件，各种纷繁乱象与光怪陆离，如果它们在小说叙事中是有价值和意义的，那么一定是在写作者确认了这些刚刚发生在身边的事件与现象，它们产生和存在的源头、与之有关的文化根系在哪里。在这个时候，它们才具有了小说美学上的审美价值。一言以蔽之，事件本身不足以构成小说审美的对象，现象背后各种驱动力的纠葛缠绕的巨大张力才是价值所在。基于上述理由，《第七天》纵使用力十足，却怎么看也不过是剪报本和串烧段子。

阅读余华，一直觉得他缺乏一种耐心。从前是，现在还是，及至《第七天》的写作，余华的小说读来仍有速成之感，虽然号称七年磨一剑，但文笔间分明有匆忙、潦草、未及深入体会思考的嫌疑。之前的不耐烦，也许是他太笃信自己所选择和秉持的观念、主义、思想，他认为这些足以笼罩笔下的经验世界；而现在的不耐烦，则是余华失去了有效的思想资源，失去了观察、理解当下的思考力与表现力。《第七天》中感受到的余华，他更像是一个时代的旁观者。从《10个词汇里的中国》到《第七天》，余华以为他可以在十个词汇里、七天的地狱之旅中写明白当下中国，他实在是简化了时代，也低估了读者。在《兄弟》之后，余华再一次地把中国当下的众生百态，把我们这个民族的复杂经验简单化了，他在潦潦草草地感受当下，"匆匆忙忙地代表中国"。在《第七天》中，余华不是用心去打量和体察现实，不是用灵魂来写作，而是在用鼠标点击现实，用键盘转发中国。

从《兄弟》到《第七天》，能感受到余华作为一个作家的现实焦虑与介入激情。面对复杂丰富的当下中国，余华给出的解决之道是：再造一个世界，一个疏离于既有现实世界、既有生死轮回的所在："死无葬身之地"。他没有足够的力量去理解、阐释、应对当下中国荒诞的存在，于是他简单地、粗蛮地将那个存在彻底摒弃和放逐，再造了一个乌托邦：

> "那里树叶会向你招手，石头会向你微笑，河水会向你问候。那里没有贫贱也没有富贵，没有悲伤也没有疼痛，没有仇也没有恨……那里人人死而平等。……那是什么地方？……死无葬身之地。"

这个地方，看起来很美，但是这种再造对中国当代现实是无效的，完全无效的。

三

坦白说，余华不是我喜欢的作家类型。当他以一篇篇惊世骇俗的小说活跃在80年代中后期的时候，我刚上小学一年级；而当我开始阅读余华的时候，他和他的小说早已位列文学史，已经笼罩太多的光环，所以当我怀着一种先期的热情和敬畏进入文本阅读的时候，我很失望。这种失望，一度令我怀疑自己的口味和品位，甚至愧于告诉别人，因为一直有一批专家和学者，在不遗余力地假设、论证、总结着余华小说的深刻与伟大，意义非凡与意味深长。《兄弟》出版那年，我曾经写过一篇恶狠狠的文章，将余华甚至先锋文学批评得一无是处，现在看来，其中的一些观点我现在仍然坚持，但也发现自己当时严重的偏颇与片面。关于先锋文学，我越来越认可，先锋写作在某种意义上说是一种找回，一种对真正的文学传统和文学语言的找回。1977年开始的新时期文学的演进，那长达十几年的命名更迭、高潮迭起的思想潮动和叙事实践，从伤痕文学开始，都贯穿着一种找回的焦虑和努力，找回属于文学的语言方式、情感方式、灵魂方式。作为先锋文学的代表人物，从初次阅读余华开始，我就一直心存疑惑，小说家余华在他前期的作品中为何如此笃爱暴力和鲜血，难不成他真的"血管里流的不是血，是冰碴子"？我曾经以为这只是他的一种写作策略，但现在想来似乎又不全是。记得读他的《1986年》时，可能作为一个女性读者我的承受能力有限，伴随着阅读的深入我甚至有生理上的不安，那血肉模糊的文字，露着骨头茬的叙事。后来我看到余华一段自述，他说：

> "我和我的哥哥经常在手术室外活动……这也是我童年经常见到血的时候,我父亲每次从手术室出来时,身上都是血迹斑斑,即使是口罩和手术帽也都难以幸免。而且手术室的护士几乎每天都会从里面提出一桶血肉模糊的东西,将它们倒进不远处的厕所里。"

余华的父母都是医生,他的童年就是在医院里度过的。这样的童年经历,使得"血肉模糊"这样一个让常人惊悚的意象,在余华的童年记忆里面却似乎司空见惯。当然,我们不能仅仅因为这些,就把余华童年记忆中的血迹斑斑与他小说中的血腥联系起来。要知道,一个人的童年记忆,该是多姿多彩的吧,有很多场景、很多感受作为画面保存在记忆里。而当他长大成人之后,童年记忆将怎样从存储中跳出来,影响一个人的当下?我理解,记忆是需要被激发的,当一个人在当下的现实中遭遇了什么,这种遭遇会激发出他内心深处与之契合的童年回忆,回忆中的氛围、气味、感觉又会反过来影响一个人对于现实的感受与认识。余华该是被"文革"影响至深的一代人,"文革"开始的时候他刚上小学,"文革"结束的时候他高中毕业,也就是说他个人的生命成熟与心灵成长几乎就是在"文革"中完成的,在成长中他目睹了太多的暴力,他的青春期就置身于浩劫的现场。批斗现场的血淋淋,与父亲医院里面的血肉模糊,这两种记忆相互交织在余华的记忆里面,构成了他心中关于那个年代的一个意象。"文革"带给几代人身体和心灵上的创伤,而浩劫结束之后,几代人又都在用各自选择的不同的方式来平复自己与整个社会、整个民族的创口。前面我说过,那十来年的岁月在余华心目当中是"血色"的,而浩劫带来的创痛感,使得作家有一种叙事的需要:他需要通过鲜血的渲染来涤荡心中的血色,他需要通过暴力的迷醉叙事来抵抗心中对暴力的恐惧与厌恶。在童年记忆与现实遭遇的碰撞下,余华下意识地、而又是有意识地选择了一种表达方式,选择了血腥、暴力与死亡在文本中的肆虐。我甚至觉得,余华在渲染暴力血腥的时候,字里行间是有快感释放的。这是余华作为一个作家选择的写作方式,也是一个受伤的心灵选择的疗救方式,"说出了它就战胜了它"。

所以,那个时候当余华用个人化的细节宣泄内心的时候,个人的创痛感其实就是历史的创痛感,这里面已经包含了一个作家的历史反思与现实承担。余华前期的写作,他介入大命题、大历史的方式是找到了一个时代特征显著,且又契合自己内心敏感点的切入角度。而那时的写作所呈现出的美学力量,恰是来自作家理性层面的现实承担、历史反思与作家无意识中个人内心释放的共同作用。而现在,尽管余华一再强调,"写下中国的疼痛之时,也写下了自己的疼痛。因为中国的疼痛,也是我个人的疼痛",但我在《第七天》的阅读中感受不到他的疼痛,他不是身处疼痛现场的亲历者与见证者,他不过就是那个刷屏触动转发键的微博大V,旁观,多少伴随着唏嘘感慨、愤怒同情,隔膜、苍白。他的打量和思虑,只在新闻事件层面,超过的情节内容,溢出的情感心灵,显在事件以外的前世今生和前因后果,其背后更为复杂丰富的世事人心,都被他忽略了。余华说:"我所有的努力都是为了更加接近真实。"余华还说过:"作家要表达与之朝夕相处的现实,他常常会感到难以承受,蜂拥而来的真实几乎都在诉说着丑恶和阴险,怪就怪在这里,为什么丑恶的事物总在身边,而美好的事物却在海角。"我想,有时对一种真实的过分强调,往往会遮蔽和忽略另外一种真实,当余华把叙事的着力点过重地落足在展示时代的显在伤痛之上时,他忽略了背后太多的复杂与丰富,太多的立场与角度,太多的真实与合理性。

想起不久前喧嚣热闹、毁誉参半的另一部大师新作《带灯》。同样是野心勃勃、毫不掩饰自己"正面强攻"时代的巨大意图,贾平凹也意欲书写最当下的、正在发生的中国社会现实。《带灯》与《第七天》,

贾平凹和余华，两位名列一流的小说家，面对当下的无比丰富与复杂，他们的"强攻"看上去都败得很惨——如果不算发行量和稿费的话。他们经由书房的窗口眺望现实，安享着一线著名作家的种种优越，一面又试图为时代代言、为他人疼痛，这本身就是矛盾的。我也承认，余华也好，贾平凹也罢，一旦他们的写作直指现实，引发争论、争议，甚至恶评如潮，那简直是一定的。前面说过，时代和读者是渴求和苛求的，在一个通过转发就可以轻松传递和获取资讯的网络社会，在一个人人都能随时发布点评、议论甚至价值观的自媒体时代，一个写作者必须具备强大的思想力与技术力，才能满足读者的阅读期待，才能在目不暇接的信息中凸显文学的力量和价值。而我们这些即使所谓一流的作家们，偏偏思考当下、消化现实的能力又真的很弱。况且，所谓正面强攻，这个词可能本身就是一个无效的文本概念，当一个写作者秉持这样一种文学意图去逼近世事人心的时候，他很容易忽略太多的丰富与复杂。小说，还是该贴着人去写，想要写透一个时代，其实只要贴着时代当中一个或几个人在现实中的滚打摸爬，他们的现实境遇和心灵状态，写好了人的小事件、小心思，时代的大模样自然而然也就呈现出来了。

妙笔生花，或者喋喋不休
——阿袁小说论

阿袁的小说，初读让人惊艳，如同林黛玉树下初遇《西厢》，只觉余香满口，且不自觉地择了曼妙的句子默诵于心。再读仍不失趣味。再三再四地读下来，便让人有些不耐烦了。及至再后来，在刊物的目录上看到阿袁这个名字，忍不住就有点腻腻的感觉，全没了初时的吸引和期待。作为一位近年来创作活跃并产生一定影响的作家，阿袁的小说提供着一种文本样式，也演绎着一种文学现象，我想试着写下我对她的阅读感受，以及关于小说的一点想法。

一

阿袁，已经和正在当下的文学阅读中赢得大量的读者，且在专业评论家那里十分讨好，在文学现场日益收获着掌声、销量以及奖杯和奖金。甚至，我犹豫再三仍决定实话实说：即便我自己，其实一度也是很愿意读她的小说的。——作为一个读者，她笔下身姿曼妙的风月故事，一度让我看得有滋有味。

又或者，且允我为她的广受欢迎寻个理由：阿袁的小说确有她的好看所在。好看，是的，就是这个词，很熨帖地对应她的创作。首先，她提供着一个高识别度的叙事声音,诗词歌赋活字典般地熟稔于心,在叙事中挥洒自如地穿插大量古典诗词和典故修辞。阿袁是颇有才情的,小说叙事中缠绕着的唐诗宋词昆曲,字里行间弥漫着的雅致意境,她有本事凭借着自己深厚的古典文学功底,将这些极阳春白雪极书斋的雅,与那些极烟火红尘极市井的俗打通。雅俗之间近乎夸张的对立,形成一种张力,赋予作品一种特殊的审美特质和阅读吸引。又或许,阿袁的小说还在满足着一种窥视的阅读期待,她优雅地抖落出象牙塔里的闺阁秘闻、烟火人生和饮食男女。高等院校、高知阶层、博士教授,这些人们传统观念中远离世俗社会、俗常人生的人和事,却一而再、再而三地在小说中被广而告之:他们在神秘的精英、知识外衣的包裹下,同常人、俗人、普通人一样地斤斤计较利弊得失,念念不忘调情暧昧,象牙塔里的烟火气和利欲心,一点不比外面少,说到底,不过和你我大家都一样,甚至有过之而无不及。读了那些江山、梨园、蝴蝶的小说,读者惊呼,原来女博士们,彼此不是学术竞争,更多是风月较量;原来教授精英们,除了传道授业解惑,著书立说,更多周旋在俗务之间。

想起李敬泽的一段话:"我们对于一个作家的喜爱常常只是因为他的简单,他对应我们的关切,提供了某种取消认识难度,取消经验和情感复杂的简明景象。"我以为,这句话转引过来解读阿袁的小说,恰如其分。风月与词赋齐飞、俗事共雅趣一色的才情文笔,窥视象牙塔的猎奇满足,其实还都只是阿袁小说得以流行的表面道理。我想,最重要的深层原因,是她的写作与这个时代普遍的经验尺度和精神尺度合辙押韵,在价值观和精神取向上与当下社会大行其道的流行语调琴瑟共鸣。小说中的人物性格、相互关系、故事情节,都暗合着当下社会人们的所思所想,让读者有一种熟悉的熨帖。同时,这种熟悉又是以一种貌似陌生的面目呈现:小三不再是传统面目,不再做浓妆艳抹、粗鄙浅薄的狐狸精状,而是温文尔雅、秀外慧中的高知女博;女人间婚恋江山的争夺也不再是泼硫酸扇耳光的老套剧情,而是指桑骂槐、陈仓暗度与围魏救赵。或者说,那些在某一个短暂的具体时间段里,迅速赢得广泛阅读的作品其实大都内含着这个特征,它们的出现不是为了对这个世界已有的成见表达异议,不是为了对流行的喧嚣与热闹表示警惕,恰恰是再次确认那些理所应当、司空见惯,再次对大多数人所以为的世界面目点头称是。

阿袁的小说沉溺于此,太沉溺于此。

二

太沉溺其中的结果,首先导致了不厌其烦地自我重复。我买过一本阿袁的中短篇小说集《郑袖的梨园》,这大概也是阿袁目前唯一的一本小说集,收有她的大部分中短篇小说作品。通读全书之后,我的感觉就是,她的小说是很不适合结集阅读的,一个重要的原因就是,严重的自我重复。这一篇,和下一篇差不多,和再下一篇也差别不大,来来回回不厌其烦地呈现着相似的故事和雷同的人物。阿袁的小说创作,始终醉心于呈现和探讨一种人际现象:女女关系。那些小说貌似风月无边,其实却也是不谈爱情的,在她笔下,男女之情通常都只是一个由头、一根导火索,如她自己所说:"我的小说,几乎没有男女关系,或者男女关系只是障眼法,我真正写的,是女人之间的关系。"她的叙事焦点始终围绕女人之间的相互关系,而这相互里头,没有厚道、亲密,没有真心实意,甚至"两个人的寒冷靠在一起就是微温"式抱团取暖的暂时性亲厚都没有。

举例说明:

《虞美人》中,阿袁这样描述陈果和吴敏之间的关系:

"两个已婚女人开始谈一些男女之事,以及别人的飞短流长——女人之间总是靠这个来说明交情的深浅……吴敏最爱说的是师大那些漂亮女人的丑事，陈小摇最想听的也是这些，两个人你凹我凸，一拍即合。但陈小摇在这个时候，还有些犹抱琵琶的，想听谁的故事，不直接说，却用心思让吴敏自己开口……陈小摇把什么都放在心里，恨也罢，嫉妒也罢，痛也罢，都要包包裹裹，放到角落里，哪怕里面再飞沙走石衣袂翻舞，面上呢，也是声色不动波澜不惊的。"

再看《鱼肠剑》中孟繁和吕蓓卡的关系：

"应该说，和吕蓓卡这样的女人交往其实还是很有意思的。她不仅喜欢搞点女人的小情趣，而且还无比热爱飞短流长……吕蓓卡口才很好，而一说到与风月相关的话题，那更是眉飞色舞妙语连珠。孟繁其实也爱听这样流言，哪个女人不爱流言呢？……可孟繁非做出不爱听的样子……这是孟繁的刻薄处。"

两段引自阿袁不同篇章的文字，但在人物形象和人物关系上何其相似。而我在阅读阿袁时对她自我重复的最大不满更来自于，几乎每一篇小说字里行间都弥漫着相同的气息，呈现着相同的整体面目。在阿袁笔下，女女之间，弥漫的尽是猜忌、防备、争夺，气人有笑人无。她人就是地狱，她们互为地狱。甚至我有时候会感觉，阿袁的一系列小说串起来，倒是很像一部现代高校版的《甄嬛传》。他人就是地狱，我相信，当萨特说出这句话的时候，他是愤怒而绝望的，这愤怒和绝望内含着另一层意思：他人本不该是我们的地狱。而在阿袁这里，她们互为地狱，阿袁站在地狱外，隔着栅栏的空隙观看里头的热闹，有一种看热闹不怕事大的小阴暗，她从中寻到了乐趣，且越发地乐不可支。

阿袁最近出版了一部长篇小说《鱼肠剑》。说是长篇，其实是从同名中篇扩充续写而来——据说是应读者要求而作。对于主要写作中短篇的小说作家来说,第一次写作长篇,除了是对叙事耐心与耐力的挑战,它是作家对自己的一次整理,从思想进度、心路历程到具体的技术操控、语言把握,更是作家面对自己一直以来写作惯性的一次矫正和修改。一个作家对生活的态度,他的小说价值观、文学世界观,他的写作技术,都可以在长篇的写作中获得对自己的再认识和再思考。第一次写长篇,我猜应该是很有意思,很有意义,也颇具难度。可是阿袁的这部长篇小说,却是一次汇集,它汇集了阿袁之前所有作品中的经典脸谱、人物关系和桥段,同之前的十几篇中短小说形成各种对应关系。

　　近些年,对文坛此起彼伏的大小抄袭事件,心虚嘴硬的作者和急于为之辩护的批评家们,极具创造性地使用着这样一个词:致敬。抄了哪位前辈高人的作品,被发现、揭穿之后,即便读者和评家拿出细读剖析的对质样本,抄袭者仍可不紧不慢地说:"我是在以自己的这篇小说,向大师致敬。"比如,向白先勇致敬,向永远的尹雪艳致敬。循此逻辑,其实我们也许不能苛责阿袁一味地自我重复,人家大可以愤愤不平:我是在向自己致敬,不断地向自己致敬。阿袁沉溺于不断地向自我致敬中,以致作为读者,我不得不再次重复本文开头的那段读感:初读让人惊艳,再读仍不失趣味;再三再四地读下来,便让人有些不耐烦;及至再后来,在刊物的目录上看到阿袁这个名字,忍不住就有点腻腻的感觉,全没了初时的阅读吸引和期待。

　　太沉溺其中的结果,还包括,作者在苍白的精神向度上愈发地津津乐道,喋喋不休,以至饶舌。阿袁的几乎所有小说中,都有一个类似旁白者的叙事声音,这个声音除了推进叙事,似乎还有一个更重要的角色:场外解说,台下点评。如果说阿袁一直在编导一出高校饮食男女的精彩大戏,那么其间她所担当的角色除了编剧和导演,似乎更乐于安坐在观众席上,对舞台上人物的一举一动、一颦一笑详加品鉴。她把人物动心计、使心眼的种种跃跃欲试一眼看到底,然后不紧不慢地给读者一一拆解和讲析。我甚至想,阿袁小说吸引读者的,与其说是台上的俗套故事，不如说是场外的解说点评。从《俞丽的江山》《老孟的暮春》……直至《鱼肠剑》，阿袁越来越沉溺于这种解说和点评的角色欲罢不能，仿佛她编导一幕幕象牙塔风月大戏的主要目的，不是为了给读者看，倒是为了自己有笑话可看，有八卦可评，有别人的飞短流长可以品评咀嚼反复吞吐。似乎她更乐于展示的不是故事人物的小说功力，倒像铆足了劲大秀自己的世事洞明、人情练达，大秀自己的看破世相众生与看穿人生百态。她在讲述那些蝴蝶行、长门赋，以及婚姻经济的时候，津津乐道、喋喋不休，背后更暗含着一种诉人丑状、言人八卦的痛快淋漓和居高临下。似乎她对这个世界的主要兴趣就在此：发笑，对着他人的丑行或浪漫发笑。

　　阿袁的小说，始终注视着某种经验中极为微妙的层面。所谓微妙，包含有深奥、复杂，包含有难以言喻、捉摸不定，它是显在关系下的暧昧关联，规则背后的潜在规矩，风平浪静内里的万马奔腾。而这些所谓的微妙，此时，正在人们的当下环境和现实生活里面大行其道，人们认为，能把握这些微妙，就是深刻，至少是深刻。阿袁致力于充分展示人物和自己在这微妙舞台上的长袖善舞，我也在多篇评论文章中读到评家对阿袁之深刻的赞许。阿袁笔下的女性，受过高等教育，身处高校，满腹诗书，精英环绕，有独立的经济收入和社会地位，但是她们骨子里的世俗和庸常，内心深处对传统性别秩序和旧式女性角色的认同与趋附，并不比一个寻常妇人有着如何的超越。她们最擅长和最致力于的，也不过是揣度、算计，随世俯仰，以此来有效地实现同世界的握手言和、拥抱至死。昆德拉说：所谓媚俗，就是用美丽动人的语言表达固有的观念的愚蠢。阿袁貌似无限地接近着人物，知晓她们的小盘算、小伎俩，洞悉她们的小心思、小筹划，对她们的微妙经验了然于心；但其实，她又距离人物遥不可及，始终不曾真正丈量过她们的心灵，那些灵魂的巨大灾难、生命的切肤疼痛，阿袁没有给出一个作家应有的理解与体恤、审视与批判。阿袁更没有试图追问这其中基于自身立场的合理性与必然性,这其间巨大的荒诞和悲剧所在:作为新女性,作为高知阶层,她们何以如此?

三

很多人谈及阿袁,都会扯上张爱玲,甚至有人说,她是张爱玲的当代化身。果真扯得上张爱玲吗?也许,貌似有几分形似,都有一手妖娆华美的文字,都专注于俗世男女的爱恨纠结,张爱玲乍看仿佛也是阿袁这般世故、机巧。但是,请注意,若真的凝神静气地阅读过张爱玲,我们会发现她叙述这世界时候的语调是低缓、沉郁的,虽是携带着冷眼旁观的刻毒,但也内含着一种如泣如诉的哀怨,这怨,源自张爱玲对真爱的渴望发现而不可得。那个"因为懂得,所以慈悲"的张爱玲,她在抖落了人物华丽外袍的同时,在看透了人世冷暖之后,自己也黯然神伤。而且,不知怎么,每次重读张爱玲的小说,我总能感觉到,她对自己的这些看透、了然,她对自己的苍凉与世故,并非陶醉其中,而是多少怀有一点懊恼和抱歉的。张爱玲的荒冷,很大程度上源于自己爱的受挫,而阿袁,她的荒冷,似乎理所当然,从来如此,建立在对世俗经验轻易而决绝的妥协与拥抱。阿袁,她在讲述那些江山攻守、梨园声色的时候,高声大气,语调甚至是亢奋的,这种语调背后,她似乎很为自己的这点子聪明伶俐而洋洋得意、沾沾自喜。

多少年了,研究者和学问家们万语千言地分析、阐释着张爱玲小说的荒寒、残酷与刻毒。可我明明看到,冷笑背后的,悲悯。在一个个破碎的故事、命运和心灵中,张爱玲实现了一种对人生的懂得,对生命的懂得,对世相真实与心灵真实的深刻理解。她理解了凡俗人生基于自身立场的某种合理性。因为懂得,所以慈悲,这懂得和慈悲并非单单指向胡兰成,更是张爱玲写作小说时候的一种心灵状态。她的小说是有悲剧感的,散落一地的碎片狼藉中,我们隐约能看到撕扯之前的美好。我们总在说世俗的张爱玲，其实世俗之下她的精神底色是孤傲的，而这孤傲本身就内含着对世俗的反抗。她对世相人生、对骨肉男女看得通透，与这种通透同时存在的是深深的绝望，和热爱。看破了，却仍不去追问值不值，纵着自己去燃烧，葛薇龙、白流苏、红玫瑰，还有张爱玲自己，冰雪聪明，而又执迷不悔。她的小说往往是一根尖利的刺，扎进读者眼里，更扎在作者心里。所以读张爱玲的时候，我总会有痛感。而读阿袁的时候，只觉得心里闹得慌。

冷笑之下的悲悯和通透背后的反抗，是张爱玲同阿袁最大的也是最本质的不同。恕我直言，阿袁距离张爱玲，还远得很。所以，张爱玲是有精神叙事的。张爱玲是怀着腔子里的一股热血在故作世故，而阿袁是真世故。当故事模糊以后，张爱玲留下美丽而苍凉的手势，而阿袁，则只能让人记起戴着博士帽的一张张怨妇脸，以及场外自始至终滔滔不绝的一条毒舌。

四

就在我写作这篇文章的过程当中，一场狂欢开始并持续发酵着。一场关于文学的狂欢：瑞典文学院决定向莫言颁发 2012 年度诺贝尔文学奖。阔别多年，文学似乎经此一夜之间重新成为社会公共话题，重新回到话语中心，关于莫言和诺奖的种种祝福、质疑、解读、攀附甚至段子在互联网和传统媒体上大行其道。在这种喧嚣和热闹之中，我却不合时宜地想到一个问题：今天，网行天下、"微"力无边的今天，大片横行、剧情无限的今天，当人们经由一部手机动动手指就可以图文并茂地大量获取资讯、故事、众生百相的时候，当人们打开电视各种传奇、故事扑面而来的时候，为什么还要阅读小说？小说将以如何的说服力与合理性在这个时代安放自己？

小说如果在这个时代还有它得以存在和发展的必要，那么它一定要在围观热闹、点评八卦、演绎传奇之外提供更有价值的独特东西。那究竟是什么呢？也许不同的写作者和评家会给出不同的答案，我只能说，在我看来，小说之所以成为小说，它一定包含如下几个要素：

小说的精神是复杂性的精神。正基于此，昆德拉说：每部小说都是在告诉读者，事情远比你想象得复杂。在某种特定的情景下，文学可以是匕首、是投枪，是号角、是呐喊，是经国之大业，是不朽之盛事；小说也可能被看作游戏、被当成消遣，被混淆于大片、肥皂剧、综艺节目之中统称为娱乐，被等同于文化产业之内苛求印数、发行量、利润率。但是究其根本，我总以为，小说提供的最本质的东西应该是对人心的理解和体恤，写作者就要在那些外在的、简单的是非评定与价值判断之外，看到更多的模糊和复杂；打破想当然的是非对错和善恶忠奸，努力深入内心、接近灵魂，为人物的言行寻找理由、提供理解。伟大的小说当中，一定应当包含着对人深刻的理解与深沉的爱。

小说是对人的陪伴。人面对外部世界和自我内心时的承受、桎梏、躁动、不安、挣扎和抵抗，在这一过程中，小说提供独一无二的见证与陪伴。小说家叙述一个故事，告诉我们一个人如何在他的现实里身不由己，并非只是为了论证和确认，他或她只能如此、理应如此，并非只是展示外部环境在如何地施加于人，而恰恰是求证人对这些的对峙、反抗和抵御，在这个过程中人的主体力量的体现和感悟。这才是小说不仅作用于感官，且更震撼和深入灵魂的力量之所在。

小说是葆有温度与痛感的文字。文学作品的力量，很大程度上来自写作者的情感态度，来自它的感染力。一部好的文学作品，它一定是通过影响人的情感体会，进而影响人的理性认知和价值判断。那种片面着力于追求高度与深度、忽略温度的写作，其实是偏离了文学的基本品质。这是一个集体麻木的时代，人们内心疼痛感普遍缺失，流行的是司空见惯与见怪不怪。很多作家，选择了麻木自己感知疼痛的神经，很多写作，都失去了疼痛的愿望与能力。他们津津乐道于斤斤计较和寸寸拿捏,醉心探讨如何看眉眼高低、怎么学进退自如,怎么同现实更好地握手言和、拥抱至死;没有疼痛,没有责之切,没有爱之深。

用上述我的这些标准来要求阿袁的小说创作,也许很偏颇,也许是苛求,似乎更显得不够厚道一些。但我仍然写下了如上的那些文字,算是我对当下小说和文学现场的一个提问。无论如何,写作者都不应该是一个仅仅把世界当作一台大戏去看热闹、播报热闹、点评热闹的人。他更应该是这热闹的破坏者与打扰性力量,无论是否有效,长久或短暂,他总得想方设法让这世界和人心更沉静、柔软、丰富一些,全力以赴地用静默的力量试图唤醒热闹中的喧哗与骚动着的灵魂。

当我们谈论知识分子,我们在谈论什么
——关于《桃夭》

《桃夭》是作家张者2015年出版的长篇小说,也是其"大学三部曲"系列长篇的收尾之作——前两部分别是《桃李》《桃花》,三部小说都以大学为背景,以大学师生为主要描摹对象。《桃夭》的书封上赫然印着"讲述知识分子的挣扎与突围",而出版以来文坛内外关于这部小说的评价也主要集中在类似的表达——"寻找一代人的精神谱系""描写一代人的精神质地""当代知识人群生活的咀嚼与审视",等等。所以,虽然对之前的《桃花》和《桃李》并不满意,当我翻开《桃夭》阅读之前,对这样一部被同行和评论家交口称赞的、以知识分子为题材和书写对象的小说,还是怀揣了期待。我的期待,源自对知识分子这样一个特殊社会群体和阶层的关注,更源自新文学演进中知识分子题材小说的苍白和匮乏。但是,坦白地说,阅读《桃夭》的过程,却是对这部小说不断失望的过程。

《桃夭》从一个中年律师邓冰的离婚事件写起,用一场重返大学校园的同学会,串起了一群法学专业毕业生从婚姻到事业、从现实境遇到精神状态,逐渐陷入中年危机的生活状态。阅读的时候,我能感觉到作者力图经由这样一群人的中年危机故事,去呈现当代知识分子的时代处境，探讨这一人群的历史定位和出路。但遗憾的是，作者明显地力有不逮，并未处理和表达好这个本该充满文化张力和人性张力的题材。《桃夭》中大量穿插了各种"段子"和打油诗，各种流行的对知识分子的调侃和讽刺，诸如"防火防盗防师兄、爱国爱家爱师妹""北大的，一半同学批判另一半同学；政法的，一半同学抓另一半同学"……作者大概想要借此来增强小说的真实性和当下感，营造叙述中的黑色幽默和荒诞感，但这种腔调在小说中不加节制地泛滥，给整部作品笼罩上一层恶趣味和油滑腔，刻薄之气太重。面对知识分子群体在时代大节奏中的精神萎靡和现实无力，《桃夭》的叙述沉溺于对生活的原生态复制，其间既无深刻冷峻的批判，也无深沉的理解和悲悯。

　　我对《桃夭》的另外一重深深失望或说不满，来自小说中不自觉流露出来的陈腐庸俗的女性观和性别认知。《桃夭》中涉及的女性，无论男主人公大学时代的女同学，还是人到中年后返校时结识的年轻师妹，又或者始终不曾正面出现的梁师母等等，书中的女性形象在张者笔下，始终面目模糊、个性含混。《桃夭》中的女性，她们仅仅作为功能性的人物出现在小说中，是作者从男性视域、男性视角出发所塑造的单向度的人，在对她们的叙述中始终未曾整合进女性自身的情感与生命逻辑。这就是反映在《桃夭》中的对女性的文学想象与表达，这也是中国现代以来在启蒙、个性解放等等名义下的新文学和现代知识分子那里始终不曾解决的问题：理性层面言之凿凿的人的解放、妇女解放，以及比理性宣言更深刻真实地表现出来的文学想象中的潜意识文化心理。

　　小说临近结尾时插入的一个突发情节，集中凸显了上述谈到的这几个问题，也令我对《桃夭》的失望终于到达顶点：主人公邓冰和一群人酒足饭饱需要结账的时候，做东的局长让手下所长来买单，所长通知手下干警来买单，干警敲诈扫黄时抓住的嫖客来买单，击鼓传花最后出现在酒店包厢来买单的——"江所长说今晚扫黄抓住了一个教授，今晚的单就让他买了……话音未落,包厢的门开了,邓冰、喻言、赖武都惊呆了,那教授居然是自己的导师梁石秋"。——读到这里,我想大部分读者都能很快反应过来,这一幕,不就是网络社交平台上广为流传的那个"同学聚会买单"段子的翻版吗?居然又是段子!所谓段子,大都内含着普泛性的戏谑浓缩和世事情态,但段子里的具体情节往往是对偶然性、戏剧性的夸大和夸张,禁不住现实经验和逻辑的推敲。换句话说,段子里传递表达的是情绪或情感上的会心,而并非经验与逻辑上严丝合缝的对应。而在《桃夭》现实感的叙事节奏和语调中,作者居然把一个流传甚广的段子中的戏谑夸张,暗渡成作品中的人物和情节,并以此来推进叙事和烘托主题,小说内在的逻辑性和说服力何在?作品的真实性和现实感何来?

而接下来的情节发展就愈加离奇:丑行败露后的梁教授,给邓冰师兄弟几人留下一封信后离家出走,不知去向。信中,梁教授对几个学生袒露自己一直以来的压抑和欲望、浪漫与丑行,直陈自己对于扫黄与性服务的观点看法,更明白地告知出走后自己的生活安排,"我将去一个风景如画的乡村,租一个院子,带上一位姑娘,找一个健硕的农妇做保姆,过田园牧歌的生活"。而邓冰几人的反应,惊讶之余,更多的是感慨"他自由了,解脱了","导师能潇洒走一回"。在这近乎离奇的一幕里,在人物以及作者对这封信的态度里,我们看不到这群法学知识者的睿智、理性和悲悯、担当,而只是真真切切地目击了一群重度男权癌患者在共同的男权视角下的相互体贴、慰藉和包庇。

至此,小说的品质一降再降,距离它所试图表达的主题和高度更是渐行渐远。

从《沧浪之水》到《活着之上》,从《桃李》到《桃夭》,这些知识分子题材小说的诸多问题症结之所在,大概源自,写作者始终未曾想清楚:当我们谈论知识分子,我们在谈论什么?

知识分子，当下中国一个相对含混而又模糊的概念，我们通常约定俗成地用它来指代受过高等教育、某一专业或领域的专家或学者。（循此逻辑，作家和批评家或可视为文学知识分子。）现代意义上的知识分子，并非仅仅是中国古代士大夫阶层的延续，而是始自"五四"新文化运动的新型读书人品格。而新生的脆弱的知识分子传统，在那个山河破碎风雨飘摇的年代未来得及充分展开，就被时代的急躁症、刻不容缓的救亡图存大形势所边缘和挤压。来自西方近现代的启蒙传统未曾充分打开和舒展，民主、自由、契约精神、公民意识、个性解放等异于中国古代士人传统的东西未曾真正彻底地刷新知识者的思想资源。即使当时身处"五四"现场的第一代中国现代知识分子，自身也没有深刻、深入地消化这些，并有效地内化为自己的心理结构和价值体系。

先天不足的中国现代知识分子，在建国后历经一系列政治运动，历经90年代市场经济的全面展开和新世纪的新媒介革命，这些都深刻地改变着中国社会，改变着中国人的生活方式和思维方式，改变着知识分子群体的自我想象和价值建构。

中国当下知识分子的问题，是显在而隐性的、尖锐集中又复杂多维的。比如，中国传统士大夫尽管也会面对很多精神和现实层面的困顿，但他们至少在文化心理层面有一种坚固而笃定的身份认同感，作为士的身份、角色、权利、义务似乎一直理所当然地横亘在天地之间，中国古代的读书人身处和面对的始终是一个稳定的、不证自明的价值体系和秩序范式。而现代知识分子，中国的传统文化里并不能给现代知识分子提供足够依靠的精神力量和示范作用。儒家文化在根上讲求的是实用理性，强调遇则仕，不遇则隐；达则兼济天下，穷则独善其身，这是古代知识分子为自己设计的前进与后退的道路，但是在今天这个时代，社会分工愈加细化，个人对社会、对体制的依赖愈强。今天，"穷"或"不遇"的知识分子已经没有深山可以归隐，无论他愿意与否，他始终要和现实社会发生方方面面的关系。在这个各种社会角色充分职业化、体制化的时代，一个人的现实生存和生活就没法不跟现实社会和体制发生关系。我们在传统士大夫和现代知识分子之间的认识理解是模糊混淆的，用来评价和想象他们的角度和标准也是混乱的。而这种混沌与复杂，也恰是当下中国和中国人的大问题——旧有的已经坍塌无效，新的却尚未建构有效。

　　当下知识分子群体的普遍沉沦和堕落，已经成为一种显而易见的社会现实，其间花样百出之怪现状，都已经由各种资讯和媒体方式图文并茂地屡屡呈现。一部关于知识分子题材的小说，如果只是对生活原生态的片段复制，只是在蹩脚的故事中穿插些网络段子和打油诗，在认知和审美上并无太多价值和意义。而在这个过程当中，知识分子的现实困顿和精神疑难，他们身处其间的挣扎与纠结、苦痛与创伤、坚守与妥协，它们产生和存在的源头、与之有关的文化根系在哪里？其间的荒诞感与合理性又在何处？写作者只有深入到这些层面的时候，在小说的谱系上才有谈论和表达的意义和张力，而张者的《桃夭》恰恰没能处理好这些。

作为写作的文学批评

一

在一次题为"作为写作的文学批评"的研讨会上,某作家这样表述对于当下文学批评的期待:"希望批评家能够认真地分析和评论作品,希望批评家老师们能对我们的写作多进行有益的指导。"貌似客气而谦逊的发言,却引发了在座批评家的不满和反驳,一位青年批评家直接拿起话筒反问:"批评为什么要指导创作?文学批评仅仅是为创作服务的吗?"

"作为写作的文学批评",这个论题其实就是在讨论"我们怎么做批评家",而在我的印象中,这是一个近年来在大大小小的研讨会、座谈会上已经反复谈论过的话题。之所以反复谈论,固然因为这的确是一个重要命题,但最主要的原因大概源自其所关切和焦虑的问题,始终不曾讨论出一个结果,始终未曾在当下文学现场达成某种共识。"作为写作的文学批评",这又是一个颇具意味的题目,我们通常不会用这样的表述去谈论其他文学体裁,不会说"作为写作的小说""作为写作的诗歌",因为这些文体的"写作"属性不证自明。特意强调作为"写作"的"批评",其实恰恰反证着文学批评一直以来模糊而尴尬的文体属性和文学定位。最当下的文学现场里,文学活动很多,批评家很忙,文学批评看起来繁荣昌盛、热火朝天,而这背后却恰是文学批评主体性的逐渐丢失与缺失。当下文学现场对文学批评的普遍定位，不是把其当作一种写作、一个文体，更多的是功能性、工具性的需求：研讨会、发布会、文学评奖、作家作品的宣传……

而文学批评，在我看来，首先是文学的一个门类。如同诗歌、散文、小说的分类与表述，文学批评，首先并的确是一种文字方式和文学形式，它应该携带着自己独特的文体特征、审美价值和文本范式。当我们盛赞某篇文学批评文章写得好，我以为，其"好"，不应仅仅指涉其中的发现敏锐和观点深刻，不应仅仅因其说明白了一个论点、阐释透了一部作品，还应关乎文章的行文、语调、结构和韵味——对文学批评的评判标准，其实与文学作品本质上应是一样的，不外乎从内容与形式、从思想到审美。文学批评，绝不能只提供观点和观念，更不应该只提供对某作品的筛选与挑拣、评价与评判，一定要有自己的独立审美价值。如同谢有顺所言："好的批评，是文学之道与文章之道的完美统一。"文学批评，应该包含于广义上的文学创作之中，除了要有理性知识的参与，还要有情感和感觉的参与，除了体现出评论家对于作品的分析和理解，还应该体现出其对于生活的感受与理解。

而所谓"文学批评家"，究其本质，首先不过是一个读者，同所有普通读者一样，面对一部作品的时候，他要阅读、进入并伴随情感和认知的波动。若说有什么特别之处，文学批评家作为专业读者，他大概比一般读者更不幸：当大家沉醉在情节人物之中恣意啼笑时，当普通读者代入自己"听评书落泪、为古人担忧"时，那个被称为文学批评家的人，得保持足够的置身事外。他不能仅从整体上去欣赏和感受一部作品，而要把其拆解成形象、语言、结构、思想，以及它们之间的相互关系。打个比方——面对七碟八盏的美酒佳肴，食客老饕们大快朵颐、酣畅淋漓，而美食家们却得详品细咂，把盘中美食和杯中美酒，还原成食材、调味、火候和年份，而无福没心没肺地纯享美味。

所谓"文学批评家"，究其本质，更不过是一个文学写作者。与其说在研究和解读别人的作品，不如说他是在经由这些作品，呈现自己关于世界的打量与思考、释放自己的内心情愫与心理张力。如同现实生活作为诗歌小说的写作素材，文学作品在批评写作过程当中很大程度上也充当着素材，谈论他人的作品，有时往往不过是个由头和引子，引出的是批评家自己的，呈现的是独特的个人语调和个人眼光。

文学批评不是一种科学化、技术性的定量定性分析，它的阅读和写作本身就是一个审美过程，同所有的写作一样，文学批评写作是对世界的审美观照与表达，是一种自我表达，你怎样阅读和阐释作品，其实就是怎样在思虑和表达主客观世界。鲜明的个人视角、迷人的个体气息，理论的穿透力和艺术的感染力，这些都是对作为写作的文学批评的期待和要求。

基于此，我坚持认为，文学批评不是在指正、培训作者，更不是引领、教导读者；确切地说，它是以自己关于作家作品的那些文字，分享阅读，分享自己关于自我内心和外部世界的种种感受和思虑。世界之大，人的孤独与惶惑，挣扎与不甘，在这个过程中，文学提供了独一无二的见证与陪伴。而文学批评，作为同作家作品密切相关的文字，作为文学写作的一个门类，它同样需要浸润携带着对世事人心的了然与困惑，对世相百态的热爱与警惕。而我自己，每每开始写一篇评论文章的时候，都会暗自提醒：至少要记得，你也是一个文学写作者。

马原有一个说法：世界是分为可解析的和不可解析的两个部分，作家和艺术家是在不可解析的世界里创作。而一篇好的文学批评，应该能够用个人化的眼光和个性化的文本方式，把文学作品的不可解析，把其中的微妙、曲折、隐晦的褶皱，用一种有独立审美价值的语言语调来呈现表达。一篇好的文学批评，应该是有魅力、有趣味的文本，言之有物之余，其魅力和趣味能够让读者实现认知和情感上的影响，这里面就有一个批评主体自觉的过程，需要写作者的用心、动心和走心，把自己投射到言说对象当中，充分调动自己的经验和情感。文学批评不该充当这样一种角色：把文学作品的枝叶和汁液风干、扁平成标本，把生动变成生硬，把情感变成关系，把趣味和魅力规范成标准答案。这样的文学批评，其实是在文学的名义下禁锢、矮化、伤害着文学本身。一篇优秀的文学评论文章，温度和深度同样重要，观点明晰与行文恣意缺一不可。

如果说文学创作是一种分享，是写作者经由语言文字在向他人和世界分享自己的所见所思所想，自己的经验与经历、思虑与打量；那么，文学批评某种意义上也是一种分享，阅读中的且喜且嗔，被击中的灵魂或被唤起的内心，以及会心、惶惑、疑难，缠绕交融着自己的审美趣味和价值观，并在这个过程中反观自己——用独特的个人语调来呈现个人眼光，分享阅读和自己。一篇优秀的、有效的文学批评，应该与我们当下真实的现实经验和内心生活发生真正的关切和关联；它所发现、探讨甚至貌似解决了的问题，应该与今日中国人的现实境遇和精神状态呼应和对应。

二

当下中国的文学批评，大概主要有两种类型：一是学院派批评，论文体，主要见于各种学报、核心期刊和学术著作中；一种是媒体批评，随笔体、文章体，大多刊在文学报刊以及其他媒体的副刊、文艺频道中。另有一些其他的文本形式，比如文学期刊的卷首语、作家创作谈、授奖词、研讨会发言纪要、对话、访谈、答记者问等等，包括各种大型文学期刊的某些责编稿签，都可以看作文学批评的文体变形和延伸。这些文本形式和文字内容，围绕作家作品，但又不局限于作家作品，共同参与着对当下文学现场的阅读、观察、阐释与讨论，更是文学研究者和批评写作者对世界言说、呈现自我的审美方式与表达方式。

在我看来，当下文学批评的突出问题至少包括：文学批评的写作回不到文学本身。

　　回溯中国古代文学批评，包括诗话、词话、点评等等，各有其文体特点，但一脉相承的基本显著特点就是精读文本，文本批评。品评者远兜近转的分析、赏鉴甚至考据，终究紧紧围绕文本本身，都在努力探究、理解和阐释作品中的曼妙和美好。"五四"以降，新文学全盘西化后的一个重要后果就是文艺理论、文学批评本体论的思维方式和批评实践大行其道，文学批评越来越远离文本，社会历史批评立场和实践渐成主流。西方形式主义批评强调深入文本的精准探究和剖析，但形式主义批评归根到底仍是根植于西方哲学本体论的思维方式。面对一个故事、一部小说、一层人物关系，中国传统的思维惯性和关照方式，是在强调这故事、人物、小说同此在的生活和阅读是什么样的关系。对中国人来说，它是什么不重要，它和自己的关系才是中国人愿意关切和探究的，而不是西方式的那种本体性追问。

　　90年代以来，中国当代文学批评越来越学院化，及至现在，学院批评已经成为当下文学批评的主流，文学研究和文学批评写作的资源和人员大都集中在高校人文院系和社科院，各级作家协会和文学期刊多少也有一些，但比例很小且越来越小。举个例子，我所入选的中国现代文学馆客座研究员项目，连续四年在全国范围内征集选拔40岁以下的青年批评家，四期共选拔40位客座研究员，除了我和其他三四位，其余基本上都是来自高校的文学博士、教授、副教授。学院派文学批评，研究和写作主体为受过多年专业教育和学术训练的学者、教授，面对文学作品时，研究方法和行文方式重学理、强调学术规范。高校系统的学术规范、文本范式、考核标准的严正、缜密和标准化体系中，原本与文学作品密切相关、血肉相连的文学批评，日渐学科化、标准化、学术化。

　　读这些学院派的论文体批评，我的一个突出印象就是：文学作品在学院派批评那里，不是感受、体悟、赏鉴的文本，而是学科内容和学术对象。对于学院派批评来说，打开一部作品的正确方式，不是融入其中品鉴语感语调、情感情绪，而是冷峻而缜密地强调材料、考据，竭泽而渔的方法，四平八稳的行文。它的研究兴趣和讨论重点，不是对人的血肉情感的再次触摸，而是强调对某个问题的再次梳理与发现，以及这个梳理与发现在学术链上的精准定位。

作为新文学全面西化的产物，作为文学研究学科化、标准化的产物，其教学、传播和成果方式，其从具体到抽象的学术方式，一定程度上决定了它对于文本初心的疏离和忽略。学院批评在文学演进过程当中有效地实现了新文学的经典化，其体量的庞大、学科化的平台和机制作用显著；其学理性，以及作者的纵深专业背景与深厚学养素质，原本都应该成为探讨研究作家作品时候的天然优势。学院派批评发展到今天，其显而易见的糟糕和弊端，大概也来自一些异化的畸变之象：充斥各种学术期刊的学术八股，职称指挥棒下的论文学术流水线，只有"内部流通价值"，完全丢弃了文学批评的基本有效性，甚至冲击着学院派文学批评的存在价值与合理性。当然这就涉及当下中国高校的科研体系和学术制度的根本问题，文学批评的很多问题之所在，其实也是时代大问题的局部反应。

文本范式和文体，当然不是仅仅作为形式而存在，甚至可以说批评文体的选择和实践，事实上包含了写作者基本的文学观——把文学看作什么，当作什么？文学，最首要的关切，最本质的属性，是人，关乎人的生活、经验、情感、血肉和气息。而上述当下文学批评的"无文"之境与"无人"之境，说得刻薄点，正在把文学批评畸变成屠龙之技——这技艺愈发娴熟、精巧，百般改进与演练，但是，龙呢？龙在哪里？文学批评的真正有效性在哪里？

三

正襟危坐在电脑前敲下这篇关于文学批评的文字的时候，我突然发现，不知不觉中，被称作"青年批评家"已经很久了——而在我一直以来的意识中，阅读小说并把阅读体会写成文章，更多的是文学青年的兴致与兴奋所在。

是的，文学青年的兴致与兴奋之所在——这就是我开始写作文学批评的缘起。我不在高校或者社科院就职，作为一个没有核心期刊考评压力、不在现有学术规训和考核体系之内的文学青年，作为一个从小在师长"学好数理化、走遍天下都不怕"的督促声中插上门窃读《红楼梦》的阅读爱好者，阅读一直伴随了我的青少年时代，参与了我青春期内心的成长。出生于1980年代的我们，作为中国第一代独生子女，一边享受着来自家庭与社会空前的注目与宠溺，一边又遭遇着来自前辈与时代的从所未有的批评和质疑；在面对更多机会、更多选择、更多自由的同时，也不断彷徨于更多桎梏、挤压和挑战之下。如此种种，文学阅读，提供了最亲密的陪伴和抚慰。所以，我读，然后兴致之所在，我会写下自己的阅读感受——那些穿梭在文本的字里行间所生发出来的感动、喜悦和百感交集，又或者疑惑、踟蹰甚至愤怒。

我自己的文学研究和批评写作，近来颇有几个困惑，或者说一直未能解决的疑难——一是，如何找到自己。我有时会倦怠和虚无，会在奋笔疾书用功时突然忍不住去沮丧和怀疑：我现在写下的这一篇文学批评，在当下高年产量的浩瀚文章海洋里，何以存在？或者说，我认为做当代文学批评一定要找到自己个性化的语言方式、表达方式和切入文本的立场角度，要拥有一种高识别度的批评声音。但我一直没有找到，一直在流行的、给定的腔调和范式中烦腻焦躁地打转，却又难以摆脱。二是，如何找回初心。文学青年注定要慢慢长大、渐渐老去。从"文学青年"到所谓"文学批评家"，一路所持续加载的那些深刻、厚重、担当等"大"词,以及圈子化、权力化、秩序化等等,在这样的过程当中,怎样始终保障和保持文学的初心与文学批评的初心?

而身处最当下的文学现场,作为一个文学批评的写作者,我对自己至少还抱持这样一个期待或者说要求:希望自己是一个让作家尊重的批评家,希望可以被作家视作写作的同行——是的,被视作写作同行,不是宣传工具,不是指导老师,不仅仅只是表面上对批评家非常客气——我深知这客气背后其实往往是宣传、评奖等各种功能性的需求。作家和批评家应该且必须要能在智力、学识、审美力、思考力上相互砥砺、切磋和对话。

《红楼梦》,熙攘与围观

从很小的时候在父亲的书架上翻到一套《红楼梦》开始,阅读它的乐趣和痛楚伴随了我的成长,红楼情结在我心里根深蒂固。百二十回的小说被我读了几十遍,书中的人物熟悉得如同身边人,宁荣两府里的是是非非也近得仿佛就发生在邻家。爱屋及乌,我也一直对和《红楼梦》有关的学说、观点、著作、流派保持一份兴趣,想要知道在别人的阅读中,在别人的红学著作或文章中,会怎样评说那些我熟悉的少爷、小姐、奶奶、丫头们,怎样品味大观园里的日子。这种好奇,就好比听到有人谈论自己的亲朋好友,会忍不住凑上前去听个究竟。曾经拜读过很多前辈关于《红楼梦》的品评、探究、感悟甚至考据。这之中有的距大观园近些,有的离荣宁街远点,有的直接臧否绿肥红瘦,有的掉头为曹公寻根,有的细致到拿着宁荣二府的吃食、服饰做起文章,有的豪情壮志地要刨出微言大义,等等,等等,但究竟远兜近转,终是绕着《红楼梦》在做自己的文章。我呢,也是遇见合自己心意的红楼文章就拿来细读,没有兴趣的,胡乱翻几下便丢到一旁。

在我的印象中,红学好像从来没有如2005年这般熙攘过,且围观的人群这么拥挤。(当然以我二十几岁的年纪,遗憾地错过了从前关于它的很多大事件,没见过什么红学世面,所以才会大惊小怪——让大方之家笑话了。)关于刘心武的红楼之说,打开两卷本的《刘心武揭秘红楼梦》,首先我不喜欢这个书名。"揭秘"二字给这本关于《红楼梦》

的书蒙上了一层神秘感，言外之意仿佛大家一直都误读着《红楼梦》，仿佛众人一直都被深深地蒙在鼓里，只有刘心武自己拿到了打开密室的金钥匙，一副众人皆醉他独醒的架势。而正文36讲层层揭开的谜底，更让我觉得好笑。作者从秦可卿出发，进入《红楼梦》来做一场连线游戏，把《红楼梦》中的主要人物与同一时期的历史人物一一对应，从秦可卿到妙玉，从贾宝玉到贾赦，刘心武对此是颇下了一番功夫的，在《红楼梦》与清史之间反复徘徊，寻找蛛丝马迹，一一为他们找到了原型。他一一地对号入座，在我看来，绝大部分都是站不住脚的，仅仅逻辑上就漏洞百出，难以自圆其说。而且刘心武对于《红楼梦》的这种解释，还有些低估了作者曹雪芹。一个作家的经历和经验自然无可避免地会在他的小说中或明或暗、或隐或显地表现出来，但是水平线以上的小说家恐怕都不会允许"原封不动""原汁原味"地将自己放进作品中吧，都不会在写作的时候拘泥于原型而损害了小说的叙事逻辑，更何况是曹雪芹呢！

　　刘心武的红学究竟有何意义，我不敢断言；刘心武从《红楼梦》中引出的谜面与谜底，我也很是反对。但是我仍然认为，对于如我一样的红迷来说，对于《红楼梦》本身来说，它们是有意思的。在笑过了他近乎荒唐的"大胆假设"与"小心求证"之后，我渐渐把《刘心武揭秘红楼梦》当成小说来读了——一部从《红楼梦》引出的小说：清朝废太子的郡主藏匿于富贵之家，韬光养晦以期东山再起的传奇故事。够跌宕起伏，也够扑朔迷离，难怪吸引众多的听众与读者。我这也才想起刘心武本是写小说的行家，他是在以小说家的口味和偏好解读着《红楼梦》，以探佚小说的形式来实现自己对《红楼梦》的再创作——不是都这么说吗，阅读的过程也是读者再创作的过程。偏偏这小说中的富贵人家，就是我们熟悉的宁荣二府，牵扯到的也是亲切如友朋的红楼人物。所以广大的红迷，又怎么可能没有兴趣？有滋有味地阅读之后，还会惊叹：原来《红楼梦》还可以这样读！读了之后还可以这样写！

不过，刘心武吸引的不只是兴致勃勃的读者与红迷，还引发了一场红学争鸣，更引来了一番权威红学家们对他的围剿。刘心武有权力按照自己的理解和趣味来研究红楼梦，并将之宣讲和出版，同样，其他人也有对刘心武红学进行品评的自由——无论职业吃这碗饭的红学家，对此有兴致玩票的学者，抑或只是一个普通读者。当然，每个人的文学素养不同、行文风格有异，对《红楼梦》的理解也千差万别，所以面对刘心武红学的时候，有的人赞同，有的人反对，有的人委婉地表达不同意见，有的人措辞尖锐地进行批判。我想，只要是在纯粹的文本层面的评说、批评乃至批判，即使观点尖锐，用词严厉，也还都是正常的，是有意义和有意思的。大家于讨论中互相交换意见，彼此共同加深对《红楼梦》的理解，增添回头再读《红楼梦》时的滋味，即使看热闹的人也会跟着增加些许对《红楼梦》的兴趣。

但是我深深地反感某些红学权威、某些专家们对于刘心武的围剿之举。什么"这种猜谜可以在家里做，但到电视台去宣讲，印成书出版，就必须符合学术规范"，什么"红学吸引那么多业余或者不那么业余的研究者，其实没有什么意义"，他们否定的不仅仅是刘心武的红学观点，而根本就是在否定不按照既有的所谓红学套路来研究《红楼梦》的行为，否定遵从自己的感悟来言说《红楼梦》的权利。让我的反感达到极致的是这样一句话："你不反驳（刘心武红学），许多人就会对《红楼梦》学会提出意见。"这话出自某位红学会高层之口，字里行间尽显出这位红学家代表着红学会凌驾于绝大多数《红楼梦》读者之上的、对于《红楼梦》的优越感和占有权。难道红学会已经就《红楼梦》申请了什么专利？是谁规定了他们有特别地看守、维护、解释《红楼梦》的权利？难道顶着红学家的称号就拥有了《红楼梦》天经地义的解释权和定义权？

我对红学会与红学家全无成见和恶感，更不否认专吃红楼饭是一种生活与学术的合理选择。对于一些红学家孜孜不倦的研究与独到的发现，我也怀有敬意。他们毕竟参与了《红楼梦》这部伟大作品的流传与丰富。只是对于《红楼梦》的深爱，使我厌恶一切对它流露出优越感或者占有欲的学说与观点、腔调和姿态。《红楼梦》属于它的每一个读者，每一个面对《红楼梦》的人，都天然地拥有同样的权利。权威也好，专家也罢，又或是远的胡适、俞平伯，近的王蒙、刘心武，甚至是如我这样最最普通的红迷，说到底，大家都是《红楼梦》的读者，本质上完全没有高低贵贱之分。任何人、任何学会都不应该想当然地就任命自己为《红楼梦》的大股东。说到底，研究、解读、言说《红楼梦》，并将其公之于众，只是一种权利，而非一种权力。这些权威、专家们，显然是将他们自己关于《红楼梦》的权利给权力化了。更何况，从某种意义上说，所有关于《红楼梦》的研究与解释，都不过是误读，哪里又有标准答案？因为从来没有人就自己的研究成果向曹雪芹获得过求证。难道谁还是曹雪芹肚子里的蛔虫不成？

如上所说，相对于研究成果、红学发现，我真的更愿意把《刘心武揭秘红楼梦》划作阅读札记，甚至小说创作。我觉得那才是一种充满了审美价值的《红楼梦》阅读和研究。小说究竟是什么？或者再进一步追问，文学究竟是什么？也许它身负多重可能，在某种特定的情景下，可以、亦可能是投枪、是匕首，是呐喊、是号角，是备忘、是折射，但总的来说，我总以为文学的基本精神在本质上是游戏的，是源自心灵而非发自头脑的。《红楼梦》带给后世数代读者的乐趣与享受，一定也是审美大于学术的。所以我们大可不必把源自一部小说的所谓红学，无休止地引向过分的庄严与沉重，过度的规范与套路。当我们面对一个文学文本的时候，其实很难说谁是绝对的权威，更不能断言所谓严谨合套路的学术研究就高于漫不经心的贴身阅读。我从来不认为一本寻根刨源的红学考证著作就一定比一篇普通读者的发自肺腑的读后感更有价值。对于一个文学文本来说，是解释更重要呢，还是阅读更重要？关于《红楼梦》的种种争论说到底又是为了什么？是争抢定义它的话语权呢,还是分享欣赏它的时候的美妙与痛楚呢?

前面我说过不喜欢"揭秘"的书名,不过真正讲起自己的红学来,刘心武的姿态倒还是放得很低的,他一再地重申:"我从来不认为自己的研究心得就是对的,更没有让听众和读者都来认同我观点的目的,我只是很乐于把自己的这些心得,公布出来与红迷朋友们分享,并欢迎指正。我的目的,只是想就此引出人们对于《红楼梦》更浓厚的兴趣。"这种反复强调,体现出刘心武开放的心态与低敛的姿态。开放,多半是心怀自信的外在表现,在嗤笑和鄙夷声中刘心武坚持下来了他的36讲;而低敛,则带出了几分聪明、几分大气,他把自己放在了一个红楼读者的位置上,以交流的姿态,有声有色地描绘讲述自己心目中的《红楼梦》,这让他面对围剿的时候,与某些红学家们的趾高气扬相比,高低自现,不战而胜。也正是这种开放了的心态与放低了的姿态,将《红楼梦》从专家学者的紧攥之中解放出来,还给大众,在更大范围内引发人们对于《红楼梦》的阅读渴望与研究兴趣。漫言热闹皆出红学家,此次开端实在刘心武。单从这一点说,大大小小的红学家们还是沾了刘心武的光,自己的红学研究著作才有机会再版和摆上畅销书柜,如此说来,他们对刘心武的那场围剿,似乎还多少有了些得到便宜还卖乖的嫌疑。

刘心武另有一说是:"各人有各人的读书角度、读书习惯……但在多元的社会里,我们互相容忍,又从互相容忍,进一步到互相听听,了解了解跟自己不一样的人与事,不一样的读书方式,不一样的读《红楼梦》的角度,增加些见闻,聊备参考,那不也挺好吗?"我喜欢这段话。欣赏多姿的艺术品,阅读精彩的小说,需要远离喧闹的沉心静气,也需要同身旁的观众或读者一起分享。如同男人们喜欢凑在一起期待世界杯,即使有人喜欢英格兰有人看好法兰西;女孩子们要在为"超女"尖叫的时候还不忘互发短信交流激动,无论"凉粉""玉米",又或是"盒饭"。我固执着自己眼里心中的《红楼梦》,却同样享受和许许多多人关于它的分享。

关于《红楼梦》的口角官司也不是今天才开始的，种种发现，种种纷争，种种宣称，种种感悟，已经说过万语千言，也一定还有千言万语要说；已经交手过许多的争论，也一定还会有更多的论争继续。《红楼梦》的丰富与复杂，给了各色人迥异的体会和感悟，也足够容纳各种角度的切入与各样风格的言说。而我们在分享一部伟大的作品的同时，其实也合力增添着它不绝的魅力与价值。

2014：关于中篇小说的几个关键词

　　与长篇和短篇相比，中篇小说通常被认为是最适合讲故事的叙事文体。正如铁凝在谈到小说文体时所说：当我看到短篇小说时，首先想到的是"景象"；当我看到中篇小说时，首先想到的是"故事"；当我看到长篇小说时，首先想到的是"命运"。

　　中篇小说从情节角度说，要完成一个相对完整的故事；从人物角度说，要实现一个相对明晰的性格塑造。在故事完整和性格明晰之后，它更需要有力量去求证和演绎一种现实关系，人物和外在环境和命运和生活的纠葛挣扎，他们基于自身立场的种种合理性。这是我对中篇小说的基本理解，也是评价一部中篇小说的基本标准。2014年，各大文学期刊上发表推出了大量的原创中篇小说，老中青不同代际的小说家们在这个文体上的写作都表现活跃，《北京文学中篇小说选刊》和《中篇小说选刊》作为颇具影响、专门针对中篇的月选刊，更是集中呈现了一年来中篇小说创作的主流态势——当然，每一年也都大致如此。作为一个喜欢小说的文学阅读者，作为一个当代作家作品的研究者，平时就随着各大期刊每期的出版读了大量作品，年末更是又集中阅读了这一年的小说原创，文中要梳理和点评的中篇小说，全部来自文学期刊的阅读。

一 活着

　　时代的高歌猛进中，活着，这个貌似最简单、最基本的问题，在当下中国似乎越来越复杂。面对当下复杂丰富的世事人心，面对时代的迷惑与迷茫，写作者关于"活着"的观察、思考、探究和呈现，难度是巨大的，考验也是巨大的。小说应该从什么层面去介入现实，去讲述正在发生着的时代？它的疼痛、困惑，它的欢愉、激越，它的耸人听闻与迷人微笑。

　　活着，在李凤群的《良霞》中，是在探究"当我们无力反抗时"。村里最拔尖的姑娘良霞，那么美丽、骄傲的良霞，"女人羡慕、男人垂涎"的良霞，当她揣着点小优越、小得意正气定神闲地生活在掌声鲜花之中，并憧憬一路向前有更加茂盛的掌声鲜花的时候，却遭遇了命运的无端来袭——一场大病毁了她的健康，毁了她的爱情、青春和欢快岁月。肾病手术后的良霞卧床不起，原本美丽的容貌和身材荡然无存，城里的男友转身离去，父母在劳力劳心的巨大强度下相继过世，大哥二哥的婚姻也被拖累。在这个过程当中，良霞从最初的错愕、悲痛、绝望甚至轻生，渐渐地平静、超脱，坦然地承受和面对生活给予她的一切。她赢得了家人和乡亲的尊重与敬服，在家族出现风波灾难时竟俨然成为全家的主心骨，成为空巢乡村最后的家园守护者，直至安详离世。这个姑娘让我想起毕飞宇笔下的少女玉米，同样是从云端兀地跌落尘埃，一个不谙世事女孩的措手不及，以及她不得不的迎面而上。作者大概是想经由这个故事、这个人物去呈现和探询：人生的海拔之上与地平线以下，在云端和跌入尘埃，往往一瞬；而生活不在别处，只在你坚固的自我核心里。李凤群的讲述方式，不拿捏、不做作，叙事语调温婉而沉静，他朴素而低调地看顾着人物和命运，生活和人生。不止是把美好的东西撕碎给人看，同时也展现了碎片复原过程中所蕴含的巨大的美感与力量。小说着力塑造着一个人在命运的跌宕和无常中反倒有效地实现了对自我生命的了然与自洽,还有分寸地涉及乡村的现代化进程、乡土情感方式的变迁等现实问题,更经由良霞卧病的视角去展现当下农村几十年的巨大变化和传统家庭的情感流变,独特而自然。李凤群力图呈现和探寻的是关于"活着"的大命题,却始终贴着人物和人心兜兜转转,相比于那部著名的《活着》,良霞的"活着"于情感上更具感染力,人性逻辑上更具说服力。坦白说,《良霞》是最近一段时间阅读中我比较偏爱的一篇,朴素而有力,在当下的流行叙事腔调中当真难得。

在石一枫《世间已无陈金芳》中,活着的难题在于"人想要那么活,但命运没让他那么活"。农村女孩陈金芳,怀揣着对城市、对过好日子的向往转到城里上学。她寒碜、土气,却又分外自尊和虚荣,努力要赶上城里人穿衣打扮的潮流却每每不合时宜出尽洋相;她怯懦、沉默,却又不甘、执拗,屡遭白眼受尽屈辱后仍然坚持一个人留在城市,拒绝回乡。陈金芳走进社会,通过依附男人成为远近闻名的女顽主;多年后,又摇身一变成为艺术品投资商人陈予倩。年少时的寒酸土气早已脱胎换骨为优雅、干练、一掷千金与八面玲珑。直到一场冒险的投资在经济危机的冲击下失败,她的人生真相与命运底色彻底被揭开,被债主打得鼻青脸肿的陈金芳自杀未遂,被家人接回乡下,彻底打回原形。小说中,讲述陈金芳命运起伏的"我",是陈金芳的初中男同学,大院子弟,小提琴练习生,这种身份境遇与陈金芳形成鲜明对比。"我"是陈金芳命运起伏与奋斗挣扎的讲述者,和她的数次相遇,见证和注释着一个底层女性从陈金芳到陈予倩再到陈金芳的跌宕起伏。面对这个人物,石一枫的笔锋里流露出些许嘲弄和戏谑,但更多的是唏嘘、感慨,是悲悯、心疼,还有一种深深地悲哀。陈金芳是值得讲述的,她的种种可笑可怜可悲可叹,无非也就是要"活出个人样";落得如此结局,是"不作就不会死",还是"人的命,天注定"? 石一枫怕是自己也没思虑明白,当他写下这个人这段故事,提问才刚刚开始。小说稍嫌不足的是，类似陈金芳这样出身底层的个人奋斗故事，在广阔的叙事谱系里已有很多，于连、拉斯蒂涅、高加林、了不起的盖茨比，那种和社会和时代作战的悲剧角色，那种底层出身拼命挣扎到头来又被打回原形的悲惨人生，起高楼、宴宾客、楼塌了，面对这样一个熟悉的母题，石一枫的这一部中篇，在人物塑造和命运演绎上的陌生化效果不够，看了开头就大概了然结局和作者所要传达的观念，稍落窠臼。

在弋舟《所有路的尽头》中，活着，很大程度是在"追忆与凭吊""自救与救人"。2012年和2013年，弋舟分别发表了中篇小说《等深》《而黑夜已至》，及至今年这篇《所有路的尽头》，一个名叫刘晓东的中年男人作为主角贯穿其间。三篇小说中的刘晓东，各自演绎着自己的故事、人生和命运；但又分明在同一种精神气质的笼罩下：理想主义，以及理想落潮后的幻灭、虚无、颓败和不甘。读这篇《所有路的尽头》之前的几天，我身边一位非常尊重的老师、一位享誉文坛的诗人和文学批评家从他居住的14楼纵身跃下，结束了自己56岁的生命。我久久不能从悲痛和震惊中缓过神来，因他在我印象中最是超脱、淡泊、乐观，学问和人品都是极好，我不知道他何以做出如此选择。据说，他一直受抑郁症困扰。我不忍、不敢也无暇去探究这位师长离去的原因，所以，当读到《所有路的尽头》，读到开头时候邢志平的纵身一跃，跟随刘晓东去一路探询邢志平自杀的缘由真相，一个时代、一代人的精神疑难和灵魂遭难呈现在我面前。这三个中篇在2014年夏天已经结集出版，书名就叫《刘晓东》，它们各自成篇却有着内在的统一性。这个中年男人的面目渐次清晰起来，他的百感交集、热泪纵横，他的东奔西突、激越和迷失，用弋舟自己的话来说，他就是——我们这个时代的，刘晓东。我必须坦陈，读这小说的时候，我是犹疑甚至矛盾分裂的，忽而感动于作者在行文中表现出的真诚与真挚，忽而又忍不住怀疑弋舟写作时的刻意与做作，也许，这正是那代人的矛盾纠结和不知所云；又或许因为，生于80年代的我的，对那个时代、那个历史节点缺乏感同身受、贴身切骨的迷恋与痛楚。

在阿袁《米白》中，活着，要追问"什么样的女人，才能获得一种幸福人生？"《米白》是阿袁"打金枝"系列中篇的第三篇，前面两篇分别是《米红》和《米青》——是的，这再次让我想起很多年前毕飞宇名动文坛的《玉米》系列。弄堂里老米家的三千金：明丽妖娆的米红，她知道自己漂亮，却不知怎么和自己的漂亮相处；一头扎进书堆里的米青，书本却没教会她如何幸福；姆妈偏疼米红、父亲看中米青，生活在两个姐姐遮蔽下的米白，淡淡地、羞怯地、在自己的世界里悄悄盛开，她的美满婚姻有点近乎人们戏称的那种"三没女郎的逆袭"，或者"老天偏爱笨小孩"。阿袁的文笔才情不输毕飞宇，她的小说语言一直是高识别度的，凭借自己深厚的古典文学修养，在叙事中自如地穿插诗词歌赋和典故修辞，将小说语言极阳春白雪的雅与小说故事极市井烟火的俗打通，雅俗之间的对立形成一种张力，赋予作品特殊的审美效果。在"打金枝"系列中，人物的生活背景从高校象牙塔转换到市井弄堂，叙事语调刻意朴素、平实了很多，浓淡相宜，刚刚好。阿袁擅写女人，女人之间微妙的相互关系，女人的婚姻爱恋，以及婚姻爱恋中的心机与算计，在"打金枝"系列中，三姐妹之间的微妙和波澜，男女关系中的远兜近转，种种微妙、会心，刻画得十分到位。但以小说格局的宽广深厚论，却远逊《玉米》三篇。

在武歆《张灯结彩》中，活着，是"我们都将老去"。机关干部老张，退休后久久不能适应闲下来的生活节奏和状态，于是，广场舞和跳舞的老头老太太们，成为他延续权力、管理、心机等等职场官场情结的另一个舞台。播放舞曲的大音箱，居然成为老张和老房争夺博弈控制权的目标，健身怡情的广场舞也变了味道。老张与老房的较量，读来让人忍不住发笑：值得吗？至于吗？却也让人心生感慨悲凉：一代人的被时代烙下的深深印记，一代人的思维方式和生活方式，一代人的退休生活。在人口老龄化日益严重的当下中国，老年人退休后如何"活着"，活得精彩，活出自我？武歆呈现出方寸之间的戏剧性，更在探询当你我终将老去的那一天，我们要如何活着？还有季栋梁的中篇《晚年》，也涉及退休生活、精神赡养、晚年的生活质量等等老龄化问题。

　　活着，这个词貌似何其简单、何其基本。是的，对中国人来说，它可以简单朴素到"一亩地两头牛，老婆孩子热炕头"，也可能沉重复杂到"穷途而哭"的惶惑与无解。广义上说，这个时代的小说写作者都在从不同角度切入、呈现、探讨关于活着的巨大命题，围绕这个话题这一年可圈可点的中篇还有很多：胡学文的《同谋》，试图厘清人在生活中的角色和角色转换；万方的《女人梨香》演绎生命的鲜活和生活的无常；王小鹰的《解连环》中勾勒沪地风情的浮世绘；还有王手《斧头剁了自己的手》、梅驿《位置》、滕肖澜《又见雷雨》等等太多篇目。

二　事件，问题，小说

　　我们可能比任何时候都更急切地渴望书写当下的作品，渴望那些对应着中国当下经验、当下问题的叙事，除了穷形尽相地铺展罗列当下的五光十色与光怪陆离，更经由它们打量和探究当下之惑、之痒、之兴奋癫狂、之苦痛艰深。就在我写作这篇文章的时候，放在桌上的手机频繁响起，并非电话短信，而是我订阅的手机新闻，接踵而至，不断刷新地发布着刚刚发生的一个又一个新闻事件：监狱韦小宝、明星出轨案罗生门、娃娃鱼饭局……当你还来不及为上一则新闻唏嘘感慨的时候，下一个更让人瞠目结舌的事件已经发生。我们身处一个速度飞快且姿态决绝地奔跑着的当下中国，城际、动车、高铁、磁悬浮，中国速度在短时间内不断刷新、屡创新高；希望与无望同在，生机勃勃与垂头丧气共生。当新闻事件成为小说创作的题材，当小说家要将一则众所周知的新闻变成小说，他如何运用手中的虚构之刀？如何完成小说对于新闻事件的审美性重构和再现？

当新闻意义上他人的事件与命运进入文学叙事，他们都变成了"作家自己"，作家自己的欢喜与疼痛必须注入他所书写的对象。王十月的《人罪》，小说从一场即将开庭的审判写起：法官陈责我，即将审判一名小贩刺死城管的案件，而这个小贩的名字也叫陈责我。这不是重名的巧合，而是十几年前的一桩顶包事件：法官陈责我正是通过校长舅舅，顶包冒名小贩陈责我的录取通知书去大学报到。法官陈责我顶替了小贩陈责我的大学，也顶替了小贩陈责我知识改变命运的人生。这篇小说的题材资源分明对应着这两年微博的热议话题"小贩夏俊峰打死城管"以及数次在新闻中被播报的"冒名顶替上大学"。尤其"夏俊峰事件"在新媒体的传播过程当中，被意见领袖、草根网友，以及当事人和涉事人从不同的立场和角度进行着不同版本的讲述。现实变成小说，新闻进入叙事，当然要有复杂而深刻的一系列变动，没有变动，它就只是新闻，这种变动是作家必须要有效完成的。王十月把这两个事件，巧妙地联系在了一场官司中，他在小说中对新闻事件进行了叙事意义上的重构，"陈责我审判陈责我"，深入事件的肌理和人物的灵魂。

陈应松的《滚钩》，笔涉长江边上打捞溺水者这样一个独特的题材。这让人很容易就想起几年前那条产生巨大争议的"挟尸要价"的新闻报道。记得当时针对这条新闻，针对事件中的是非对错、道德与法律引发了一场全民大讨论。这篇小说对这个事件重构的重要方式是，叙事人和叙事视角的选取——主人公成骑麻，曾经的渔民、老村长，现在受雇于某打捞公司、专职靠打捞落水人的尸体为生。我认为这个叙事视角的选取是作者精心设计和安排的，在那场事件中，一方面，成骑麻身在其中，虽然是打捞公司的老板拿不到现钱拒绝捞人，但成骑麻作为执行者似乎也难辞其咎；但另一方面，虽然被迫服从老板的意志，成骑麻又始终处于矛盾纠结中，朴素的是非观念与现实的利益得失，加上他自己个人生活中的烦恼纠缠，使得这个人物在事件中张力十足。跟随成骑麻的视角进入这一事件，就不再只是简单的道德评判和是非谴责。陈应松创作中楚地方言的得体、自然使用，更给小说增添了独特的地域审美特质。陈应松曾经说过：一旦写作，面对一个题材，就与世界发生了关系，甚至是火药味十足的敌对关系，是一种对峙关系。在我看来，事件本身不足以构成小说审美的对象，而现象背后各种驱动力的纠葛缠绕的巨大张力才是价值所在。

现代小说自发轫之初，就携带着深重的问题意识；问题小说，更成为新文学中一个坚固、巨大的传统。一个写作者的现实关怀和当下意识，往往是通过对当代社会生活中种种有代表性的问题展开叙事，从而呈现自己的某些观察、探究和思考。余一鸣的《种桃种李种春风》中，出身贫苦、在城里打工做保姆的徐大凤，为了儿子能进重点中学读书，省吃俭用费心费力，甚至不惜用身体来同雇主、教育部门的陈书记交换一个入学指标。儿子的教育问题、他是否能进入重点中学读书，对于大凤来说，不仅仅是望子成龙的俗常渴求，不仅仅是孤儿寡母今后的生活着落，它更是大凤对自己曾经梦想的追逐和坚守，是对逼仄残酷现实的反抗。对于一对挣扎在社会底层、资源占有少得可怜的孤儿寡母来说，现实的困顿和坚硬是淹没性的，难以摆脱的，唯一的希望和机会就是考上好的大学，通过"知识改变命运"这条传统之路来实现对命运的抗争。此外，季栋梁的《教育诗》涉及农民工子弟上学问题，直指城市对乡村的傲慢与偏见、教育公平问题；蔡呈书的《学校那些糟事》从高考在即的一场坠楼事件写起，塑造了被高考折磨得疲惫不堪的师生家长群像；以及温新阶的《铁猫子》，都从不同的角度表现出当下小说创作对教育问题、对"知识改变命运"这一传统奋斗路径的观察与思考。

邵丽的《第四十圈》，讲述女作家作为挂职副县长时对当地一起广受关注的恶性官民冲突的调查、探询和阐释、思虑。挂职的特殊身份使得讲述人天然地有着既身在其中又置身事外的双重视角与立场，从而在结构上实现了不同叙述视角的合理转换。于是，司机、办公室副主任、秘书,各色人等从自己的立场和利益出发,把一场关乎四条人命的"齐光禄事件"变成了真伪难辨、扑朔迷离的"罗生门"。如同作者在小说中忍不住地感慨"事情的麻烦之处就在于,看起来谁都有责任,但是到法律上,又都没有责任"。在铺陈他们讲述的重合与矛盾之中,在对当地基层政治生态的充分呈现之后,作者不仅仅是要还原和厘清"齐光禄事件"的来龙去脉与是非对错,更直指那些彼此独立、对抗又相互缠绕、胶着的立场、意志和利益,各种嘴脸的描摹淋漓到位。

现代化进程中传统乡村的沦陷,也是作家创作中热切关注的问题。冯俊科的《鸦雀无声》,涉及工业化发展对农村土地的侵蚀和乡村水土污染的现实问题;《出故乡记》发出"田园将芜胡不归"的苍凉喟叹,反复追问着面对进不去的城市和回不去的故乡,我们怎样安置自己的精神与肉身。

《第四十圈》发表后被多家选刊转载,在批评家和读者中引起了广泛的关注和评议。这让我又想起方方去年发表的中篇小说《涂自强的个人悲伤》所引起的巨大反响。坦白说,这两篇作品虽然出自我一向喜欢的女作家邵丽和方方之手,虽然发表后都反响热烈,虽然都触及到了当下中国社会最紧迫、最真实的问题所在,但我仍然不认为它们在小说的尺度内是杰出的。人物的疼痛不是情感的、血肉的,而是概念性的、类型化的。而文学作品,恰是通过影响人的情感来进而影响人的理性认知和价值判断。相比之下,我更看中《种桃种李种春风》。无论耸人听闻的新闻事件,还是备受关注的社会问题,一旦变成小说写作的素材起点和故事核心,一旦经由作家的叙事来呈现铺展它们,它必须以人为本,文学关注的表达的始终是人。是的,新闻事件与问题中的,人。从这样的尺度和标准出发,当下叙事现场的很多问题小说,也许足够现实感、使命感,足够尖锐、犀利,却往往不够"文学"。

三 我们终将逝去的青春

80后,这种代际命名的文学指称至今也没有得到所有谈论者的认可,而关于它的论证其实内含着这样一种疑问:命名的有效性与合理性?而在我看来,在文学尺度上对于80后的阅读、研究和讨论,终究要落到这样一个问题:这一代人的写作,为中国当代文学提供了怎样的新东西;以及80后在其文本中呈现出的受制于时代又得益于时代的独有思考能力和审美趣味。进入2014年,当年的少年作家都已经完全长大成人,韩寒从叛逆小子成为国民岳父,郭敬明从小四变成郭总郭导;曾经喧嚣一时的80后写作,在不同程度上实现着自己的转身,或华丽、或狼狈。2014年是80后小说家在期刊上表现活跃、创作风格多样化的一年,是他们的小说才华和志向井喷式充分释放和呈现的一年。翻开各大文学期刊,明显发现这一年80后作家发表的中短篇小说在数量上明显增多;阅读后更会发现,其作品在题材、手法、艺术风格上所呈现出的差异性和个性化特点越来越明朗。多家刊物都设专栏或专刊,加大了对80后小说写作的关注、推介,如《小说选刊》的新锐展、《收获》连续两期的"青年作家小说专辑"。可以说,自此,80后一代的小说写作者,从出版喧嚣和话题炒作中转身,已经方向感明确地在寻找和实现着自己的文学路径。一大批80后写作者,已经融入了"刊物、评奖、文学批评"三位一体的传统文学评价体系。

颜歌的《江西巷里的唐宝珍》,延续了颜歌自《白马》和《我们家》朴素、家常的话语方式,渐渐褪去早期华丽空灵的叙事风格,运用白描的手法呈现着四川小镇上一段俗常而又隐秘的男女生活。如果说颜歌早期的作品更多展示了她于小说创作上的才情禀赋,那么这几年来她发表在文学期刊上的一系列中短篇小说则让人感受到颜歌写作上渐生的巨大野心和志向。至此,小镇已经成为颜歌笔下反复勾勒的场景和背景,它或叫桃乐镇、常乐镇,或叫平乐镇,这些四川城乡结合部的小镇，相对封闭又宁静自洽，它的混沌、琐碎可以生发出一种特殊的张力。颜歌在很努力地营造一个独属于她自己的小镇世界，面目纷繁、自成一体的魔法天地。这时的颜歌似乎在叙事上更有耐心，四川方言在小说中运用得得体自如，也更有一种真佛只说家常话的自信。她不再依赖那些青春期为赋新词强说愁的感伤和文艺腔调，从青春专注自我情感表达的格局中开阔出对外在世界的观察、思考和探究，她开始调动自己骨子里和内心深处的家乡记忆和小镇情结，寻找自己的精神家园和写作资源。从《五月女王》《白马》《我们家》《三一茶社》到这篇《江西巷里的唐宝珍》，那个独属于颜歌的广阔天地，面目渐渐清晰起来。

马金莲的《绣鸳鸯》，从一个很马尔克斯的句子写起："多年后回想起那个被白雪覆盖的漫长的漫长冬季和之后那个分外短暂的春季，似乎注定是要发生那么多事情的。"小说围绕姑姑和卖货郎爱情故事里的美好和辜负铺展，这样的故事和人物在我们的叙事谱系里并不新鲜，从古到今，痴情女子负心汉、少女的青涩懵懂与执迷不悔、被辜负与误终生，一直在重复发生与反复讲述。在这篇小说中，马金莲选取的是一种孩童视角，经由一个七岁女孩的心智能力和情感方式去观察、想象和讲述一段青涩感伤的男女爱情。小说的男女主角，姑姑和卖货郎，作为准成年人的半大孩子，他们对情感、生活、责任、身体和梦想其实都怀着一种似是而非的懵懂憧憬，而孩童视角的引入，提供了更贴近、更同构的讲述可能性。不同于大部分80后作家多集中于都市书写，马金莲从亮相文坛便一直专注地讲述着家乡小镇的乡土生活，西海固小城的苍凉与诗意，关于饥饿、关于贫穷、关于现代化的匮乏与疏离，她被称为乡土80后。如果说颜歌近期创作中所表现出来的朴素自然文风，是她在多年小说写作中几易语言方式、刻意选取和营造出来的，那么马金莲的叙事语言的无华、恬淡和细腻却始终贯穿在她的小说创作中，与她所呈现的生活和人物恰如其分地合辙押韵。

80后作家中，孙频在2014年可谓高产，陆续在《钟山》《花城》《小说月报》等多家刊物上读到她的作品。她偏爱展示极端环境中的扭曲人性，以及其间的人性困境，其中篇小说《同体》《黏身》《十八相送》《假面》等都属此类。80后小说创作中如颜歌、马金莲这般书写家乡风土人情并自觉地在叙事中融入地域语言的还有宋小词的《呐喊的尘埃》、曹永的《捕蛇师》。除了上述谈及的篇目，2014年80后小说创作中可谈论的中篇小说还有很多，这一代写作者于文学写作上的更大的野心志向，以及越来越面目迥异的审美追求和风格特点经由期刊上呈爆发状态的作品发表，呈现在读者和评家面前：张悦然的《动物形状的烟火》、马小淘的《章某某》、霍艳的《无人之境》、周李立的《春眠不觉晓》、池上的《桃花渡》等等。

　　这篇文章名曰2014中篇综述，其实难副。准确地说，它只是我在这一年小说阅读中的目光之所及，视野和格局之局限自不必说，更携带着重重的个人口味与审美偏好。文中涉及的篇目，有的是我自己中意喜欢的，有的是屡被评家论者提及的，有的来自身边同行甚至普通读者的推荐。点评作品时所表达的理解、感悟与褒贬，也是在探讨小说在这个时代得以安放自己的合理性与说服力，探询小说在现实生活加速的过程中对于世事人心的见证与陪伴。多篇大家新作在文章中没有论及，如方方的《惟妙惟肖的爱情》、池莉的《爱恨情仇》、尤凤伟的《金山寺》、叶广芩的《月亮门》等，放在这一年的小说中虽然都算是上乘之作，但是和他们自己的创作相比，没有超越，没有提供新的东西，故而不再详说。点评具体篇目时，我曾两次提及毕飞宇和他的代表作《玉米》，用它来作对比或类比，也许是自己对《玉米》的偏爱和念念不忘，但也确实能够反映出一个经典名作，对后来写作者的深深影响和难以摆脱。

　　文章的结尾，我想再次强调这篇文章所携带的浓重的个人口味，也允我为这"个人"寻个理由——面对庞杂的世相万千、纷繁的世事人心，面对时代风云与历史变迁，小说提供的本就是个体的眼光和视角。当然，从某种意义上说，个体的眼光、见地、趣味、格局，都是既受制于又得益于历史社会时代等这些"大"而形成的，但在写作中仍须经由个人化的审美偏好、切入视角、语言方式、叙事路径等等有识别度的"这一个"来实现。小说如此，文学批评其实也是如此。如此，在文学的尺度内，方有意义和有意思。

第二辑

小说家的青春期

马小淘的声音
——关于小说集《春夕》

一

马小淘的小说，颇具辨识度。而这相当程度上来自她的小说语言。关于80后女作家，我一度总抱有一种整体性的印象，认为成就和局限她们的重要因素之一就是那普遍流行着的"为赋新词强说愁"的青春文艺腔。在这种腔调里浸泡久了，某日读到马小淘的小说，确实眼前一亮、耳目一新。那是一个年轻女孩的声音，但却不矫情、不温软，不故作呢喃、不刻意华美；它是口语化、风格化的语言狂欢，俏皮话、网络流行词和大实话混合着年轻气盛与看破红尘，牙尖嘴利，又有点大珠小珠落玉盘的节奏缤纷，轻快、脆爽、戏谑而犀利，有时一不小心多少还显些刻薄。

当然，如此这般堆砌着形容词来谈论马小淘的语言风格，不如从小说集里信手拈来几段话举例说明：

这种语言狂欢，有时穿插在小说的叙事中——

"江小诺认为那嗓子神了，落叶听完狂飞舞，河蚌听了乖乖吐珍珠，玉兔听完不捣蒜，熊猫听了想染黄毛，牛魔王听完撕了芭蕉扇，关云长听完丢了赤兔马，她江小诺听着听着就上瘾了恨不得幻听里都是这声音。"

有时大段地出现在人物对白里（或者，更准确地说，人物对话的抢白里）——

"别扯这些没用的，别跟我整什么昨是今非物是人非的陈词滥调。你知道我这一年是怎么过来的？我想掐死你也没用，你已经消失了。所以我一次次在心里掐死你，你不是自己跑掉的，你是被我掐死的！我从来就平凡，根本不想经历什么跟别人不一样的事情。我没体会过在风口浪尖的滋味，我也没兴趣。从小学我上课就不举手发言，虽然老师点我我也能答上。我没当过班干部，老师觉得我成绩还行，让我当我也不当。谈恋爱也是这样，我是想过要嫁给王子，但那只是一闪而过的念头。我从没预备跟谁殉情，不化蝶，不喝药，我要的就是家长里短的日子，一地鸡毛。再说我要是想谈一次惊天地泣鬼神的也没必要跟你，你开始伪装得多好，一副老实巴交居家男的模样。我是为了脚踏实地才跟你好的，谁知道你还真是个过山车，我都没反应过来就被甩到天上转晕了。下边还全是看客。"

以我对小说的阅读偏好与评价标准，叙事语言语感的个性化，那些字里行间荡漾的或迷人或噎人的独特气息，是我选择和喜爱一部小说、一个作家的重要理由。鲁迅、张爱玲到王安忆、毕飞宇、滕肖澜、张楚……我个人比较中意的作家作品，基本都明显具备这个特点。文学是语言的艺术，思想和主题的深刻、题材的现实性与普世感，如此种种，都需要经过每一个个体的写作者，经由个体的眼光、思虑和表达方

式去实现。用什么样的语言方式去呈现和阐释世界,这才是文学某种意义上质的规定性和魅力所在。用马小淘自己的话来说:

> "我十分看重语言,《长恨歌》无非是李隆基夫妇的爱情悲剧,《卖炭翁》不过是小商小贩被剥削压榨的残酷现实,它们可以流传千古,显然是绝妙的语言在推波助澜。"

——瞧,这姑娘,随便写段创作谈,也不忘如此得瑟俏皮。

二

小说集《春夕》是马小淘新近出版的中短篇集,书中收录的几篇小说中,有一个名为《春夕》,小说集亦以此命名,我猜马小淘自己最得意和钟意的大概也是这篇。

在这篇小说中,马小淘精心、精准地描摹了一段女主人公心里百转千回的爱情"独角戏":江小诺偶然发现男朋友钱包里一张年轻女孩的侧脸简笔画,写有"春夕"二字。这成了她心里放不下的悬案、打不开的心结。这个名为"春夕"的存在,这个男友的疑似初恋女孩,在相当长的一段时间里,构成了对江小诺的纷扰和折磨,她想尽办法、远兜近转地去试着探寻关于春夕的秘密,却始终不得而知。小说的结尾处,苦苦求索不得之后,江小诺自己豁然开朗,关于"春夕"的苦恼、担忧和小嫉妒、小微妙,反倒成了女主人公加速进入婚姻的催化剂。

小说读下来,作为读者,在跟着江小诺着急上火大半天之后,读者也许会突然醒过神来:什么春夕,什么疑似初恋,很可能根本就没有这么一个人的真实存在。这分明是女孩子的婚前焦虑症!而这篇中马小淘的叙事,妙就妙在她用两条线、两副文笔,惟妙惟肖地刻画出一个当代年轻女性在婚恋生活当中的冰雪聪明和憨态可掬,那些兜兜转转的小心思、小情感，那些外表毫不在意、心里百爪挠心的微妙和幽微。

《春夕》中有两副文笔。江小诺和前男友的对话，那些贫嘴、斗嘴、牙尖嘴利、伶牙俐齿贯穿始终，这是江小诺表面上的满不在乎与笑看红尘，她的勇敢自信，这是这个女孩面对外部世界时候的自我塑造与想象。而一旦回到自己的小世界，那些在心里掂过来倒过去、拿不起放不下的满腹心事和欲罢不能，这时候叙事的语调是轻柔、感伤又温吞的，这是江小诺更为真实的内心世界，是她放松、放任的内在自我。马小陶游刃在这两副文笔中自如转换，转换中清晰、生动地勾勒出一个有点可爱、可乐，有点矫情又善良的年轻女性形象。

集子中还收录了另一篇广受好评的中篇小说《毛坯夫妻》。漂在北京的小夫妻雷烈和温小暖，倾尽全力在五环外首付买房，因为没钱装修，所以干脆住在毛坯房里。雷烈像每一个打工"京漂"一样为生计早出晚归地勤勉打拼，而温小暖却因为不适应上班节奏辞职宅在家里，晨昏颠倒地沉迷于淘宝和论坛，安心做一个精心研习食谱的小主妇。在这种生活里，在困窘现实的压力下，夫妻二人的人生观、价值观时有冲突。小说的高潮不期而至——雷烈带温小暖参加同学聚会，聚会的地点就安排在雷烈的前女友、如今的阔太太沙雪婷的别墅里。马小淘虽然没有免俗地安排了这样稍嫌窠臼的场面与情节，但是人物言行和结果却是颠覆性的——面对雷烈富贵逼人、精致到牙齿的前任和她的豪华别墅，温小暖既没受刺激，也没有要由此改变自己的想法，她仍旧觉得自己的宅女日子很好，马小淘的标志性声音再次响起：

"你看她装腔作势的，在屋里披个破披肩，这什么季节啊，这么暖和，又不是篝火晚会。这种显然不是正常人啊，要么就是太强大了，强大得都疯了，我可不没事找事跑去招惹她；要么就是太虚弱了，我不向弱者开火，我有同情心！再说，我干吗跟你前女友掐，前人种树，后人乘凉，她不走，我能来吗？我属于接班人，不能太欺负人，是吧！"

这里面，内含着马小淘对温小暖潜在的认同，我甚至想，这一刻，马小淘和她的人物彼此附身，温小暖一段话倍爽，作者也痛快淋漓。

小说集中有一篇名为《不是我说你》，广播学院毕业的林翩翩进入电台工作，和领导一段水到渠成的地下情，身边爱情长跑多时的男友，一飞冲天的播音主持事业，但林翩翩始终保持一种甚至不合常理的冷静和理性。另一篇小说《你让我难过》中，主人公还是名叫林翩翩的女孩，冷静甚至冷淡地经营着一段地下情，同时对女友闺蜜飞蛾扑火的情感生活哀其不幸、怒其不争。这两篇小说，虽然涉及不伦之恋和生离死别，但作者的叙事着力点却不是戏剧张力的经营和爆发，充当小说叙事推动力的，相当程度上仍然是马小淘个性化的语言。那个标志性的声音，此刻，戏谑和诙谐的语音语调中又夹杂着一种笑看红尘的决绝与漫不经心——

"童话里说，公主和王子过着幸福的生活，全剧终。其实后边日子还长着呢。极大的可能是公主发福，王子出轨，他们偶尔还皮肤过敏消化不良，不是永远干净漂亮。金碧辉煌的皇宫里，没有相看两不厌。他们不凭吊也不懊悔，有时候觉得挺恶心的，恶心了就吐一吐。"

三

作为一个职业的读者，我个人最欣赏马小淘的作品，是那篇最近广受好评的中篇小说《章某某》。《春夕》集中并没有收录此篇，但我仍忍不住想在此谈论这篇小说，以期读者更立体全面地了解马小淘的小说写作。

广播学院十年同学会的时候，同学章某某缺席，此时，她人已在精神病院。于是，关于她"精神病人是怎样炼成"的八卦，成为同学会的热门话题。"我"是章某某的同学、毕业后时有往来的朋友、婚礼的伴娘，作为章某某故事的见证者和看客，小说叙事从这里出发，在"我"的回忆里章某某的短暂人生渐被勾勒清晰：她从三线小城春风得意地走进广播学院，带着小城名人爆棚的优越感与自信心，春晚主持人是她的职业梦想与奋斗目标。而在通往梦想的过程当中，她自我感觉良好的艰苦奋斗和自强不息，在周围人眼中却不过是屡屡上演的不合时宜甚至荒腔走板。最终，事业与婚姻失败，章某某疯了，住进了精神病院，"庞大的理想终于撑破了命运的胶囊"。

如此这般的故事梗概和内容提要，大概会让人倍感熟悉、似曾相识。是的，又是一个"全球化时代的失败青年赋形"（李云雷语），又是一曲"青年失败者之歌"（项静语）。章某某的背后，站立或匍匐着一连串的文学人物，古今中外种种沉沦和伤逝的局外人、零余人自不必说，同时代的文学作品中，文学期刊上此类小说比比皆是，比如《涂自强的个人悲伤》《世间已无陈金芳》，徐则臣作品中的"京漂"青年，甫跃辉笔下的"顾零洲在上海"。他们是繁华热闹中的局外人、都市霓虹灯下的背光区，是梦一场和梦醒了无处可走。近来，不断看到有批评家就此发问：为什么年轻一代写作者如此迷恋对失败者故事和形象的反复讲述？其实这不难理解。人们都有将自己的经验和处境夸张放大的心理倾向，在对自我本能的高度关注中，不自觉地夸大自己所属族群、性别、代际等等的独特性。杨庆祥在他那本著名的《80后，怎么办？》中，开篇所着力表达与论证的就是80后一代人"失败的实感"，在他看来，个体充满沮丧感的现实境遇与精神生活，恰也是一代人的预定的失败。有意思的是，在和身边长辈们聊天时，他们常常挂在嘴边的一句话就是：你们可赶上好时候了；而与此相对应的是，同龄人却往往都在唧叹：咱们这代人最倒霉。那么，到底真相是什么？被上山下乡、被强势扭转青春、被低工资、被下岗，与被群居蚁族、被高房价、被漂一代、被压力山大，究竟哪个代际的人生更失败？这其实真的没有可比性，也没法分辨清楚，只能说，每一代人都想当然地认为自己是最特别、最为时代社会所辜负的。具体到70、80后写作中的失败者形象扎堆，我只能说，往往越是繁盛喧嚣的时代大背景下，个体的自我逼仄和失败感往往更明显和强烈；当然，反复强调自己有多不容易，这本身大概也是一种面向时代和社会的推诿和撒娇。

关于《涂自强的个人悲伤》《世间已无陈金芳》等等青年失败者之歌，已经有太多社会历史意义上的高大上的解读和阐释。这些作品，虽然稍嫌相互重复，但却陆续在文坛甚至超越文学界而引起广泛关注和热议，这都是从正面强攻时代的叙事，写作者的社会现实批判与问题意识明朗而清晰。阅读这些小说，确实很容易产生貌似沉重、深刻的社会慨叹，但也会轻易地熨帖了那种"失败的实感"——既然时代和社会导致了一代人的失败，既然普通青年个人奋斗的无效性被反复论证，那么，就这样吧，反正这事不怪我自己。

而读罢《章某某》，我脑子里却直接蹦出了"命苦不能怪政府，点背不能怨社会"。马小淘用她独特的语言语调，勾勒出的是一个更具实感和具体性的Loser，那种小品式插科打诨的叙事声音，那种旁观女闺蜜回忆中从"小"角度、"小"视野里速写描摹出来的人生片段，实现了一种叙事策略：章某某不是与时代和社会直接对峙，她的悲剧，更具体、局部、细微，也更含混和复杂。如果你是一枚正在时代大漩涡中辛苦打拼的80后，读了陈金芳或涂自强，也许倒能安慰和谅解自己的不成功和不如意，但转身翻翻《章某某》，那份堵心和无望说不定就更严重了。任何时代，任何社会环境下，都会有"尴尬人难免尴尬事"，一个人的悲剧，一定是外在的大环境和内在的个体的相互作用。一股脑地把个人际遇与命运推诿给大环境的叙事选择，太多了，让人厌倦和怀疑，且一不留神就落入自我重复和彼此重复的窠臼。

这个时候，我们会发现，那个声音，它不仅仅是个技术问题，不仅仅是腔调和音频音色的问题，声音背后，是写作者所秉持的看待一个人、一件事的基本文学观。章某某的失败者之歌，我不想用种种大词去牵强附会，我看重的是它具体地面向一个个体时的细微和坦诚。它在铺天盖地、重复相似的青年失败者叙事中，打开了一个有意思的角落和角度。

四

上述分析中，我们可以明显感觉到，马小淘的小说中都强势地贯穿着一个声音和一个形象，无论她作为第一人称的强代入感的叙事人，还是第三人称的焦点人物，都有一个广播学院、播音专业的职业背景，家境好、容貌好，有点小清新和小资，不愿从俗，伪装成熟，嘴上刻薄内心温和，怀着一颗热心肠却故意挑剔地冷眼看世界……我真的总是忍不住怀疑，小说中反复代入的根本就是马小淘自己——有限的交往中，她给我的印象基本就是如此。这有点索引派的嫌疑了，但很明显，她对于自己熟悉的生活、自己身处的小世界，有一种写作上的依赖和迷恋。已知的世界、熟悉的生活，烂熟于心的故事底色和人物轮廓，贴身切骨的疼痛与欢愉，这些往往都构成一个作家写作的起点和根底。围绕一个熟悉的世界兜转进退、笔锋游刃，某种意义上说更容易妙笔生花、摇曳多姿。而马小淘写作上的问题，大概也恰在于此。对这一点，马小淘自己倒是毫不遮掩，小说集的自序里就明白地坦陈：

"其实我一直隐隐地惧怕出小说集。同一个人的一堆作品放在一起，趣味上、好恶上的同质化常常显露无疑。我曾经无数次热情洋溢地翻开一本小说集，读了一半就对后一半没了兴趣。去年，一个年轻作家把新出的中短篇集送我，我想仗义地把一本全看完了，却无非在那些组团出现的小说中感受到换汤不换药而已。我们都不是故意的，我们忍不住反复描述自己热爱的角落。"

从一个任性的"我"中走出来
——读蒋峰《白色流淌一片》

一

2015年的夏天,打开80后小说家蒋峰的长篇新作《白色流淌一片》,我被唤起十年前关于他的阅读记忆。2005年,那是关于80后写作异常热闹、喧嚣的时代:"韩白"之争,各种商业炒作与出版喧嚣,青春写作与主流文坛之间的傲慢与偏见,各种小集体命名……也是在那一年,作为他们的同龄人,我集中阅读了包括韩寒、郭敬明、张悦然、李傻傻、孙睿等等80后的作品。其中包括蒋峰的长篇处女作《维以不永伤》,小说的第三部收在马原编选的一本名为《80后实力派五虎将精品集》中,蒋峰与李傻傻、小饭、张佳玮、胡坚并称为"80后实力派五虎将",对应着韩寒、郭敬明、张悦然等人的"偶像派"。按照当时流行的说法,在商业包装和媒体焦点之外,"实力派"更有文学追求,在青春和叛逆的姿态之外"实力派"的作品水平更高。使用这种娱乐化概念进行的作家分类和写作命名,很嫌荒诞搞笑,足以呈现当时文坛与市场对80后写作认知上的轻率与不经心;却也粗疏地标示出了这一代际写作群体的大致两种风格,甚至预言了他们今后的文学道路和职业选择。

清楚地记得,读完《维以不永伤》,蒋峰带给我的惊艳和震撼。《维以不永伤》，题目来自《诗经·卷耳》，原意是那些行军在外的男人只有依靠饮酒来摆脱对亲人的思念，蒋峰由此展开的却是一个"把这件事情写出来才不至于永远伤怀"的现代叙事。小说从一桩清晨发现的谋杀案写起，案子的侦破过程当中充满了各种戏剧性因素：官员贪腐、少女未婚先孕、继母的阴谋、始乱终弃的爱情辜负，加上接二连三的死亡与命案的抽丝剥茧，完全具备一部悬疑推理畅销书的各种元素，写起来似乎难逃类型化的窠臼。而蒋峰通过交错时空、变换叙事人和叙事视角、拼贴文本、复调等等西方现代小说技术的使用，重构了这个稍嫌狗血俗套的悬疑故事，赋予文本很强的实验性和文学性。文本结构上，整部长篇被肢解成四个不同文体和不同叙事视角的独立中篇，单独阅读就是一篇自足的小说，放在一起又串起来几个家庭、十几个人物跨度三十余年的命运和人生。——用作者自己的话来说，"这样写可以由您所好来选择翻开此书先读哪一部"。

在这部长篇中，蒋峰所展示的才华是多方面多层次的。为研究者所称道的大都集中在小说中炫技般使用的各种西方现代小说技巧，特别是叙事的自觉与用心——要知道，开始写作《维以不永伤》时的蒋峰不过20岁。这些自然也让我欣赏和叹服，但还不是最打动和吸引我的。据说蒋峰写作这部长篇时就已有上千本西方小说的阅读背景，而且常常把小说拆开来看，研究作者怎样讲故事，怎样推进叙事。在这样的阅读背景和用心下，技术上的兴奋和娴熟应该不是最难的事情。在我看来，写作这部长篇时，蒋峰所面对的最大困难和挑战大概是：当他疏离于同龄人所津津乐道的校园、青春等最切身的经验经历，将写作兴奋点指向一个包含有伦理、情欲、命运、灵魂撕扯与人格分裂等等人性内涵如此丰富复杂的故事，彼时年轻的生命体验和认知力、情感力，要如何有效地完成炫目技术上的深刻精神加载？蒋峰至少部分地实现了这种加载，他对人物有一种深深的悲悯，表现出一种"深刻地理解他人的真理"的沉静与宽厚。小说的核心情节围绕两个杀死女儿的父亲而展开，两场极具伦理震撼的谋杀案，蒋峰在审视、审判他们的同时，努力探寻人物行为背后的隐痛，他设置出一个"罪与罚"的隐形文本结构，打开了一种灵魂的张力来处理人物之间的关系。

这部小说，在我当时目光之所及的80后写作中，艺术性最强、文学追求最自觉和最明确。《维以不永伤》的写作和出版，开启了蒋峰真正意义上的文学里程。他对世界的眼光和思虑，他对文学的理解和表达，他的审美偏好与题材兴奋点，在这部长篇处女作中释放得淋漓尽致，且一直贯穿在后面的一系列写作当中。巨大的文学野心和庞大的西方现代小说阅读背景下，《维以不永伤》的写作对蒋峰来说，是一次阶段性的个体经验整理，更是一次个人化的小说理念实践和叙事技巧实验，如他自己坦陈："一本大杂烩的小说，魔幻现实、侦探故事、诉讼小说、拼贴元素、罗曼斯情节，充满一二三人称的叙述，四部里悬念由小到大，不过还是一个事儿。"我从中依稀看见作者本人的生活印记，更感受到了福克纳、马尔克斯、胡里奥包括余华等对他的影响。在一片"为赋新词强说愁"青春期感伤的小腔调中，对外在世界和内在心灵的凛冽直面和不懈探究，文本中对现代小说技巧的尝试与历练，使得蒋峰在当时的80后写作群体中呈现出一种高辨识度，尤显不群。

自此，蒋峰也成为我最期待的同龄写作者。

二

2015年蒋峰出版了长篇新作《白色流淌一片》。和《维以不永伤》相似的文本结构，整部小说由六个章节组成，每个章节都可以独立成为一个中篇小说。从2011年开始，前五章作为独立的中篇小说陆续在《人民文学》等刊物发表。六个自足独立又相互联系的篇章，题为《遗腹子》《花园酒店》《六十号信箱》《手语者》《我的私人林宝儿》《和许家明的六次星巴克》，分别从希望、告别、成长、信仰、占有欲和爱情这些主题叙述了主人公许家明二十八年人生中不同的生命阶段和人生片段,从1980年代写到现在,时间跨越三十年,三代人的爱恨情仇,一个人短暂的、充满戏剧性和悲剧意味的命运起伏。整部小说延续了蒋峰的一贯风格:对侦破推理题材的热衷,结构的精心设计、情节节奏的有效控制、叙事人称的反复转换,以及草蛇灰线的各种情节铺陈与悬念设置。

第一章节《遗腹子》,按照单双小节形成两条线分别来描绘着两个怀孕的女人,章节的末尾处交集在一个名为许家明的男人身上,他是一个孕妇的丈夫和另一个孕妇的儿子。小说开篇就完成了主人公许家明的出生和死亡,这里是他的开始也是他的结束,是生命的孕育诞生也是命运的了断终结。蒋峰在小说的开始,就亮出了故事的底牌和人物的结局,悬置了从开始到结束的漫长而跌宕的过程,更埋下了多个伏笔,挖了各种"坑"。这是蒋峰一贯信奉的小说策略:"永远不要从故事的开头写,我相信悬念是吸引人读下去的东西。"

而《花园酒店》和《手语者》则是全书中最打动我的部分。尤其是《花园酒店》,这大概是全书中行文最为朴素沉静的一章,章节内基本采取的是线性结构,蒋峰以一种娓娓道来的笔调,以姥爷的视角来书写许家明和姥爷相依为命的童年生活。这个章节的阅读,让我始终沉浸在一种疼痛里。姥爷和许家明夜里攀爬花园酒店的场面和对话,让人疼痛而感动;继父于勒和许家明之间深沉的父子之情,那一句淡淡的"我如果和你妈妈离婚了,你就不是我儿子了",波澜不惊中带给读者的情感冲击力却异常强烈。蒋峰很擅长描写与男性长辈之间的亲伦之爱,情绪的渲染因呈现一种恰到好处的克制而到位。这一点和余华有共通之处,他们都有一副自觉的、着力的冷峻先锋笔墨,但一旦写到最具传统意义的父子亲伦,笔调就朴素沉静下来。

蒋峰小说的语言方式实现了一种文本上的自在张力。在他近乎不加节制地渲染死亡的同时,语调却极具温情。他对自己小说中的各色人物都有一种含情脉脉的注视，无论主人公还是边缘角色，无论成功者还是失意者，甚至杀人犯，蒋峰都倾向于为他们基于自己的立场去寻找一种合理性，字里行间流露出对人物的心疼和体恤。而同时，蒋峰又在行文中表达出一种对生命和命运的无力感，眼睁睁地看着人物遭遇命运的无端突袭，眼睁睁地看着许家明熬过贫弱的童年、孤独的少年，刚刚找到了最爱的姑娘，刚刚打起精神来想要好好经营自己的事业和人生，死亡突然降临，无可奈何又无能为力。《白色流淌一片》中，开篇就是植物人父亲和遗腹子的死亡，然后是姥爷心力交瘁被癌症夺去生命，哑巴继父手上的数条人命，直至主人公许家明"像蟑螂一样"死于近乎荒诞的意外，年轻打工情侣的杀戮……死亡的降临总是那么突兀而荒唐，蒋峰在小说中借李小天发出这样的感慨，"命运是个无耻的恶徒，又一次拿我们的生命去做恶作剧"，"回头想想，超级玛丽的死其实挺残忍的，没有提醒，只有告知，说不上哀伤，只是咯噔一下子知道自己完了，已经被这个完美世界抹掉了"。蒋峰在小说中写到死亡、分别和失败的时候，笔墨总是克制、平静又感伤、低沉的，而那种克制，恰使得小说在情节的关键处，获得了一种爆发前的充盈感。

"白色流淌一片"是小说的题目，也是贯穿在每一个故事里的意象，在每一章都有出现，分别对应着云、雪水、精液、面膜和奶精。作者自己显然很得意这个意象的选取和设置，书中每章当中出现这一行字的时候都用黑体字特别标示。但我在阅读中的感觉却是，这个意象在各章节中的分布和呈现，太过刻意和牵强。又或者说，我根本对这部小说的结构方式就是有疑问的。每一个章节的内部结构上都是一个自足完整的中篇，各章之间有间隔感，那么当它们连缀成一个长篇的时候，因为语感和节奏的不统一，整部小说的整体性是受到损害的。这种自《维以不永伤》当中开始使用的结构手法，当它的实验性和新鲜感已经没有的时候，结构上的去魅反而会产生同质化和自我重复的嫌疑。

三

　　2005 至 2015，十年之间，80 后写作群体发生了巨大的变化。青春文学不再是 80 后唯一的标签，市场和商业主导的种种喧嚣逐渐退去，已经进入而立之年的这个写作群体从青春期倾诉中走出来后，逐渐呈现出一种分化的趋势：除韩寒、郭敬明成为瞩目的文化明星，一些人成为职业类型化作家、网络写手，而另一部分则坚持着纯文学的创作，并逐渐进入传统主流文坛的视野，进入文学批评甚至文学史研究的范畴。而蒋峰对于创作的坚持和坚守，已经成为他的文学标签，他自己也在多个场合不惮于正面直抒自己的文学理想和写作野心："我不相信文学会死，我不相信我的梦是一个死胡同"，"我会一直写作，以等待荣光的出现"，"立志要写出最好的华语小说"。

　　今天我们仍可以说，在 80 后一代年轻的写作者中，蒋峰在形式实践和意义探索上都是 80 后写作中走得比较远的一个，也是个人才华最突出的一个。其传奇性的个人经历，以及对西方现代小说的迷恋，成就了蒋峰独特的文本魅力和艺术个性。十余年的时间，一路写下来，对文学的坚持和坚守之中，蒋峰确已形成自己高识别度的艺术风格与文学气质，对谋杀案、侦破推理题材的热衷，对叙事人称和视角的反复转换、文本拼贴、复调、重构等等现代小说技巧的迷恋，从《维以不永伤》《恋爱宝典》到这部《白色流淌一片》，一以贯之。读蒋峰的小说确实能够获得一种文字和叙事上的满足感。

　　而从前面的分析中可以看出，《维以不永伤》和《白色流淌一片》在文本结构、行文气质以及小说技术上的相似之处还是很明显的。从《维以不永伤》开始，死亡成为蒋峰惯用的叙事起点，对死亡的追索也成为他塑造人物、设置情节和推进叙事的有效方式。但当他太过习惯甚至依赖这种情节设置和情结渲染，纵容着死亡在小说叙事中无节制地反复，小说的合理性、真实感以及情感的冲击力会被大大地削弱。

而对某种文本形式、某种情节与情结的过度依赖,往往显得作品的同质化和自我重复。一个出手甚高的青年作家,多年的阅读与写作、阅历与经验之下,他于新作中所呈现的新的、更深厚宽广的东西似乎稍嫌不够。

阅读 80 后作品的时候,一个最突出的印象就是,很多作家的作品,单篇或单部读起来,都足够惊艳,才华充盈,才情饱满;而一旦结集阅读,往往很容易发现他们在题材、主题、话语方式和情感方式上的同质化与自我重复,单薄,缺乏对于历史与现实的整体性认识和文本穿透力。80 后小说创作中普遍存在一种显而易见的缺失:与传统、历史和社会生活的错位,不能有效地完成自我、小我与外在社会历史的对接。80 后一代人的写作起点,很明显是从书写自我、直面青春开始的——即使蒋峰这种一出手就貌似成熟的写作者,其实细想《维以不永伤》中眼花缭乱的叙事技巧的使用,连作者自己后来都承认"用力过猛",这本身也是青春倾诉的一种文学表达。当然,新文学以来每一代写作者都是从这个起点来进入文学现场的,随便举几个例子,巴金的"家春秋"、现代文学中的"革命加恋爱"小说、《组织部来了个年轻人》、北岛的《回答》、朦胧诗的崛起、铁凝的《哦,香雪》、徐则臣的《跑步穿过中关村》等等,都是正值青春发生的写作,不同的是,他们对于公共空间和历史记忆有一种与生俱来的固执迷恋,他们呈现自我与青春的方式或路径,都在试图从大历史、大时代中去寻找一个支点来同自我与青春合辙——或者公共记忆或者历史事件或者集体概念,而 80 后的叙事从一开始就没有也不要这个支点,一上来就很任性地从"我"开始诉说"我",他们的文本出发点和叙事目的地始终围绕着私己经验远兜近转。我经常会想,为什么?大概因为,出生于 1980 年代,民族独立和现代国家架构这些庞大的事件已经基本实现、确立,没有经历过大历史对自己直接的、短期内显而易见的影响,个人命运的节点没有同时代、历史直接发生关系,所以很容易会认为,对自己影响巨大的是隔壁班的那个男孩，是一只手袋的价格与品牌，是办公室倾轧的小得失。而当他们的写作想要进入社会历史层面的时候，那个与私人经验契合的点很难准确找到。

而当我们说起80后的时候，如果他们的创作在叙事谱系上是有价值的，如果谈论他们在文学尺度上是有意义的，其实终究要落到：这一代人的写作，为当代文学，进而为当代文化和当代精神提供了什么重要的新的因素？他们受制于自己的时代，又得益于时代的独特眼光、思想力和审美力在哪里？对一个写作者来说，时代生活固然制约着他的视野和认知世界的宽广度，同时也一定会成全其特定的打量和呈现世界的眼光。大概是因为一直很喜欢，很期待，我对蒋峰的写作也因此显得有些挑剔和苛刻，希望以他的才情禀赋与执着虔诚，让80后写作的面孔在当代文学的谱系上愈加地清晰明朗起来，以实现代际的文学担当。

80后，渐露峥嵘

——2015年的80后小说写作

回望刚刚过去的一年，2015年，中国文学现场，80后很忙。

这一年，各大文学期刊大量地、成规模地发表了80后作家的多部（篇）作品。始于"新概念"的80后文学新人，不同于前辈作家"文学期刊—出版、中短篇—长篇"的传统成长节奏，在商业激素的催熟下，在"出名要趁早的"时代话语氛围里，很多人在相当长的时间内，往往是跳过文学期刊阶段，跳过中短篇小说而以出版的方式呈现长篇。而从2014年开始，80后作家在传统文学期刊的作品发表就呈明显增加趋势，及至2015年呈井喷式的激增和爆发。孙频接连发表了《抚摸》《色身》《柳僧》《圣婴》《无极之痛》等多篇小说；周李立也在这一年高产地发表了《另存》《往返》《更迭》《移栽》《冰释》《透视》等"艺术区系列"中短篇小说；以及双雪涛《平原上的摩西》、文珍《觑红尘》、蒋峰《翻案》、马金莲《一抹晚霞》、悟空《初心》、于一爽《带零层的公寓》、宋小词的《锅底沟流血事件》等等重要作品，也各自呈现出不同的艺术特点和题材关注。总之，翻开这一年的各大文学期刊，会发现80后作家不知不觉间已经渐有成为中短篇小说创作主力的趋势，而在几年前，他们在文学期刊的发表还不过是偶有为之。

这一年，甫跃辉出版了小说集《安娜的火车》《每一个房间都是一座烛台》，反复地表达、呈现着80后"飘一代"的都市异乡人生活，他们与一座城市的精神较量和肉搏；颜歌出版了小说集《平乐镇伤心故事集》，誓将四川城乡结合部混沌、丰富的小镇生活描摹到底；蒋峰出版了小说集《白色流淌一片》，贯穿其中的是对叙事人称和视角的反复转换、文本拼贴、复调重构等等现代小说技巧的迷恋。以及周嘉宁的《密林》、文珍的《夜里我们在美术馆谈恋爱》、常小琥的《收山》、王威廉的《非法入住》、孙频的《三人成宴》等等，都成为2015年重要的出版现象。

这一年，出生于1980年代的青年批评家杨庆祥出版了《80后，怎么办？》一书，在文学界乃至文化界都引起很大反响。这是新生代文学批评者"新"的批评实践，在对社会现实的分析描摹中、个人经验的代入分享中，穿插着对同代人重要作家作品的阐释和解读。

这一年，来自80后网络作家的《琅琊榜》《花千骨》《芈月传》等，作为年度热点作品，从原著小说到下游IP衍生品，通过刷屏、阅读、追剧、手游等大众文艺的狂欢形式，席卷着人们最当下的审美塑造和文化期待。作为网络文学和类型化写作的绝对主力，80后一代的大众通俗文艺写作者和生产者们不断制造和更新着时代的流行腔调和关注话题。

还有太多太多的作家作品可以作为例证，来呈现80后写作在2015年的精彩表现。2015，匆匆这年，出生于1980年代的文学写作者和从业者，在长达数十年的坚持、努力和选择后，在新的历史背景和时代氛围里，在各自选定的写作领域内，确已渐露峥嵘、小有成就。作为这之中的一员，文章写到这儿，我自己都忍不住有点小激动和小骄傲。当然，所谓峥嵘和成就，不仅仅来自上述所列举的数量之多和影响之大，更来自这些文本和现象之中所呈现出来的，我们这一代人在努力地寻找自己于文学意学上的代际定位和代际担当。相当长的时间内，主流文学界对80后文学的批评和质疑，主要集中在其作品中对自我和青春的刻意放大、对公共生活和历史记忆的刻意回避。其实细想，几乎每一代人的写作都是从讲述自我与青春开始的，只不过前代写作们普遍对公共空间和历史记忆有一种与生俱来的固执迷恋，他们呈现自我青春的方式或路径，都在试图从大历史、大时代中去寻找一个支点来同自我与青春合辙。当我们这一代人渐渐进入而立之年，开始成为社会和家庭的中坚，那种介入公共空间和历史记忆的写作冲动和心理本能是一定会迸发并在写作中显现的。

2005年，彼时被命名为"80后"一代人的写作正历经着一场繁盛浩大的文化喧嚣，那一年被称作80后"文学元年"。某位知名评论家接受记者采访时，对80后写作表达过这样的看法："80后还并没有为当代文学提供什么新的重要因素，文学并没有重新开始，一批新人出现了，但其实没有出现真正的新事。"而现在是2015年岁末，10年间，中国当代文学高歌猛进的演绎和演进中，80后写作者作为文学新人，他们的写作为中国当代文学、当代文化和当代精神提供了什么新的重要因素了吗？

我认为，部分地，有。

颜歌、甫跃辉、马金莲这些被称为"乡土80后"的写作者，他们面对乡土和故乡时，所呈现出来的那种"溢出"新文学单一启蒙视角之外的"不卑不亢的乡村态度"，对现代以来的文学传统提出了挑战。孙频在一系列作品中所表现出来的冷硬阴郁、绝境与突围，和一以贯之的"狠"的独特文本气质，正在提供一种高辨识度的女性写作者的独创性声音。那些年轻的网络作家和类型化写作中，在为读者造梦、带受众入梦的大众文艺狂欢中，也渐次实现着中国古典叙事传统与新文学的对接、大众通俗文学与精英文学的互动，以及新的女性观、时代观甚至"二次元"对主流价值观的悄然逆袭。杨庆祥《80后，怎么办？》把社会现实、作品分析和批评家的个人经验融合在一个整体性的批评实践中，他对文本的理解与阐释，不是关在书房里穷经皓首、从概念到概念憋出来的，而是带入了具体、生动的时代摹状与极具个体性的眼光和经验，强大的阐释力和说服力由此产生。时代、个人与文本分析的互文互动中，勾勒出一代人的面目和面貌，定位出一代人文学写作的历史坐标。而这种定位，既是在大历史大时代当中的，又是独特的"这一代"和"这一个"的。如此种种，文学新人之"新"正在一片峥嵘中渐渐呈现。但同时，80后写作整体上还处于一种踟蹰中，精准地找到和呈现自己，为自己"代言"，是一代人的光荣与梦想，也是焦虑与迷惑。在那些既有的文学模式和腔调里，寻找和确认新的时代切入点和叙述范式，在既有的文学秩序中重新塑造一代人的文学价值观，在汲取营养和传统的前提下不再如孩童一般捏着嗓子学大人说话，这些，都是80后写作者（包括我自己）需要面对和解决，却还没有有效地面对和解决的。

革命尚未成功，同代人仍需努力。

短篇小说，与80后写作

　　短篇小说曾历经辉煌。新时期以来，文学期刊在相当长的时间里曾作为中国人思考探讨个人和历史社会问题的重要空间与平台。"解放""归来""找回"，在这些时代大词的背景下，一种跃跃欲试的着急甚至焦虑笼罩着当时的文坛，那长达十几年的命名更迭、高潮迭起的思想潮动和叙事实践，从伤痕文学开始，都贯穿着一种找回和回应的焦虑和努力，找回属于文学的语言方式、情感方式和灵魂方式，并积极回应时代历史的伟大变奏。在这种语境下，长篇小说的创作和发表传播周期太长，短篇小说的轻灵、短小和直抵显然与时代的大节奏更合辙押韵，因此短篇佳作迭出，文坛宿将和文学新人都在相当程度上专注于短篇小说的写作，一个作家因为写作和发表一个短篇小说而享誉文坛的奇迹屡屡发生——而这在今天的文学现场是不可想象的。当然，其实引发万众关注的未必是一篇小说本身，而是它所涉及的社会历史的公共话题，在那个时代，文学作品被当作社会变化中及时的反映和预示，直接反映和介入着公共事务和大话题。——我们现在仍念念不忘的所谓80年代的辉煌，很大程度上源于此。而今天，网络时代的大背景下，新的技术支撑空前深刻地改变着中国人的生活方式、情感方式甚至灵魂方式，人们获得资讯、探讨公共话题的主要空间已经从文学期刊或其他形式的文学阵地上撤退和转移了，文学写作和阅读也已不再是国人表达个人见解、个体经验的主要方式。新媒体、自媒体，每个人都可以轻而易举地发布自己对于世界之大的个人看法，图文并茂地呈现自己的喜怒哀乐。文学不再是昔日那个"超级社交货币"。

始于"新概念"的 80 后写作者，不同于前辈作家从期刊发表到出版、从中短篇到长篇这种循序渐进打磨的传统节奏，在商业激素的催熟下，在"出名要趁早的"话语氛围里，很多人都是以出版长篇小说而开始文学写作之路的，并迅速赢得市场和版税，在相当长的时间内重复着写作与市场的相互塑造。而近几年，80 后作家在传统文学期刊的作品发表开始呈明显增加趋势。刚刚过去的 2015 年，在我的阅读视野里，可以明显感觉到，80 后作家甚至已经成为各大文学期刊中短篇小说的主力。贾平凹、迟子建、王安忆等等前辈作家们，近些年来一直保持着一个职业作家不断更新的长篇小说高写作频率，但却鲜有中短篇问世，我想大概源于他们对于时代的高度自信，他们太自信、太习惯和热衷于从整体上去呈现和表达自己对于世界的确凿认知和感受——当然，这是题外话了。这种 80 后小说写作中短篇的集中爆发，从某个角度反映着这一代年轻作家的成长节奏。短篇小说作为一种"本质上更接近诗"的轻灵文体，应是最能窥探和感知当下时代的神经末梢；同时，作为文学演进中最不安分和跃跃欲试的叙事文体，能够最有效地反映出小说艺术上的摸索和突破的各种可能性。春江水暖，短篇先知。80 后一代的写作者，从为赋新词强说愁的青春期感伤中逐渐走出来，将叙事着力点转向历史记忆和公共空间，其间，他们对自己的艺术个性和追求还在摸索中，对自己的文学价值观也还在建构中。

刚刚读罢 80 后女作家张悦然的短篇新作，发表在《收获》2016 年第一期的短篇小说《今晚天气预报有雪》，或许可以作例一瞥——

离婚的中年女人周沫，靠着前夫丰厚的经济供养，过着富足而平静的生活，直到某次慈善晚会上偶遇落魄画家蒋原，一个比自己小十几岁且一无所有的年轻男人。如你所料，接下来该发生的都发生了，调情、试探、纠缠和热恋，以及金钱与爱情……小说貌似在写爱情，写当下生活中男男女女的世相，但在这部"谈情说爱"的短篇小说里，爱情，与其说是人和人之间的关系，不如说是个人隐秘、幽微的内心悸动。因为说到底，文学写作，是"我的"，也是"我们的"。当我们用文学去记录一件事情、塑造一个人物，又或表达一段情愫、赋形一种执念，其写作的内驱力固然十有八九来自"我"，个体眼中的沧海桑田，个体感受中的"等闲变却故人心"，一个人的目光之所及、一个人的且喜且嗔……但这个"我"又绝非倏忽从天而降，个体的认知水平、审美偏好与思考力，又实实在在地是从特定的社会历史环境中生发成长起来的。

小说的结尾处，一场意外不期而至，周沫的前夫因车祸意外死亡，消息传来时，周沫和蒋原正在一起。周沫意识到前夫的死亡意味着自己将会失去现在所拥有的一切，丰厚的供养，以及由这而生出的脆弱的自由和爱情，包括身边这枚小鲜肉。她恐惧、无措，并在这种情绪的驱使下对蒋原不停地倾诉着自己的过往和内心，张悦然的老道和小说功夫在此时显现，蒋原语焉不详地反应，一个开放式的无言的结局，自然而然地实现了一种叙事上的轻灵和节制，笔墨节制、情感节制；而这种节制，恰使小说通篇处于一种爆发之前的充盈状态。而短篇小说的况味和美妙，也在此刻充盈起来。

张悦然在随后的创作谈中不加掩饰自己对于结尾细节的满意：有些时候一个细节就能改变小说的基调，能改变作者所表达的世界观。而短篇小说对作家的考验和挑战某种程度上也源于此，篇幅短，字数少，所能容纳的人物和情节都是很有限的，但是读者期望从短篇小说中获得的，却不一定就比长篇和中篇更简单。也就是说，短篇小说的写作者必须有本事在有限的篇幅内容中容纳足够的丰富与复杂。这些细节是整幅景象中的"工笔"，阅读时抻动这些细节，能于景象中感受到命运的一角，看到故事的轮廓。而正是这遮掩着的命运与模糊的故事轮廓，留给读者悠远的回味。

当年离家的年轻人
——关于甫跃辉小说集《安娜的火车》

很多时候，我都忍不住去猜想，作家本人就像是从他作品中走出来的人物。比如，我们在近些年的小说阅读中所熟识的甫跃辉。

一个甫跃辉，来自云南，现居上海。在甫跃辉以往多篇关于乡村乡土的小说中，南方边陲，自在的村庄、自得的乡民，一个在大历史大时代的高速变迁中依然静谧、缓慢的乡土存在，"让我们看到农舍里升起的炊烟，听到男女老少没有拘束的大呼小叫，看到了情仇并存的人与人的感情"。读这些小说的时候，总难免怀疑，这些作品是他特地回到故乡，回到他的彩云之南"闭关"而作——虽然明知这些小说都写于甫跃辉18岁进入复旦，来到上海之后。这怀疑，实在是因为：虽现居上海，但沪上的风花雪月和雪雨风霜，似乎不曾影响和改变甫跃辉回望乡村故土时的注视角度与情感方式。他不是作为"知识改变命运的"的凤凰男以知识分子的情感和认知从大上海的书房窗口远眺故乡；而是，他就在那里，在故乡，生于斯长于斯的乡村少年，在那个西南边陲的小村庄里春种秋收，欢快悲伤。

另一个甫跃辉，现居上海，来自云南。华丽风情的巨鹿路周围一间出租屋里，当年离家的年轻人，独在异乡为异客的80后。小说中，他的名字叫做顾零洲，从农村到城市，从偏远边境到繁盛魔都，离家在外的苦辣酸甜，都市异乡人的孤独和异化。在这些作品中，顾零洲不断呈现和表达的，是一种惶惑、无措、沮丧，又夹杂着跃跃欲试的躁动，从身到心，由表及里。在这些小说中，我们清楚地看得到顾零洲的此时此地：他住在租来的借来的房子里，面对着这座城市的庞大、坚硬、喧哗，加诸于个体的残酷与温情、期待与迷离。那个在自己家乡的村庄里欢快明亮的少年，他现在的生活不断被窗外动物园里的气味、莫名其妙的来电和丢失的手机等等无端突袭，他有点烦闷、有些无助，他站在大门紧锁的动物园门口，被一种异乡世界隔绝、疏离的惶惑感笼罩着。

这些印象，来自之前关于甫跃辉的阅读，小说集《动物园》《少年游》《鱼王》等等。在这些作品中，甫跃辉呈现和表达出来的自己的内心与生活，就如批评家李敬泽所说，"有意思的是，这个人处理云南和上海的方式——也是处理他生命经验的方式，云南是云南，上海是上海，似乎各自孤悬，无交集，不呼应"。

今年秋天，我前后两次到上海参加文学活动，作为"地主"的甫跃辉参与了对我们的接待和陪同。在那之前我刚好集中阅读了甫跃辉大量的作品，也一直在思考关于他小说创作的一些问题，所以一堆青年人聚在一起的时候，我不由得会特别留意甫跃辉。记得很清楚，那期间，甫跃辉正患着重感冒，脸色不好，说话时带着很重的鼻音，但喝酒时仍很痛快，帮着活动主办方忙前忙后。他穿着素白的衬衣和牛仔裤，看起来干净清爽，言谈举止随和谦逊；说起他自己的小说，大家打趣他"郁达夫的转世灵童"（李敬泽语），甫跃辉笑得有些不好意思，也有些小小会心。好吧，我承认自己在试图从身边这个人身上打量出小说中顾零洲的痕迹和气息，而最后的结论，也像，也不像——我的意思是，短短两次小聚，只能大约感受到甫跃辉的某一个侧面，而顾零洲大概也只是他内心世界与经验世界的部分赋形，从现实经验到文学表达，人的丰富、小说的复杂，大概如此。

从上海回来，很快就读到了甫跃辉的新书，收录有 11 部短篇的小说集《安娜的火车》。这本集子里，除了《秋天的喑哑》写于 2009 年，其他 10 篇小说都是甫跃辉这三年来创作发表的近作。11 篇小说，按照题材和主题，大致可以分成几组，分别是"城市""乡村""小镇"和"远方"，对应着甫跃辉近几年来不断更新的生命经验、内心体验和文学思考。

集子里的有一篇小说，题为《饲鼠》。是的，你没看错，饲鼠，饲养老鼠。主人公依然名叫顾零洲，他从农村来到城市，求学、毕业、就职，"他拿着老家小县城一样的三千来块的工资，住着破旧不堪杂物拥堵的筒子楼"。他一点一点地适应着筒子楼里的生活：站不直身体的公共浴室、冻透双手的自来水；不断出现的蟑螂和老鼠，是他一夜又一夜的梦魇，"一夜又一夜，他和这个简单而诡异的梦争斗着"。小说写到这儿，还未见精彩，这些现实层面的窘与迫，不过是千千万万都市异乡人的老生常谈，来到"上广北"求学、打拼的年轻人，哪个没在简陋的出租屋里凑合过三年五载？所以甫跃辉笔锋一转：捕获、折腾满屋子乱窜的蟑螂和老鼠，竟成了顾零洲打发无聊、摆脱焦虑和孤独的游戏，成为他最隐秘的快乐。他饲养起一只只被捕获的老鼠，煞有其事地反复玩起了"顾零洲捉老鼠"游戏。这小说的叙事语调，松弛、平静，不疾不徐，可我却读得惊心动魄，饲鼠一幕，想起来只觉得残酷而悲凉。至此，小说的意蕴被充分释放，顾零洲从乡村到城市，从故乡到异乡，现实困顿和精神疑难不断加载的过程当中，人的选择与判断、人性的微妙褶皱、生活的百感交集，逐一被打开。

《饲鼠》结尾，甫跃辉写道："顾零洲边喝红酒边讲述这个故事的时候，又一个二十年过去了。此时的顾零洲人到中年，已然跻身商界精英之列。"看到这儿，我又去细翻故事开头，才恍然原来小说一直在一种倒叙的视角下，让二十年后功成名就的顾零洲对着一个女人回顾往事。讲完往事，他果断地向着对面的女人发布指令："脱！"——与之前陷入"饲鼠"回忆的语调情绪判若两人——小说至此结束。这真是个意味深长又破绽百出的结尾，甫跃辉在小说结尾处用键盘敲下"二十年后"，举手之劳就促成了"屌丝"的逆袭，他大概想要由此表达，年轻时候那些噩梦般的经验和生活、那种凄惶不安的情绪和心理始终如影相随。而顾零洲一路走来却注定万水千山、荆棘坎坷，注定要同这座城市、这个时代屡屡发生精神较量和肉搏。

这集子中收录的其他作品，写城市的《坼裂》《普通话》，写乡土的《鬼雀》《乱雪》，写小镇的"秋天"系列三篇，笔涉"远方"的《安娜的火车》《朝着雪山去》，都在一定程度上延续着甫跃辉大体的叙事风格和审美着力点，但又确有不同：乡土那种宁静自洽的自在感被打破了，"云南的归云南、上海的归上海"那种两两遗忘的不相关、不相交被打破了。一个人，无论进城、回乡，无论在小镇故事中还是正奔向远方，他被扯向不同的维度又被合力放置于时代大的节奏和速度之中，在这些不同的维度中他是分裂、含混和百感交集的，他在其间久久地徘徊和踟蹰，艰难地寻找自己的坐标。

其实，甫跃辉小说处理和表达的并非新鲜经验。从乡村到都市，"到世界去"；时代之大与人物之小；你面对着一座茂盛繁华的都市惴惴不安或跃跃欲试，而这座城市却背对着你语焉不详……如此种种，这些，都是中国现代化进程中的经典故事和经典情境。从叶圣陶、郁达夫到《人生》《生命册》《泥鳅》，到徐则臣的"京漂"系列、《涂自强的个人悲伤》……而作为80后写作者，作为文学新人，甫跃辉的小说在青春文学、时尚写作之外，甚至在传统的文学期刊和评论的规训塑造之外，始终保持着一种自我的方式和气质，保持着自己独有的观念认知和对生活的理解。他的写作部分地触摸到了时代的症候，为新时代里的更年轻一代"失败者"生动赋形。

同影评一样，书评之剧透也要欲说还休、适可而止，而关于小说集《安娜的火车》我已经说了很多。有人评价甫跃辉"具备了这个时代可以成为好作家的几乎所有条件：有才华，接地气，有故事，受过系统的高等教育和学术训练，勤奋；最重要的，他有年轻人难得的朴实之气，以及平易地深入日常生活的能力"。而小说集的腰封上，更赫然印有甫跃辉自己的一段话："我记得那些广阔且沉寂的乡村，混乱而蓬勃的小镇，繁华也破败的城市，陌生又熟悉的远方；我也记得，在那些乡村、小镇、城市和远方，浮现又消失的面孔。无尽的远方，无数的人们，都与我有关。"

——这是甫跃辉小说写作的才华所在，也是他文学创作的野心所在，更是他持续的文学生活中注定不断遭遇和解决的难题所在。

北京，北京

——徐则臣和他的"京漂"小说

《如果大雪封门》，是徐则臣荣获第六届鲁迅文学奖的篇目。故事的显在层面，延续着作者关于"京漂"生活的一唱三叹：挣扎在城市底层的外乡青年，贴小广告谋生，广场上放鸽子维持生计，物质匮乏、精神困顿，出租屋里的寒冬，疼痛与不安，刚刚过去的伤害和正在发生的病痛，永不消逝的一抹亮色……在一场主人公期盼已久的大雪降临之时，小说的叙事戛然而止，大雪封门，覆盖了这座城市，也覆盖了小说中或隐或显的人物与故事的命运。

而小说的内在肌理，沉静、从容的叙事语调中，北京，这座城市的庞大、坚硬、喧哗，加诸于个体的残酷与温情，期待与迷离。那些漂泊在北京的年轻人，梦想与幻灭的错落、缠绕，挣扎与不甘，在作者精心营造的诗意语感笼罩下，其间的撕裂与无奈，读来让人心生疼痛。

假如大雪封门，如此诗意的题目，诗意的期待，与出租屋里破败的残酷现实和纷扰人生似乎有一种巨大的反差与格格不入。高考落榜来北京的外乡男孩，他在北京最大的心愿不是生存生活层面的种种得失计算，简单到只想看到一场大雪，一场南方以南看不到的大雪。现实生存的凌厉与沉重之上，升腾而起的竟是如此空灵的热切盼望，平和内敛的叙事下的巨大张力由此实现。一场大雪，成了小说中极具象征意味的意象——"当时我们头顶上天是蓝的,云是白的,西伯利亚的寒流把所有脏东西都带走了,新的污染还没来得及重新布满天空"。小说的结尾收得非常节制,戛然而止,大幅留白——如徐则臣在创作谈中所说,"当故事在最后一句停下来的时候,小说飞了起来"。

漂在北京,常常成为徐则臣小说中人物和故事生长的背景与底色。

徐则臣写下了漂在北京的艰辛与挣扎。小城来的年轻人,他们飘落在北京各个角落里的境遇和心态:边红旗,拿起笔是个诗人,放下笔是个伪证贩子;居延,千里寻夫,迷失和找回自己;四合院里合租的三人行,生存挣扎间隙上演的男男女女……四面八方怀揣各种梦想的人们涌进这座高大上的辉煌都市,心心念念的北京,却又很难与它真正融入。最现实的基本生存压力自不必说,"时时刻刻在精神和身体上感受到生活的不容易",昼伏夜出的灰色营生,甚至伤病后离京还乡的生死未卜。还有更多精神的疑难,存在感的缺失,现代性的身份焦虑。

徐则臣更呈现着北京的巨大魅力。这里的喧哗、庞大、茂盛,庄严与璀璨,固然容易迷失和迷惘了小小的我,如果写作者只在这个方向上用力,注定是单薄和偏颇的。而《居延》所着力呈现的,是女主人公进京后的自我蜕变。小城来的普通女孩,不同于大部分人的来京寻梦,她到北京的目的只是为了寻找出走的恋人。而她却在异乡寻找恋人的过程当中,不知不觉实现了对于自己的寻找与确认。从小城出发时"怀着一肚子孟姜女似的悲壮",到"一瞬间心静如水",北京提供了更大的空间和开放性,更多的机会,使得小城故事中的喜和忧,似乎都变得不那么重要,和他人、和环境的关联缠绕也不那么焦灼。居延在小城的生活里失去了恋人,失去了一直依靠的"精准的指南针",却在北京重新找回了"自己的那点对生活的方向感"。这就是北京美丽动人的一面,北京的魅力所在。所以漂在北京的人们,一面苦着痛着,熬着挨着,蚁族着群租着,似乎随时准备愤愤地回乡;一面又眷念着、幻想着、期冀着,久久不肯离去。

阅读徐则臣的"京漂"小说，总会让我想到一支歌和一部电影。许多年以前，罗大佑在《鹿港小镇》中反复吟唱"台北不是我想象的黄金天堂，都市里没有当初我的梦想"，那些"当年离家的年轻人"在歌声中感受着寻梦路上的澎湃、激越、迷惘和辛酸。台北之于小镇，远方隐约可见又遥不可及的繁盛景象诱惑怂恿着年轻人，迫不及待地走出鹿港、走向世界，有的人也许得到了属于自己的台北一角，更多人叹息着"台北不是我的家"，回头却发现故乡也已是"归不得的家园"。离乡的青年在都市丛林中历经的幻灭，大抵如此。顾长卫的《立春》，相貌丑陋的文艺女青年王彩玲，她有一副好嗓子、会唱意大利歌剧，她不愿意过寻常女人的家常日子，她在自己生活的小城里是一个另类——小城容不下她，她也容不下这小城。所以，一句"中央歌剧院正在调我，我就要调到北京去了"，成了她常常挂在嘴边的台词，既是应对来自外部环境的逼仄纷扰，更是安抚自己苦痛纠结的内在灵魂。北京，此时已被抽象为一种逃亡和救赎的栖息地。而当她真的来到北京，当这座城市明明貌似无限敞开、实则连一个歌剧院清洁工的机会都不给的时候，王彩玲纵身一跳而后平静地和世俗握手言和，是在告别北京，告别一种生活想象。

鹿港小镇和王彩玲的小镇，台北和北京，当年离家的年轻人和丑陋的文青女，寻梦路上，他们从前一直以为是家乡小镇的"小"辜负了他们，头破血流后方知，辜负他们的也许恰是繁华大城的"大"。罗大佑和顾长卫的腔调多有感伤和悲哀，梦的破碎，理想的破灭，对现代性的质疑和反思，笼罩着作品的浓浓的幻灭感。而这一切在徐则臣的小说笔调中，在他这样更年轻一代的叙事者笔下，北京，中心大都市，它所意味和包含的，它所有的敞开和排斥，它加诸于个体现实生存与精神生活等各个层面的作用影响，更加含混、诡异、丰富，更难以归纳和厘清。漂在北京，面对这个历史性的现实与话题，徐则臣的笔调总体上趋于明快，不愿轻易发出那一声失望的叹息，也未曾打算仓促地将结论和答案掷地有声。那些兜兜转转的北京故事，那些独在异乡寻梦路上的生活打磨和灵魂灾难，一个人与一座城的缠绕，徐则臣的叙事一直表现出极大耐心，语调温和、表情沉静，细节充沛，作者隐在暗处发力，人物和命运自行其是地摇曳生长。而这种叙事耐心，恰呈现表明了徐则臣同大时代周旋的决心与信心。

大概也因为，徐则臣对京漂生活不仅仅是一个远观遥望、不知痛痒的旁白叙事者，他本来、根本就是这之中的一员。身在其中，感同身受、贴身切骨，在场、及物。他的故事里，人物来到北京和离开北京，在对这座现代大都市的爱恨交加中不断地反证和确认自己和故乡，寻找自己的人生和生活。这既是人物和作者自己梦想的起点，更是徐则臣小说叙事的起点。他曾说："我写他们，也包括我自己，与简单的是非、善恶判断无关……他们的欲望、绝望，他们的愿意和不愿意，他们的卑微、放旷、收敛和不自主，他们的深入、相信和不相信……他们中的一些人是我的朋友，他们散布在北京的各个角落，经常穿过一条条胡同和街道，从这里跑到那里。"

是的，我仿佛看见，十几年前，一列绿皮车驶进北京站，一个苏北青年费力地卸下他所有行李，然后他站定，倾听，极力想要从月台的嘈杂中分辨出各种京腔京调。他风尘仆仆又精神奕奕，他知道他的梦想希冀、他的文学历程即将在这里启程，他遥想着自己一路走来究竟会有怎样的精彩曲折和欲罢不能。

都不重要。此刻，他正一字一顿地默念：北京，北京。

小说家的青春期
——阅读颜歌

2002年，1984年出生的颜歌年满18岁。刚刚走过花季雨季，颜歌送给自己的成年礼是对青涩岁月文艺青年式的小小回望：2月，荣获全国"第四届新概念作文大奖赛"一等奖；小说《锦瑟》被评为《萌芽》杂志年度最受欢迎的小说之一。自此，颜歌这个名字，伴随她不断更新面目的文字，渐渐进入读者和批评家的视野。

一

《马尔马拉的缨朵》是颜歌的第一本小说集，收录了颜歌早期的多篇小说。在这本集子中，我们可以看到颜歌的个人生活与文学写作阶段性成长的轨迹。

其中有个短篇《花样年华》，是关于高三校园生活的。在这篇小说里，颜歌正面书写自己正在发生的青春："我"、韩让、扣扣，在18岁这个少年与成人过渡的临界点上，他们对外部世界和自我内心的那种似懂非懂的懵懂状态；爱情和友情，无比简单美好也无比复杂残酷地纠葛缠绕。我猜想，这可能是颜歌小说创作起始阶段的作品，文体意识还处于模糊的状态，甚至还残留着中学生作文的味道，很小清新、很文艺女生式的写法。整体未脱一般青春文学的窠臼，行文中时常出现类似"在高三的刀锋上，我们尽情舞蹈着，并深刻地感到疼痛"这般青春期为赋新词强说愁的表述。

《朔夷》《锦瑟》《飞鸟怅》等则是让人惊艳的。作为颜歌早期的成名作与代表作，这几篇小说集中释放和展示了这位年轻作家超乎寻常的才情文笔，一个写作者驾驭想象、意境、语言的卓越能力。这些作品带有明显的奇幻色彩，每一个故事都是架空了现实背景而推衍铺陈的：古城洛阳、上古时候的村庄，那些名叫锦瑟的女子、名叫蕙娘的女子，以及后羿、甄宓、纯狐——颜歌着力营造着的古典氛围，以及这氛围之中的爱与等待、繁华与荒凉、虚无与孤独。颜歌把人物以及她自己，放置于一个完全源自想象的虚构时空中，封闭在一段段虚无缥缈的历史中，结构着一段段神秘、凄美甚至带点诡异的情感故事，更是在探讨死亡、宿命、孤独、爱恨等大问题。在这几篇小说中，颜歌高识别度的叙事语言恣意地生长和舒展着，空灵、飘逸、繁复、华美而忧伤。小说语言和文本意境缠绕交融，这样的小说，每一篇都是无法复述和介绍的，而只能通过细细地文本阅读，沉浸在小说语言建构起来的意境中，感受字里行间所洋溢和携带的个性与特质。

在这个阶段中，颜歌于小说写作上的才情与禀赋渐渐呈现，并极其华丽、绚烂地舒张开来。通读这个阶段的颜歌小说，无论文笔之初的青涩清浅，还是渐入佳境后的游刃有余，其实或浓或淡，或隐或显都在为赋新词强说愁。或许是少年不识愁滋味，又或许，且允我为她寻个理由：文学，本就是在聚的繁华热闹中提前感知散的清冷孤旷；作家，本就是在烟花绚烂时莫名心生寂寥感伤的那个人。如是，才有写作，才有内心的爆发。回想自己的年少岁月，也曾选了带着花边的笔记本，密密地也是秘密地写了许多这样的文字，只是远不及颜歌的华美文笔。在颜歌早期的小说中，我们感受到一个少女的敏感、多思，年少时候对于爱情、友情、青春与成长近乎完美的期待与憧憬，青春期的迷惘困惑与青春期的忧伤表达。这是文艺青年身上普遍伴随着的一种精神气质。而对于那些很早就开始写作的人来说，这是写作成长的必经阶段，更是个体心灵和心智成长的必经阶段。一个写作者对于语言的驾驭把握、对于情感的收放分寸、对于外部世界和自我内心的不断深入了解，大概一定是要走过这个过程的。

二

接下来，读到颜歌的两部系列小说集，《良辰》与《异志兽》，读到她小说写作中的变化。《良辰》中收录十个短篇，讲述十个故事，每个故事都可以独立成篇；在这十个故事中，男主人公身份各异，号丧者、剧作家、养蜂人、汽车修理工、图书管理员……但他们都有一个共同的名字，顾良城。顾良城在风马牛不相及的各种身份下，在各个故事里历经着迥异的生活和命运，但在精神气质上又分明呈现着同一种底色。同样，《异志兽》中的九篇小说，分别书写九大兽类的故事，但是每一个单篇的讲述者"我"，似乎也是同一个人：一个曾经的生物研究者、现在的小说家。之所以把这两本书称作系列小说集，实在是因为既可以把它们当作短篇小说的集子来读，也可以把其当作两部长篇小说来读，每一个短篇都有自己文本结构、情节铺设、人物设置上的自洽，但整本书又有构思上的关联和整体性。

其实坦白说，作为一个读者，颜歌的这两本小说对于我始终像是参不透的谜题。相比于她之前之后的其他作品，无论外界如何地好评如潮，《良辰》和《异志兽》似乎总不能引起我太大的阅读热情和研究兴趣。也许这之中颜歌所表现出来的文风变化远离了我的期待和想象，也许她这一阶段的写作溢出了我的审美惯性。我更多地从中感受着颜歌想要改变自己的一种急迫。颜歌在访谈中提到《良辰》的写作，一个多月的时间写完一本书中的十个故事，写完后发现自己身体浮肿，输液治疗一个星期才逐渐恢复。呕心沥血是一种写作态度，但在才情和勤奋之外，写作者深入生活的肌理，平实地去感悟生活的心态和能力更是不可或缺的。颜歌的小说写到这个时候，似乎还欠缺着一味小说的智慧。

三

成长是一个不断向自己说再见的过程。2007 年 10 月，颜歌出版了中短篇小说自选集《桃乐镇的春天》，里面收录了颜歌写作以来最具代表性的中短篇小说作品。这本书被称之为颜歌的青春纪念册，而在我看来，所谓纪念，除了沉淀和珍藏，它还内含着一种告别和再次出发的决心与姿态。这一次，颜歌想要更决绝、更身姿挺拔地华丽转身。

2008 年颜歌出版了长篇小说《五月女王》。小说的故事场景，不再是虚无缥缈的时空段落，而是发生在一个名为平乐镇的小城，蜀地城乡结合部的那种小城镇。在这部小说中，上世纪 80 年代生活记忆的气息弥漫在字里行间。颜歌渐渐褪去之前华丽、空灵的语言方式，转而寻找一种家常、朴素、简单的叙事话语。袁青山不停长高的身体，和她愈加孤独的内心，她的身世故事和她生活的那个镇子那个时代，在一种娓娓道来的话语氛围里慢慢展开。在这部长篇中，颜歌展示了自己小说写作更大的可能性，以及写作中语言风格、情感方式对自我的超越。

于是，又有了 2009《人民文学》的短篇新作《白马》。这篇小说延续了《五月女王》的叙事风格，白描的手法，呈现出四川小镇上一段俗常而又隐秘的家庭生活：我和姐姐成长中的秘密、姨妈与父亲的隐秘、小镇上平静外表下暗流涌动着的许许多多的秘密，以及在这些秘密的防守与揭破之间小女孩云云的成长。《白马》在朴素的白描叙事中，却内含一种轻灵，而这种轻灵，很大程度上来自叙事视角的选取和使用。在这个短篇里，作者选取一个孩童的视角去审视家庭风波中的人和事，其中的用意，在我理解，有技术操作上的讨巧：采用第一人称叙事，便于表达具体的人在具体环境中的直接生命疼痛和真实内心历程；但同全知视角相比，第一人称叙事的遮蔽性又为事件推进和命运推衍设置了叙述障碍，而选取孩童视角，经由一个未成年人的心智能力和情感方式来讲故事，在半真半假、似是而非之间更容易获得小说的合理性与说服力。二是主题表达的需要：孩童内在心理的赤子心肠、纯真情怀，在这个视角下，本身就内含着一种对于成人复杂世界的消解和反抗，生活的种种复杂和无奈被赋予了一种诗性的反讽。在小说世界里，孩童视角始终打开着写作者观照世界的一扇特别之窗。前面所说的轻灵，还来自贯穿通篇的白马这个意象，倏忽而至又若即若离的白马，是小女孩云云成长孤独中的陪伴者和见证人，是她成长中内心细节的唯一分享者；它究竟是真的存在，还是来自云云的想象，作者没有明了地交代，而恰在这模糊中，白马作为一种象征，为很实的小说增加了虚的质地，使得整篇作品的层次更丰富起来。

如果说前面的一系列小说作品更多展示了颜歌的才情与天分，那么《五月女王》和《白马》则让我感受到了颜歌写作上开始萌生的巨大野心。至此，小镇已经成为颜歌笔下反复勾勒的场景和背景，它或叫桃乐镇、常乐镇，或叫平乐镇，作为四川城乡结合部的小镇，相对封闭却又是宁静而自洽的。作为背景，作为人物和故事存在发生的环境，它的混沌、琐碎倒可以由此生发出一种特殊的张力。颜歌似乎在刻意地努力建造一个独属于她自己的小镇世界，独属于她自己的文学王国，如同福克纳邮票大小的家乡。她说："我想要写中国的城乡结合部，上世纪80年代眼中的城乡结合部和故乡，因为觉得这是很有意思的地方，有戏剧性、有冲突、有脏乱差，这些都是我喜欢的。写四川、写方言、写我的父老乡亲，我明白这就是我一直在寻找的方式。"颜歌在书写四川小镇的时候，似乎叙事上更有耐心，也更有一种真佛只说家常话的内敛与自信。纳博科夫谈论作品时曾说，小说家在很大程度上应该是一个魔法师,他的主要责任就是要创造出一个自成一体的天地。颜歌一直致力于做一个自如地挥舞魔法棒的魔法师,努力在笔下有声有色地创造出面目纷繁而独特的自成一体的天地。四川人颜歌的写作似乎不再依赖那些青春期的感伤和文艺范,她开始自觉地调动自己骨子里和内心深处的家乡记忆和小镇情结,寻找自己真正的精神家园。她的努力,在写作与作品中不断呈现着,那个独属于她的广阔天地的面目渐渐清晰起来。

阅读颜歌的过程,是对一种写作的梳理,同时也是对一种文学现象的观察和思考。白烨曾这样评价颜歌:"她可能是80后里面最好的纯文学作家,同时也是当代文坛中最好的新锐作家。"这话我同意,作为一个操弄文字的人,颜歌的才情是显而易见的。可是,我同时在想这样一个问题:一个天资聪颖、禀赋出众的青年女作家,在阶段性地实现了妙笔生花之后,她距离一个真正优秀伟大的作家还有怎样的遥远?我想,很长一段时间内这恐怕是颜歌的写作所要面对的最大挑战与难题。作为一个很年轻时就起点颇高的写作者,她青春期的个人成长与写作成长是互相缠绕、相互作用着的。颜歌自己说过,小说家的青春期是漫长的。她还说过:我写作的最初目标是我自己,长期相处的也是我自己,我希望最后我能参透的也是我自己,这就够了。写这篇文章的时候,看到颜歌的又一部长篇小说《段逸兴的一家》出版。还没来得及细读,不知在这部新作中,颜歌又会呈现怎样新鲜的面目,我满怀期待和想象。

《茧》：一次冒险的文学旅程

在名为《茧》的长篇小说中，出生于1982年的作者张悦然，昔日最具代表性的80后"偶像派"青春作家，面向历史之大隆重地伸出手，并试图让自己的表达轻灵而有力。

《茧》的故事内核与主题指向是关于"文革"的，在我的阅读视野里，这大概是80后这代写作者第一次如此正面而正式地去触碰这个题材。"文革"作为当代中国现代化进程中最大的历史灾难与人性伤痛，由于某种特殊的历史社会原因，文学（特别是小说）几十年来成为了国人谈论、叙述它的主要方式。1977年开始的新时期文学的演进，从伤痕文学开始，改革文学、先锋小说、寻根文学……那长达数十年的命名更迭、高潮迭起的思想潮动和叙事实践，某种意义上都是在探索和实践讲述"文革"的语言方式、情感方式和灵魂方式，在对这一历史事件的思考表达中，新时期文学前期的基本轮廓和重要作家艺术个性的确立才得以实现。这是1976年以后汉语写作绕不开的大题材，甚至成为不同风格和代际作家的试金石和必答卷，怎样理解与表达"文革"，关系到一个写作者如何有效地理解与表达当下之中国。从这个角度上，《茧》是对新时期以来中国当代文学主线的承继与延续，开启着更年轻一代对大历史郑重其事地关注与思考，参与着仍远未完成的关于"文革"这样一个对当代中国产生重大影响的历史事件的社会文化思考与人文表达。

这是一次长达七年的长篇写作，作者张悦然在创作谈中说，"在很长一段时间里，我的苦恼在于，这个小说好像怎么写也写不完"。是的，作为一个读者和研究者，我能够想象《茧》写作时所面对的巨大难度，这实在是一次冒险的文学旅程——当一个80后作家正面强攻这样一个大题目，在前辈高人们的鸿篇巨制背景（阴影）之下，它既要能够被列入那条长长的层峦叠嶂的文学谱系中去，有来处、有承袭、有根柢，同时又必须是突兀新鲜的"这一个"，独属于80后这一代人的思想认识和审美坐标里。更何况，作为出生成长于新时期以后的80后，作为"文革"的非亲历者，那段历史之中的残酷、荒诞、复杂与丰富，其间的伤痛和惨烈也许没那么贴身切骨，那么，小说的有效性与说服力何以实现？

张悦然选择进入历史深处的路径是将过往与当下进行连接，她所选取的切入点和叙事视角是"文革"中恩怨纠葛的两个家族的第三代年轻人，把过往的大事件，与日常当下的青年人生巧妙自然地发生着密切的内在关联，以一种青春叙事的气息来探讨和追寻时代之大与历史之重。小说写得很智慧，也很笨拙，她的叙事策略里，小说的显在层面是男女主人公依次以对方为倾听者的第一人称讲述，而内在本质的叙述却是一代人对历史与时代的内心独白。作为出生于1980年代的叙事人（主人公李佳栖、程恭），或写作者（张悦然），站在历史轴线的最前端，隔着几十年的尘埃岁月回看，这种讲述的有效性除了他们所发现和了然的，甚至也包括他们所遗漏和迷惘的。经由《茧》所奋力抵达的真实与有效，这部小说实实在在向我们展示了一代人对历史的感受与理解，更把历史之殇与当下之痛的交错缠绕凸显出来。80后怎么理解和看待"文革"，而"文革"又怎样影响着80后？那个钉子楔入大脑的雨夜，那个极端岁月里的极端事件，隔着两代人，隔着几十年的岁月尘埃，表面看上去一切都已经改变，日历每天都在向前翻页，但其实三代人的人生与生活都被它碾压和改变，这个历史大事件，它的阴影远比我们想象的要长，历史的血脉，在几代人的身上辗转流淌着。

非亲历者如何讲述历史？也许，需要边消解边重构。50、60年代作家笔下的文革叙事，作为亲历者，他们提供了大量的感性材料和私人记忆，似乎是最真实和有效的，但也恰因为自己身在其中，所以这种讲述难免偏颇甚至偏执，从伤痕文学到知青小说，难免沉溺于或控诉或辩护或怀旧的个体情思中。而当我们开始谈论历史，其实至少有两个所指，一个是客观存在于时空维度中的真实发生过的历史，一个是存在于各种记录、讲述和表达中的历史，是意识形态中的历史。所以，历史讲述的主观性和遮蔽性是必然存在的，所以更重要的是，在什么时间以什么方式来讲述。既然历史的主观性无可避免，那么我们对所谓真实的渴求，不如转换成对众多丰富视角的期待。每一代人都有自己的时代与生活，以及由此产生的价值观念和情感方式。80后一代人，有更活跃而独立的内心生活，更不容易为外在的宏大流行话语所裹挟，不似前辈作家们对"大"和公共的迷恋与依赖，似乎不借助于外在的庞大话语就不知如何确认、表达世界和自我。在《茧》的阅读中，能够感受到张悦然在很努力地去创造"文革"叙事新的"语法语调"。

程恭与李佳栖这两个主要人物，与其说是现实意义上的，不如说是象征性的。他们象征着新时期以后出生成长之一代人的一种历史命运——无论你是假装不知情，还是选择逃离或原地不动，都没法摆脱历史遗留物的如影相随。今天已经进入而立之年的80后们，当这一代人开始成为家庭和社会的中坚，往往会发现自己身上的很多问题仍是中国现代化进程中的历史遗留问题。我也是作者和人物的同龄人，必须坦承和面对的是，我们这一代人身上仍然留有很多"文革"的印记，尽管绝大多数同代人都不曾直接与此相关，但看不见摸不着却如影相随侵蚀着的是我们看世界的眼光、行为模式和思想模式。启蒙的断裂，平庸之恶的大行其道，每一天都无声无息地隐秘地散发着恶臭，无声无息地侵蚀着后面几代人正常的灵魂机能与精神呼吸。当年轻一代转身正式地面朝历史的时候，他们追溯的是父辈的历史，最终抵达和确认的却是自己，一代人真正的代际坐标和主体性才由此真正显现。怎样面对历史，最后终究会回落到怎样面对当下和自我。而当我们真正了解、理解了父辈们所经历、经验的那些往日时光，认真诚恳地温习了刚刚过去的那段中国当代历史，返回身，我们才能真正了解和理解自己当下的现实与精神处境。

《茧》之前，我对张悦然的文学印象和记忆基本还停留在十年前："新概念"80后作家，显而易见的才情禀赋，做作的天真与华丽的空洞，小资情调的华美忧伤，架空社会历史的真空叙事……那是80后写作最为喧嚣热闹的时期，所引发的关注、争议甚至争论此起彼伏，而张悦然作为其中和韩寒、郭敬明并称的最具代表性的80后作家，一直保持高频率地写作出版速度和热关注度，包括莫言在内的很多前辈作家与读者都对张悦然后续的写作充满期待。然而2006至2016十年间，80后写作持续成长。她并未如人们所期待的那样持续写作更多更好的作品，而是长时间地没有了音信。我作为同龄的阅读者和研究者，一直在持续跟踪、关注80后的小说创作，在同代人力作频出的目不暇接中，我感受着他们的内心变化与文学成长，偶尔会突然想起张悦然，会好奇她在做什么，何以如此长久地停止了写作。所以拿到这部《茧》的时候，还没翻开细读，我就预感这次张悦然一定会放大招，有一种强烈的迫不及待和跃跃欲试——这同时表明，作为一个十年前的读者，我对张悦然始终有期待有想象。想起她十年前出版的长篇《誓鸟》，一段架空具体社会历史背景的南洋传奇，一个奇女子，小说中反复出现着死亡、伤害和鲜血，各种虐心虐身，通篇贯穿的是一种残忍残酷又华丽华美的叙事腔调，你能感觉到张悦然对小说中所描述的血腥和惨烈有一种审美上的迷恋，那些华美的语言语调恰是力图赋予它们足够的合理性。但那也是一种独属于青年写作之矫情的天真，那是一个尚没有真正体味、感受过生命之沉重与世事之多艰的文艺女青年，对所谓残酷残忍轻快又轻佻的想象和表达，当真是为赋新词强说愁。而今，识尽愁滋味，成长中慢慢知晓人生之多艰，面对人物的真实命运，不忍，不甘，所以在小说结尾处不管不顾地安排着人物与世界和自我的和解。当《茧》的叙述抽丝剥茧般进入历史深处，面对历史之罪与人性黑洞，作为青年人和后来者，作为过往岁月的阴影下无法逃避的一代人，要以什么样的姿态去做点什么来抵抗和改变这些呢？我觉得张悦然并没成竹在胸的了然，所以她拿出"爱"这把万能钥匙来试图打开那把生锈的锁，"以爱的姿态去面对和拯救历史的罪"，"承认和指出所犯下的罪，灵魂就会得到洁净"，她说，爱的鉴定和纯粹可以洗涤和拯救罪。但和解真的能如此轻易吗？与自己、与他人、与我们不得不背负的历史、不得不面对的世界的和解，真能如此轻易吗？我没有作者那么乐观，又或者，其实张悦然也知道，事情没这么简单，但那种整体性的长篇惯性迫使她总得给小说有个结尾，对读者有个交代。

"他（程恭）和李佳栖站在那里，听着远方的声音。汽车发动机的声音，狗的叫声，孩子们的嘻笑声，一个早晨开始的声音。程恭闻到了炒熟的肉末的香味，浓稠的甜面酱在锅里冒着泡，等一下，再等一下，然后就可以盛出锅，和细细的黄瓜丝一起，倒入洁白剔透的碗中。"——这是小说温暖、温馨的结尾，如同那些童话故事总是结束在"从此王子与公主幸福地生活在一起了"。然后，一切似乎已经完成，但其实一切可能都才刚开始。

以青年的名义
——关于《人民文学》2016年青年写作专号

　　以青年的名义,《人民文学》2016年第9期刊发70、80后写作者的11篇小说,是为"青年小说展"。当作家二字被冠以"青年"之定语,除了标示出代际岁龄上的差异,其中也自然内含追问,新人之新何在?他们的写作能为中国当代文学、当代精神提供什么异质性的新鲜元素?当一个作家被命名、归纳进青年,我们对他的期待,除了要尽快写成前辈高人般高端大气上档次,更包括对既有文学模式和叙事腔调的故意冒犯与以身涉险;除了技艺娴熟思想深刻,有时也许更得不惧东奔西突班门弄斧。

　　《人民文学》一直秉承兼容并包的刊物之道,所刊这11篇作品,风格迥异的小说技艺呈现和表达着丰富多元的文思、才情、经验和思考——地方性乡土经验的诗意表达和现代性疑思,上接沈从文、汪曾祺等民俗小说之温润文脉(肖江虹《傩面》);现实笔触下凡俗人生的一唱三叹,转型期乡村伦理的变迁和人性的明晦起伏,在一场"孕事"的兜转铺陈中徐徐抖落,细节和情感的细腻把握与处理,作品极具生活质感与代入感(焦冲《无花果》);时代的高歌猛进中错位的人生挽歌,一串沉香或数枚石燕,都变成人物试图抵御时代和安放自我的寄托,更成为作者推进叙事和表达主题的有力支撑(张忌《沉香》、强雯

《石燕》);还有对世相世俗貌似熟稔、津津乐道的《天蝎》(南飞雁);操练着现代小说技艺让读者兴奋又迷惑的《而阅读者不知所踪》(李宏伟);以青年视角去触碰和探讨衰老、死亡和孤独等主题的《谎言》(走走)、《心经》(徐衎);以孩童视角推进叙事的《青色蝉》(叶迟),松弛的讲述中举重若轻地探讨着成长中的疼痛,更实践着短篇小说的轻灵和节制;以及来自台湾新世代科幻作家伊格言的《坠落》,旅美传奇学霸沈诞琦的《音乐教育》,呈现着另一种人文环境中生长出来、大陆当下文学圈之外的汉语小说写作的迥异气质。

这些作品都紧贴当下与日常,而对一个写作者来说,他所生长的时代,既制约着他的视野、认知广度和深度,同时也成全、成就着其特定的打量世界的眼光。未曾与大时代大历史正面交手和对峙的青年一代写作者,活跃在中国文坛的70、80后们,文学写作的出发点和最终指向,是"我的"、是独特的"这一个",它当然必须和历史家国、社会时代、命运人生等等这些巨大、庄重的事物休戚相关,但文学所表达和呈现的,一定是经个体过滤的个性化表达。大格局大视野,与"自我"和"这一个",矛盾又统一、分裂又胶着的缠绕关系,其间的张力,恰是好小说的发力点。以青年之名,这11位70、80后作家参差交错地表达传递着不同精神尺度和经验尺度内千差万别的生活图景与心灵状态,局部展现了当下青年写作的代际文学视野和叙事想象,却又共同汇聚到一代人的生命体验和价值观中。

其中,给我印象更深的是这以下几篇小说——

一个作家一段时间内的思考着力和审美偏好,往往能够支撑他的一批作品,《傩面》延续着《蛊镇》和《悬棺》的民俗叙事路径,记述了傩村最后一个傩面师之死,记录着贵州边地独特的文化民俗景观和传统崩塌过程中的世道人心。在傩面师那里,傩面戏是乡民千百年来守护村庄、祖先的神秘力量,在"究天人之际"的盛大庄重仪式中确认和安置现世生活;而在更多的人眼中,它们不过是猎奇过程中稀奇古怪的面具壳子。小说中穿插大量的民俗描写和傩戏唱词，文字扎实而轻灵，乡村经验中内在的差异性和丰富性、内在价值和内在趣味，在肖江虹笔下表达得充分而深情。从《蛊镇》到《傩面》，阅读时我总能感觉到，肖江虹每每情不自禁地沉醉在边地民俗日常经验的诗意萃取中，他和他的人物一起沉静、沉醉地徜徉在昔日情怀中。而同时，又总有一个破坏性的、打扰性力量突兀而止，将人物、作者以及读者从中惊醒。小说的诗意盎然之中又弥漫着无处不在的惆怅与沉重，这来自正在加速消解的乡村历史传统与文化，包括它们赖以生存的自然环境和人文环境。在肖江虹的民俗叙事中，我们了解到极具地方特色的生活方式与价值信仰，他的小说正在成为贵州这样一个多民族多文化交汇地区的新生代文学符号。创作谈中肖江虹曾自述他的小说并不是挽歌，而是一种乡土传统诗意的记录。这里面内含有一种"不卑不亢的乡村态度"，呈现了新生代青年作家如何在自己的代际精神尺度和经验尺度内去表达和释放乡愁。

  印象中，李宏伟有着一张面目忠厚、表情朴素的脸，以及憨直一笑的招牌式表情。可你永远猜不透这忠厚、朴素、憨直后面，这个人的文心文思是多么的天马行空和百转千回，对"忽悠"读者是多么的乐此不疲。他的小说一直多有奇异元素，同样，《而阅读者不知所终》中，前面那些现实感十足的章节，其实都是为了最后那个匪夷所思的突兀结尾做铺垫——通篇细节和叙述的扎实与真实，正是为了最后时刻奇异发生时的强烈震撼——小说的结尾处，一本书的作者、读者和人物之间发生了神奇的混沌和错位，虚构与现实模糊成镜像圈套，世界的各种可能性在这篇小说中变得机会均等。一时间，我想起了平行宇宙，想起了骇客帝国，无从分辨庄生梦见了蝴蝶还是蝴蝶梦见了庄生……李宏伟式的冒犯和冒险让我振奋和兴致盎然，而当下的70后小说家显然整体上都太过老成和庄重。

  《天蝎》中南飞雁充分展示了自己写作的故事功底和心理描摹能

力。一场男女情感纠葛大戏被放置在官场这样一个特殊场域，节奏的推进和情节的起承转合把握得恰到好处，小说张力和叙事说服力自然生成。一个中年男人在仕途与婚恋缠绕的进退维谷中，依次抖落着华美袍子里的虱子。一个自私的男人和一个自私的女人之间的调情，各自怀揣着精刮的算计与残忍的凉薄，一场意外的官场风波却倏忽生出彼此的一点真心——其间依稀可感张爱玲《倾城之恋》的气息。作者对男主人公的心理把握和描摹堪称老道，南飞雁真正进入到人物内心，那些进退算计中一个中年男人的精明、凉薄以及无奈与辛酸，其间的微妙和复杂表现淋漓，写活写透了一个官场中的人。小说的问题恰也缘于此：作者贴身切骨地无限接近人物，几乎不留缝隙，由此，人物的格局限制了作者的格局，通篇人情练达世事洞明的叙述腔调里就稍嫌有一点过于津津乐道。且，这篇《天蝎》，从人物、情节和语感语调上，和南飞雁自己多年前的那篇《暧昧》太像，太像了。

　　沈诞琦，并非我们通常视野中的所谓青年作家，而是一位颇具传奇色彩的网络红人和 80 后学霸精英。翻开沈诞琦的简历，绝对是理工科学霸一枚，沈诞琦人生最重要的青春成长成熟期是在美国受着精英教育度过的。小说《音乐教育》中，日常的单调琐碎与音乐练习表演的盎然恣意，东西方的文化与族群差异，家庭生活里难以承受之重与个体心灵中的轻逸，帮父母打理小餐馆与吹奏单簧管，如此种种缠绕交汇在一个在美国的华裔高中生身上。最近广受热议的电视剧《小别离》中，中国式家长的焦虑，纠结在国内应试教育内百般折腾算计之"眼前的苟且"，解决方案就是早早地送孩子出国留学，似乎那里才有"诗和远方"。而沈诞琦小说中娓娓道来的却是美国华人生活的隐忍艰辛，以及美国高中教育的局部实况与真相。生活不在别处，只在你坚固的自我核心里，小说中的华裔高中男生向我们展示了如何在"眼前的苟且"里时刻葆有"诗和远方"。沈诞琦文字最突出的特点就是，不俗，携带一种未被当下中国文坛刊物和评论口味规训过的清爽气质。

旧海棠笔下的六个故事

一

短篇小说《遇见穆先生》中，旧海棠勾勒出一场清冷而曼妙的相遇。中年女人小艾和朋友们一起度假旅行，因为懒得进山写生而落单，独自一个人在景点周围闲逛，三番五次地和一位男子穆先生相遇。"遇见"推动着叙事节奏不疾不徐地缓慢向前，小说结尾处，故事的高潮不期而至：小艾搭乘观光车去附近古村落参观，再次遇到穆先生，一同进入古村落后分开各自闲逛，小艾逛进一座古宅，又遇穆先生，原来他是这座古宅的传人。小艾与穆先生一起坐在古宅正堂的太师椅上，闭上眼睛冥想，进入梦境——

"小艾幻想到一个场景。她在一个傍晚进了这个村子，来的时候，许多的村民都在路上看她。她要到的一户人家，并不太富裕，管家的太太就坐在她如今坐着的位置。旁边没有老爷，家里除了几个男仆外并没有成年男性，一个人称小少爷的四五岁男孩在天井里玩一种叫作藤球的东西。小艾从角门进了这户人家，施了礼见了太太。这位太太面相庄严，说话却是柔声细语，小艾一直低着头听着。后来的事，小艾就记不得了,可能因为太入戏,身心早已抽离去了那个傍晚。等小艾睁开眼来,穆先生站在她的面前,又紧张又心疼地看着她。小艾脸上流着眼泪,穆先生看她醒来,为了安慰她把她揽在怀里。"

所谓"遇见",在字面简单明了的瞬间背后,往往内含着更多的丰富和复杂,人生的偶然和戏剧性,多少跌宕起伏的传奇都从一场相遇开始。一个寂寥的女人和一个神秘的男人,三番五次地相遇中,作者每次都渲染得好像该发生点什么,却又每每语焉不详、戛然而止。老宅子里旧时光旧人物的躯壳,不是传奇的赋形,而是一个寂寥的中年女人的精神穿越。遇见穆先生,遇见自己的梦境或穿越,这对于小艾来说,是一次对日常的逃离,或是一次对自己的出离?

读这篇小说,我想起多丽丝·莱辛的《天黑前的夏天》。中年女人凯特,交叉双臂,站在自家后屋的台阶上,等待壶里的水烧开,这一刻,一种深深的寂寥、惶惑甚至绝望突袭了她。同小艾一样,凯特也正经历着女性的中年危机,生活中貌似美满、安稳的背后,是一种深深的寂寥、无聊,绝望主妇旁逸斜出的跃跃欲试和戛然而止。旧海棠敏锐地捕捉到中年女性的精神危机,情感上惶惑与空落,诗意地铺陈了数次的相遇来呈现这种情愫。有意思的是,旧海棠把无聊尘世中男女邂逅这种老套的故事和题材,写得独具韵味,不是饮食男女那种世俗、庸俗的身体与情感上的取暖甚至苟且,那种含混、模糊、若有若无的情绪和情感,处理和表达得十分到位。这篇小说从质地上更接近于诗,竟有一种出世感。

二

　　在名为《刘琳》的小说中，女主人公、焦点人物刘琳，始终未曾直接出场来演绎她的生活与命运。"我"，曾经的酒店服务员、现在的专栏作家魏红玉，在火车上偶遇旧同事，当年一起在酒店打工、现在成了小老板的陈仲鸿。他乡遇故知，忆旧，一起谈论悠悠往事，自然而然地成为小说的叙事推动力——"我们间陡然间打通了十六年前的时光隧道，一下子从隔阂的当下回到亲密无间的青春时光里。"

　　而那个叫刘琳的旧同事，那个当年和魏红玉、陈仲鸿一起在酒店打工的年轻女孩，就成了二人回首往事的主要谈论对象，她的戏剧人生，在指向旧时光的回忆中渐次清晰起来：

　　刘琳，"无事时双手插在围裙兜里斜歪着倚在吧台上"的俏皮女孩，模样有点暧昧和小风骚，为了躲避家乡男孩的疯狂追求，出来打工避风头。一同在酒店打工的同事陈仲鸿或许喜欢她，但直到他离职时也没有明了地表明心意。服务行业的高流动性让这些人的聚散成为常态，大家都很快换了工作，彼此分开，生活中曾经亲密、朝夕相处的同事和室友，倏忽又是杳无音信、往来不再。"我"已经很久不见刘琳和当年酒店的旧同事，曾经的打工生涯就如远去的一场梦，曾经的人和事都已经在魏红玉的记忆中模糊甚至淡忘，而在火车上与陈仲鸿的相遇，那些尘封的记忆和情绪渐渐被激活，"不如我们去看看刘琳"，这个提议勾起了陈仲鸿关于刘琳离开酒店后命运人生的讲述——结束酒店打工生活，刘琳回到家乡准备参加高考，却被之前那个追求者恼羞成怒地在家里放了一把火，家人被烧死，自己被毁容，她不得已带着幸存却重伤的父亲出来打工，艰难地维持生活。接下来的情节，如你我所料，陈仲鸿开始照顾刘琳，也和她开始了也许早就该开始的男女关系。

　　但是，你我猜中了开始，却没有猜中结局。陈仲鸿带着"我"一路走向去见刘琳的路上，他们最后到达的不是一套整洁温馨的住宅，而是一座坟墓,刘琳已死,死于自杀。留下陈仲鸿久久不能释怀的想念和伤痛,留给旁观者无奈的唏嘘与感慨。小说一开始就层层铺垫的悬念,结尾处揭开谜底,叙事张力也在此刻爆发开来。一个人在这个世界的突然消失,一个人在讲述中的跌宕人生。小说中反复渲染的是陈仲鸿失去刘琳的痛,是他不动声色的讲述中突然爆发的情感冲击。无论魏红玉,还是作为读者的你我,其实都是被陈仲鸿的讲述诱导着,一步一步走近刘琳的人生和命运。陈仲鸿的讲述,是为了证明刘琳曾经的存在,证明他们曾经共度的时光。

和《遇见穆先生》那种通篇追求空灵迷人的文本气息不同,《刘琳》似乎处理的是更入世和俗常的经验与现实,一个普通女工在市场经济大潮中的跌宕人生,一段打工生涯中的陈年往事。但旧海棠说,她写这篇小说,很大程度上是想表达"一个人突然从这个世界上消失是一件很残暴的事"。小说的叙事方式,恰也是小说的叙事重心,刘琳的人生是经由陈仲鸿讲述出来的,这讲述本身,也许就是一个圈套,是陈仲鸿对自己下的圈套,经由讲述而生成的一种怀旧、怀念的氛围,经由讲述而生成的似是而非的现实,抚慰着陈仲鸿自己失去爱人的伤痛。小说的叙事张力也由此生成。

三

"三月上旬,老王就买好细麻料。她想,到五六月里天就很热了,衣服几乎得贴身穿,粗麻料会使皮肤痒,尤其是小孙子,皮肤嫩,摩擦不得。"——《万家灯火》,开篇就是如上家常、如常的叙事调子和语句,淡淡的,静静的,波澜不惊。但不知为什么,我读来却觉得有点心惊和隐隐地不安,似乎在字里行间已经预感到什么即将到来的伤痛或失去。麻料,细麻料……

接下来,小说一路铺陈着主人公老王,一名老年女性的日常生活和内心情愫，串联起一个家庭里夫妻之间、父母子女之间的多重关系。小说叙事的节奏，紧贴着老王的日常生活节奏，她每日里的家务，打扫房间、做一日三餐、等孙子儿媳回家、等待远在南非的儿子的电话，念佛经、打坐、细思量家里的大事小情……不疾不徐，缓缓的，淡淡的，一个家庭内部的纷争、烦扰，一家人之间的复杂关系和琐碎矛盾却渐渐被勾勒出来：儿媳生孩子时，从外地赶回来的儿子遭遇车祸，一度丧失了正常的自理能力和语言功能。儿媳从医院回家后，却不能接受丈夫，要求老王在外面租房子照顾生病的儿子，直到他恢复正常才接受他回家。儿子康复后回家了，父母、儿子儿媳和孙子，一家五口看似团圆的外表下，曾经的意外和面对意外时候的不同态度，已经在这个家庭内部留下深深的裂痕。父亲老蔡不满儿媳对儿子的态度，独自回到老家，儿子主动要求远赴公司南非分部，以遥远的空间距离来逃避尴尬的家庭氛围和相处难题。家里只剩老王、儿媳和孙子，老王此时成了维系这个摇摇欲坠家庭的救命稻草和粘合剂，她默默地忍受和承受着辛劳、委屈和尴尬，在亲情的夹缝中努力维系着家庭的完整和孙子的正常生活。老王信奉佛教，这也成为她身处家庭矛盾之中，身心疲惫时最好的心理安慰和寄托，也让她在困境中始终保持一种平和包容的悲悯之心，竭尽全力地通过自己的不断付出和不懈努力，让家庭矛盾渐渐趋于缓和。

小说结尾处，暗自抵达叙事的高潮，仍旧是那么波澜不惊——老王安排好家里的一切，甚至精确地安排好老伴老蔡从老家过来的时间，刚好赶得上接孙子放学。老蔡接了孙子回到家，"过来和老王说话，他想要叫她醒来做晚饭了。老蔡叫了几声仍不见老王应他，突然眉头一拧看了看老王脸上的光景，但见她眉心的红光已经散去，宁静而安详。老蔡心里一惊，先是把孙子和玩具转移到客厅，才转回身关上房门试探老王的鼻息。原来老王已经走了，老王身上穿了一件全新的藏青衫，下身穿的也是崭新的棉布裤，洗后折叠的痕迹还在。她的右手边放了三件细麻料的和尚领敞衫,在老家,这衣服叫作孝服,一件小,两件大。自不用说,小的是孙子的,另两件是儿子儿媳的"。小说开头时那隐隐的不安和心惊,此时方有答案,原来老王一早就知道自己即将到来的死亡,她若无其事地过着最后的日子,一如往昔地为家人打理好一切,平静安详地走完人生。

作为读者,读到结尾处,不免唏嘘和情动,这篇小说的力量和魅力也由此生发。小说通篇都没有复杂的情节和起伏的情感,即使在交代家庭矛盾的时候也不曾凸显戏剧性,在一种家长里短、烟火气十足的中性语调里娓娓道出一个家庭的聚散和喜忧,塑造出一个不怒不哀、坦然又宽厚的女性形象。其叙事语调始终在一种日常、家常的节奏下,同时又有一种超越性的禅意与高贵从容。平静安详中,引而不发的行文技巧,又内含一种叙事和情感上的双重张力。

同样写家庭和亲情的《团结巷》中,可以明显感受到旧海棠很努力地想要把一个家庭的聚散离合与命运人生讲得有声有色。

"城西北护城坝下面的一个地方,村不成村,人家有些散落,只有一条像样的巷子叫作团结巷。……站在护城坝上,王敏可以看见自己的家。"小说讲述了住在团结巷的王敏一家人几十年来的命运起伏和人生故事。家里有七口人,姥姥、母亲、大姐王敏,以及四个弟妹,上世纪80年代的时代背景下,一个缺失了父亲的多子女大家庭,姥姥和母亲相继过世,大姐王敏"长姐当母"地拉扯抚养大了四个弟妹,其间的艰辛可想而知。小说的叙事重点却并非那些漫长琐碎的成长往事,也不刻意渲染人生之多艰的戏剧性和苦难感,语调淡淡的,带点惆怅和疼惜,道尽艰难岁月之中的人的坚韧与尊严。

小说中,女主人公王敏独自一人支撑一大家人的生计,抚养一众弟妹成长,在她的人物塑造上,作者不是依照现实视角和生活线索去塑造形象和勾勒命运,而是从一条心灵、灵魂的线索贯穿王敏人生的几十年,她的心路历程,她的精神境遇。一个原本世俗的故事和人物原型,被旧海棠诗意的文笔和叙事,演绎出脱俗的韵致,行文间淡淡的感伤、悲悯,充满了人性的温暖和宽厚。

四

《稠雾》,如题,小说中通篇弥漫的是一种低沉、阴郁、浓得化不开的雾霾感。没有可以完整复述的情节或故事,小说的叙事在一种散淡的调子里,慢慢地洇开来。"我",带着儿子独居的中年女人,前世今生的人生命运皆语焉不详,通篇铺陈的都是"我"的孤独、寂寥、敏感,"我"的难以打发的无聊和漫长时光,那几乎令人窒息的稠雾一般的孤寂和没着没落——

"她想把雾关在外面。她身上也浸满了雾,进了卧室干燥的房间,能见到那些雾往外冒。一个人在这时就很像是一个虚构的人了,等这些的雾都从她的身体里出来,就像她的身体就会空掉。"

"她看着玻璃窗外白蒙蒙一片,感觉自己完全是在一个封闭空间里,好像是一座孤岛,好像全世界只剩下她自己。当然她知道这些都是错觉,不免强行把自己拉回现实中来,让自己知道身在何处。当想到眼下时,自然是又把往事和未来想了很多,很远。甚至想到了自己的晚年,想到孩子若是高中毕业了,要读大学了,离她远去,她的生活会不会还是这个样子。"

"她知道自己已经活到了一个生命的奇妙状态,错也无需抵抗,对也无须欢喜,只需安心接受就是了。你接受了也就发现了,它们没什么,对也不知道自己是对的,错也不知道自己是错的。他们来过了也就来过了,像人一样自然而来,自然而去。"

"电视声响充满了她的屋子,她能感觉到动静无处不在。她现在与其说看电视,不如说是为了听动静。"

通篇都是这种近乎内心独白的描摹和叙事,小说的叙事推动力在这里不是情节曲折或人物性格,而是一种情绪的慢慢荡漾和笼罩,轻而淡,却又摇曳多姿、情愫暗生。旧海棠是在写一个中年女性的寂寥人生,但底子里却有一种中国传统文人的腔调和趣味,有一种中国传统美学里的"雅正"感。

五

《最大的星星借着你的双眼凝视着》,对这篇小说的分析和阐释显然对评者构成一定的挑战和难度。

一个男人与一个女人,蔓菁与松泽,在火车软卧包厢相遇。接下来的旅程中,他们再次在某个旅游区相遇。蔓菁来这里寻找一位比丘尼,想要向她讨教如何去了解一个物理意义上死去的人——她从小寄养在小姨家,与小姨的儿子小昭一起长大,他们之间的亲密是姐弟,又或许还有点别的什么。小昭大学时在一次打群架时脑部重伤,昏迷两年后死去。蔓菁在梦中见到小昭,她想要再次见到小昭。松泽是小昭的大学同学,与他一起参与了那次群架,同样重伤,后来却苏醒康复过来,他的身体还是松泽,而大脑和记忆却几乎都是小昭的,松泽在小昭记忆和灵魂的指引下,来到了这个寺院同蔓菁相会。

小说中这样描述着松泽的感觉,"松泽的记忆全是小昭的,但他又不是小昭,他是松泽。他没有关于自己的任何记忆,偶然回想起一些,也是通过小昭的记忆看到的"。在这个带有点灵异的小说中,寻找的主题贯穿始终,故事中的几个年轻人,他们在彼此互相寻找,更是在自我寻找。小说题目"最大的星星借着你的双眼凝视着"我,出自聂鲁达诗作《我在这里爱你》。那么,让我们再次吟咏这首诗,也许才能深刻体会、感悟到旧海棠这篇小说的况味——

"我在这里爱你　在黑暗的松林里风解脱了自己
月亮像磷光在漂浮的水面上发光
白昼　日复一日　彼此追逐
雪以舞动的身姿迎风飘扬
一只银色的海鸥从西边滑落
有时是一艘船　高高的群星

哦　船的黑色的十字架　孤单的
有时我在清晨苏醒　我的灵魂甚至还是湿润的
远远地　海洋鸣响并发出回声
这是一个港口
我在这里爱你

我在这里爱你　而地平线徒然地隐藏你
在这些冰冷的事物中我仍然爱你
有时我的吻藉这些沉重的船只而行
穿越海洋永无停息
我看见我自己如这些古老的船锚一样遭人遗忘
当暮色停泊在那里　码头变得哀伤
而我的生命变得疲惫　无由地渴求
我爱我所没有的　你如此地遥远
我的憎恶与缓慢的暮色搏斗　但夜晚已降临并开始对我歌唱

月亮转动他齿轮般的梦
最大的星星借着你的双眼凝视着我
当我爱你时　风中的松树
会以他们丝线般的叶子唱出你的名字

六

  如上我所谈论的这六个故事,是旧海棠迄今为止所发表的全部小说作品。旧海棠以前一直写诗,近几年转向小说创作,六个短篇小说确实还不足以充分地呈现和舒张其经验处理、结构、语言等等的叙事能力。能明显感觉到的是,长期的诗歌训练和写作惯性对她的小说创作,既构成一种急于摆脱的影响和影响的焦虑,同时也是成就她小说特点的内在美学来源。旧海棠的小说结尾往往是语焉不详的,一个开放式的无言的结局,自然而然地实现了一种叙事上的轻灵和节制,笔墨节制、情感节制;而这种节制,恰使小说通篇处于一种爆发之前的充盈状态。而短篇小说的况味和美妙,也在此刻充盈起来。旧海棠的小说,文本深处都弥漫着一种抒情的烟火气,朴素、平静的叙事语调之下,人性的幽微、命运的无常、人生的况味,如同一张雪白宣纸上的落笔,自然而然渐渐晕染出的轮廓与层次,自成意境和韵味。

  旧海棠的小说语言,总带有一种淡淡的感伤和抒情调,但这种语感语调,又的确不是那种普遍存在于青年作家特别是女作家笔下为赋新词强说愁的文艺腔。这种流行的文艺腔,遣词造句追求或曼妙或美或不俗的背后,其实不免携带着青年一代对生活对小说写作的表层认识的清浅。前面所说,旧海棠叙事的那种抒情的烟火气,却有一种通透、了然和宽厚、慈悲在里面打底。读旧海棠的这些小说,在她独特的语感语调之中,我总会想到废名、汪曾祺的小说,平和、隐忍,隐隐内含着些许禅机,无论题材如何都能讲述松弛。她小说的文本气质,自有一味繁华落尽见真淳的通透和安静。刚读旧海棠的时候，我会忍不住好奇，以她1979年出生、尚属青年作家的年龄，何以拥有这样一种精神气质？后来渐渐了解到她的个人经历，知道她15岁离家，经历过十几年漂泊的打工生活和亲人的早逝。想来这些丰富的人生经历与经验，对她后来写作时的认知、审美与心灵的精神状态，自有重要的影响。

坦白说，写下如上关于旧海棠小说的这些文字，对我来说，真是颇费工夫。之前阅读和研究过多位70、80后作家作品，也写过很多有关于此的评论文字。面对旧海棠的小说，我心生喜欢的同时却总不知如何阐释与言说。一个时期内活跃的大多数作家，其实都有意无意在和当下最流行的文本范式和主题思想相互应和，它们往往都能比较容易地装入某种理论的套子，置于某种高大上的社会历史视角下进行貌似深刻的解读与评判。老实说这样的小说我近来读了很多，也评论过很多。而旧海棠的小说显然不是这一类，它更适合去字斟句酌地感受，而不是用现成的套路去阐释；它描绘和表达的既在我们的人生图景之中，又溢出我们的想象和审美惯性。这也是我在文中屡屡引用她小说原文的原因所在。这些文本特点，也许与旧海棠的丰富人生经验有关，与她长期的诗歌训练有关，但也许，这根本就是她独特的个人气质和密码。在一篇创作谈中，旧海棠直言，"我想争一口气，我想争得一个诗人向小说家转变的可能。我起初的小说之所以写不好，就是诗歌经验的转换出了问题，错把抒情当才华，不能遵从小说世俗的生活，甚至必须通过低俗故事来到达小说艺术的手段"。如何把诗歌经验转换成小说形态，自然而有效，这显然是旧海棠小说写作未来需要有效解决和面对的题目。

乡土·乡愁，与 80 后小说写作
——以颜歌、甫跃辉、马金莲为例

一

乡土，在中国现代以降的历史表达和时代叙事中，无疑是一个巨大的、却始终语焉不详的词。"乡土"和"乡土文学"作为明确的概念被提出和反复讨论，是中国现代化、城市化的产物，更是一个对象化的过程；而乡土，作为一种审美和叙事对象，是在大历史转弯处工业文明与农耕文明、农村与城市的对峙中，被单独、特地抽离出来的存在。乡愁，在漫长的中国文学传统中，更是一个横亘在过去、现在和未来的共有情境，它关乎中国人的现实处境和情感状态，往往作为一个人文学写作的出发点与落脚地——"窄窄的船票"和"小小的邮票"，又或"吾心安处是故乡"。

而我们现在反复论及的所谓乡土文学，发轫于"五四"新文化运动，是中国现代化进程和启蒙的产物，它并非产自乡土内部的内视角，而恰恰表现出来的是那一代启蒙知识分子对现代性的种种呼唤、渴求、追寻，以及其间不安不适的各种焦虑。所以乡土文学从诞生之日起就携带着一个庞大而坚固的传统：无论鲁迅式的冷峻批判，还是沈从文式的温情怀恋，在这样两种基本书写模式的笼罩下，乡土世界在作家笔下，从来都不是它自己，作为叙事审美对象的乡村和农夫农妇们始终未能实现一种存在的主体性,乡土文学始终携带的是知识分子们各种高大上的精英诉求。近百年来的新文学在乡土的名义下诞生了各种鸿篇巨制,看起来成就巨大,但那些作家基本上都是远离了故乡的"文明人",他们用城市中的工业化、现代化来安置肉身和舒张欲望,同时又用想象和回忆中的乡土来安抚他们的灵魂,呈现的大多为一种站在外部去俯视和远观乡土的叙事底色。

当下的文学和文化表述中,更是充斥着关于乡土的陈腔滥调,"乡愁里的中国""村庄里的中国""乡土中国的沉沦和崩塌""进不去的城市和回不去的乡村"……而在这些腔调里恰暴露了当下写作者对乡土一种不证自明和不假思索的想当然,一种叙事策略上的轻慢和心不在焉。在那些关于乡土的种种流行表述中,单独去读一本书或一篇文章,往往都貌似深刻而漂亮,但读得多了实在稍显矫情和厌倦,作家们在互相重复和自我重复中远兜近转,同质化严重。举个例子:贾平凹和阎连科近年来接连出版着关于中国农村题材的长篇小说,堪称高产。他们如此高频率地讲述乡村,而其文本却暴露了这二位大师对最当下乡土经验的匮乏、想象的无能;而更糟糕的是,他们在面对当下农村生活与农民现状的时候,其思想资源的贫乏,思考力和情感力的滞后一览无余。

正是在这样一种时代背景和叙事传统下,我读到一些80后作家笔下的乡土和乡愁。从更早一些时候的李傻傻,到近年来创作活跃的甫跃辉、郑小驴、马金莲、宋小词、曹永,以及风格变化后的颜歌,这些被称为"乡土80后"的年轻写作者,尽管在艺术风格上表现出巨大的差异性,但他们在面对故乡的时候,却也的确集中呈现出一些共同点:在他们的笔下,渐渐勾勒出一种溢出现代化视域、自在的乡土社会。我想以其中最有代表性的甫跃辉、马金莲和颜歌三位作家的创作为例,进入他们的小说世界,试着分析和寻找:作为文学新人,他们的乡土写作能提供什么新的东西?

二

很多时候,作家本人就像是从他作品中走出来的人物,比如,我们在近些年的小说阅读中所熟识的甫跃辉。一个甫跃辉,来自云南,现居上海,静安区巨鹿路 675 号周边一间出租屋里,当年离家的年轻人,独在异乡为异客的 80 后。小说中,他的名字叫做顾零洲,从农村到城市、从偏远边境到繁盛魔都,都市异乡人的孤独和异化。现居上海,顾零洲和甫跃辉不断呈现和表达的,是一种惶惑、无措、沮丧,又夹杂着跃跃欲试的躁动,从身到心、由表及里。他们住在租来的房子里,窗外是五光十色、繁盛喧哗的大上海、夜上海,屋内却是异乡人一个接一个的噩梦:动物园的气味、卫生间里的蟑螂、一只又一只老鼠、站不直身子的浴室……

而另一个甫跃辉,现居上海,来自云南。生于斯长于斯的乡村少年,2006 年发表处女作《少年游》至 2012 年,他的写作基本都集中在乡土背景的小说上。在他的笔下,"一个不固定方位的南方,一个并没有在历史的躁动中被彻底改变和颠覆的乡村世界,一群可爱而悠然自得的乡民,构成了甫跃辉小说的基本面。正是在这样的基本面中间,甫跃辉讲述着中国乡村有多少种说不清楚的感情,有多少并不剧烈的冲突和可以和解的矛盾,多少出于爱的恨和归于平静的纠葛。"① 读甫跃辉写云南边陲的小说,我总忍不住怀疑,这些作品是他特地回到故乡、回到他的彩云之南"闭关"而作——虽然明知,他的写作发生于 18 岁进入复旦、来到上海之后。现居上海,但沪上的风花雪月和雪雨风霜,似乎不曾影响和改变甫跃辉回望乡村故土时候的注视角度与情感方式。甫跃辉笔下的乡土世界,大都呈现一种缓慢、沉静、丰盈而自洽的状态与情境,那是一个炊烟袅袅、鸡鸣犬吠的村庄,一个充满人性美人情

---

① 这段话为甫跃辉获得"第十届华语传媒大奖年度新人提名奖"时的授奖词。

美、男女老少、父老乡亲的村庄。《红马》《白马》《雀跃》中，动物和人的共生共处、人和人之间的相偎相依，那些小的情感、故事、矛盾甚至冲突，都在一种含情脉脉的笔调中，勾勒出中国乡村独有的景象。

《少年游》《鱼王》《散佚的族谱》三本小说集，集中收录了甫跃辉多篇以乡土为叙事背景的中短篇小说。在这些作品中，始终充满了一种生发自天地的自然、鲜烈气息，原乡情怀下对村庄的温情注视和讲述，包括《冬将至》《玻璃山》等等"怪力乱神"之作，鬼影绰绰的徜恍迷离间所表达的对自然的敬惜、对传统的敬畏。2013年出版的长篇小说《刻舟记》，童年纪事式的笔法语调，讲述了云南乡村的刘家三兄妹的童年故事，也是视角人物刘家林长大成人后依靠记忆拼贴出来的一部乡村童年史。通过设置刘家林这样一个不为人注意、有着特殊灵异感觉的少年叙述者，他隐身在人群里，通过他的视线之所及，伴随一个孩子身体和内心的成长节奏，乡土的面目和节奏不疾不徐地被呈现出来。

甫跃辉书写乡土的小说，大都选取第一人称叙事和少年视角。他笔下，是一个少年人眼中的乡村，少年人目光之所及的风物乡景和人情世故。这是顾零洲的年少岁月，是顾零洲天真、安妥、欢快的恣意青春，此时的他，一定未曾遥望和预知不久以后在城市高楼林立间的不安、纠结和孤独。这是一个成年人凭借回忆与想象再造的乡土世界，但却不是经过名校的高等教育、带着被规训的理念观念与语言方式的回望和回乡，不是对城市文明失望挫败后朝向故乡的缅怀或撒娇。他的叙事语调，缓慢、沉静，甚至笨拙，甚至凝滞，对村庄里一草一木、一鸡一狗的耐心描摹，有故事，有景象，有情感，有情绪。仿佛，岁月静好，仿佛一切从来如此、理应如此。

三

在当下的文学现场，回族作家马金莲，是一个很独特的存在。当同龄人中的写作者大都已经沿着"知识改变命运"的经典人生轨迹进入城市或体制，当他们在职业作家的光环下专注、专业地写小说时，1982年出生在宁夏西海固的马金莲，仍然生活在传统的回族家庭，一边操持着家务，做着民办代课教师，一边业余写作。

来自云南的甫跃辉站在上海的立交桥上内心回荡着新上海人的惶惑与孤独——甫跃辉所面对和要解决的问题，似乎是与时代的大节奏同步的，或者说甫跃辉们的疑难是"现代性"快节奏与高速度，而马金莲所要一一思虑和解决的问题似乎更老生常谈，和"现代性"的匮乏与疏离有关。她从未离开乡土故土，不同于甫跃辉和颜歌的两幅笔墨和多种题材，马金莲始终在写她身后沟沟坎坎的黄土地，她身边的世代劳作在黄土地上的亲人与乡邻。她和他们一起，在那里。

马金莲的很多小说中，如《念书》《柳叶哨》《父亲的雪》《掌灯猴》等作品都涉及苦难、饥饿和贫穷，以及西海固小城的苍凉与诗意，现代性的匮乏与疏离。在她的苦难和饥饿描写中，苦难本身的灾难深重、饥饿的对人的损害与折磨，都不是马金莲的叙事着力点，甚至对苦难和贫穷的挣扎，在她笔下都是那么云淡风轻。在对饥饿这种最本能的生理反应的细腻描摹，并伴随吃的故事里，总是伴有亲情、友情，伴随人生的疼痛、悲凉、宽恕和承受。

《长河》是马金莲广受好评的代表性作品，在这篇被称作当代《呼兰河传》的中篇小说中，伴随春夏秋冬的节奏，写四个人的死亡和葬礼，写那些"忙着生、忙着死"的乡亲邻人。关涉死亡这样的"大"事，通常的叙事习惯中往往会极力渲染和铺陈，而《长河》的笔调却是从容而沉静的，不急不缓的淡然叙述中却自带一种巨大的情绪感染力和内心震撼力：生命的无常和死亡的恐惧、悲痛，都融入了时间的长河以及宗教文化的怀抱中。小说让我们得以了解西海固边地的葬俗和丧仪,以及苦难中的人性美,民族信仰和文化中对生命特有的认知与观念。正如马金莲在创作谈中所说:"我们回族实行土葬,埋体(尸体)用清水洗过,用白布包裹,直接下葬。没有陪葬,没有棺木。简单而朴素,朴素而高贵。在时间的长河里,我们的生命的个体就是一粒微小的尘埃。我想做的是,通过书写,挖掘这些尘埃在消失瞬间闪现出的光泽。"

马金莲温情注视着发生在自己身边的人和事,人生的厚度与人性的温度,自然流露。中篇小说《绣鸳鸯》,从一个很马尔克斯的句子写起:"多年后回想起那个被白雪覆盖的漫长的漫长冬季和之后那个分外短暂的春季,似乎注定是要发生那么多事情的。"小说围绕姑姑和卖货郎爱情故事里的美好和辜负铺展,这样的故事和人物在我们的叙事谱系里并不新鲜,从古到今,痴情女子负心汉、少女的青涩懵懂与执迷不悔、被辜负与误终生,一直在重复发生与反复讲述。在这篇小说中,马金莲选取的是一种孩童视角,经由一个七岁女孩的心智能力和情感方式去观察、想象和讲述一段青涩感伤的男女爱情。小说的男女主角,姑姑和卖货郎,作为准成年人的半大孩子,他们对情感、生活、责任、身体和梦想其实都怀着一种似是而非的懵懂憧憬,而孩童视角的引入,提供了更贴近、更同构的讲述可能性。

丁帆在《中国乡土小说史·绪论》中表达过这样的看法:乡土小说的重要特征在于工业文明参照下的"风俗画描写"与"地方色彩"。马金莲的小说,用一种回族女性特有的温情、隐忍的目光,在这一种平实真切的乡土温度中,在一种特有的民族、宗教的情怀和精神向度里,描摹了与传统儒家伦理笼罩下的主流乡土社会不同的,回族乡村和社群的生活方式、情感方式与文化心理。

四

在甫跃辉和马金莲那里，故乡、故乡的风土人情，是他们小说创作的最初起点，是他们用文学来言说世界时最本能的题材选择和情感来源；而在颜歌这里，乡土和乡愁，是走得很远之后的一次回眸和转身，是蓦然回首，"却在灯火阑珊处"。

更早一些时候的颜歌，是以华美、空灵、繁复的文本风格而惊艳文坛的：《锦瑟》《朔夷》《飞鸟怅》等架空了现实背景而铺衍开来的叙事，着力营造的神秘、凄婉的古典氛围，高识别度的小说语言华丽、绚烂地恣意生长。《声音乐团》《异志兽》中，文艺女青年的文艺腔调越发浓郁，对语言的锻造着力越加明显和焦虑。这是颜歌的青春期表达，也是其小说写作上才情与禀赋的渐渐呈现与舒张，其间，或多或少、或隐或显地伴随着"为赋新词强说愁"的"少年不知愁滋味"。

2008年，颜歌出版了长篇小说《五月女王》，小说叙事的场景不再是之前那些虚无缥缈的时空，而实实在在地落到了一个名为平乐镇的川地小镇。在这部小说中，颜歌渐渐褪去之前华丽、空灵的语言方式，转而寻找一种家常、朴素、简单的叙事话语，20世纪80年代乡镇生活记忆的气息弥漫在叙事的字里行间。随后在《人民文学》刊发的短篇小说《白马》，延续了《五月女王》的叙事风格，以白描的手法呈现了四川小镇上一段俗常而又隐秘的家庭生活：孩子们成长中的秘密、姨妈与父亲的隐秘、小镇上平静外表下暗流涌动着的许许多多的秘密，以及在这些秘密的守护与窥探之间主人公的内心成长。作品中随处可见地方风情的描摹，以及时不时冒出的四川方言，赋予小说浓郁的地方色彩和乡土味道。直到《我们家》，一部以平乐豆瓣酱厂厂长为主人公的长篇小说，四川方言作为小说语言和人物语言被着力强化，在这部作品的写作中颜歌进一步找到和确认了自己的小说语感和情感基调，以一个疯病痊愈的小女孩的视角，颇具喜感、唠唠叨叨地讲述了"我们家"从爸爸到奶奶,四川小镇上一个又一个家常、日常、且喜且嗔的故事或段子,读来如同一锅麻辣鲜香的正宗川菜,重口味、接地气,生活的苦辣酸甜和苦中作乐尽在其中。这部小说所呈现出来的情感、思想和语言方式,完全颠覆了颜歌之前小说中的空灵和华丽,判若两人。

然后又有了《江西巷里的唐宝珍》《三一茶会》《照妖镜》和《奥数班》,有了小说集《平乐镇伤心故事集》,至此,小镇已经成为颜歌笔下反复勾勒的场景和背景,它或叫桃乐镇、常乐镇,或叫平乐镇,这些四川城乡结合部的小镇,相对封闭却又宁静而自洽,它的混沌、琐碎可以生发出一种特殊的张力。颜歌似乎在刻意地努力建造一个独属于她自己的小镇世界,如同福克纳邮票大小的家乡。颜歌在创作谈中说:"我想要写中国的城乡结合部,上世纪80年代眼中的城乡结合部和故乡,因为觉得这是很有意思的地方,有戏剧性、有冲突、有脏乱差,这些都是我喜欢的。写四川、写方言、写我的父老乡亲,我明白这就是我一直在寻找的方式。"这时的颜歌似乎在叙事上更有耐心,也更有一种真佛只说家常话的自信。纳博科夫曾说,小说家在很大程度上应该是一个魔法师,他的主要责任就是要创造出一个自成一体的天地。回到家乡,颜歌开始致力于做一个自如地挥舞魔法棒的魔法师,努力在笔下有声有色地创造出面目纷繁而独特的自成一体的天地。不再依赖那些青春期的感伤和文艺,开始自觉地调动自己骨子里和内心深处的家乡记忆和小镇情结,寻找自己真正的精神家园。这种努力,在作品中不断呈现着,那个独属于她的广阔天地的面目渐渐清晰起来。

五

上面所谈及的三位80后作家,他们笔下的乡土世界,分布中国版图的西南边陲、川蜀和东南,隔着万水千山、隔着迥异的人文风俗和地域风情,面目清晰又个性独特。但于小说写作而论,它们似乎又有着某些共同和相似之处——

　　童年或少年视角的选取,以及第一人称叙事的使用。颜歌"平乐镇"系列小说几乎都是以一个小女孩为叙事人和叙事视角,她或是家庭、家族中的一员,或是小伙伴们中的一个,是那种稍有点没心没肺,扔在人群里不显山露水,但又怀揣着自己小秘密和小心思的姑娘。她充满好奇、懵懂又带点戏谑地去观察、窥探和讲述小镇上的各色人和各种事。马金莲和甫跃辉的乡土叙事中,也常常是经由第一人称叙事者"我"——西海固村庄里的小女孩、彩云之南乡下的少年的立场、角度和目光之所及去打量、思虑和讲叙风土人情与故事典故。在小说世界里,孩童视角始终打开着写作者观照世界的一扇特别之窗,经由一个未成年人的心智能力和情感方式来讲故事,在半真半假、似是而非之间更容易获得小说的合理性与说服力。孩童内在心理的赤子心肠、纯真情怀,在这个视角下,本身就内含着一种对于成人复杂世界的消解和反抗,生活的种种复杂和无奈被赋予了一种诗性的反讽。

　　方言写作。无论甫跃辉、马金莲还是颜歌,他们在写作中都着力和刻意地融入了大量的地方方言。李敬泽曾说:"人们用普通话说大话办大事,用方言柴米油盐家长里短,当小说家使用方言时,他看世界的眼光必有变化。"方言,是一个人最初接触和使用的语言,更是他与外在世界发生关系的文化、情感基础,小说叙事和人物言谈间夹杂的方言俚语,有效地实现了一种文本气质和情感基调,方言的特点往往参与着小说情景的营造和叙事主题的凸显。《我们家》中充满喜感的四川话,聊天叫吹壳子,谈恋爱叫耍朋友,如此种种,日常又喜感的笔调下,一个城乡结合部小镇上的生活在松弛的叙事话语中趣味跃然纸上。而马金莲笔下的方言,既是地方性的,同时也是民族性的,《长河》中"口唤""送埋体""散海底"等等对大多数读者来说极具陌生化的回族风俗和方言,它所营造出来的是西海固村庄里的乡人对待生活时候的肃穆、沉静和素淡。

80后小说写作有一个先天的问题：个性化不够、个体气质不足。是的，不够，不足，被公认为叛逆个性、自我标榜与众不同的80后，他们的小说写作中恰恰缺少的是个性和个体。这一代人的写作，从"新概念"开始，过早地被商业包装裹挟进出版的喧嚣，在出名要趁早的话语氛围中，80后写作一出场就成为被催熟的果子，来不及在正常的节奏下舒展筋骨和汲取营养，一个人、一种文风走红，跟风的同质化文本和写作一拥而上。这一代人的写作起点，在相当长的时间内，主要集中在书写自我、直面青春，但书写自我和青春的方式，却非"自我"而是"集体性"的，按照商业的模式去塑造自我，按照主流文坛的评价体系去塑造自我。大概也因为，城市经验高度相似和趋同，使得一窝蜂书写都市的80后作家们陷入了互相重复和自我重复的窠臼之中。而乡土经验却极富差异性，是贴着人的神经末梢生长和感知的。

　　这些80后的乡土写作者，他们不再是那个经由城市书房窗口去远眺村庄的拿腔拿调的知识分子叙述者，不再是那种带着启蒙现代化等等这种既有观念去审视乡土的外视角。乡村经验中的各种差异性和内在丰富性，内在价值和内在趣味被他们表达得充分而自然。而这同样是一种乡村的真实。乡土中国的进步，现代化的演进，我们往往都太强调一种精英化的启蒙力量，强调政治生活的巨大影响，而总是忽略了农村、农民、乡土社会的那样一种自在的进化因素和进化力量；忽略了乡村价值继续葆有存在的合理性。由此，在这些80后的乡土叙事中，呈现出一种不卑不亢的乡村态度，而这样一种态度在我的阅读视野里面，除了汪曾祺这样的个案，在我们乡土文学的大传统里面其实是很少见的。上述几位写作者不约而同地选择了刻意切断乡土与大历史、大时代、大概念的关联，转而用一种朴素自在的话语方式精心、耐心地描绘着故乡的各种生活细节。我很有兴趣的是，这样的乡土叙事策略的选择会为当代中国文学现场带来什么新东西？

　　80后写作到了今天，必须直面这样一个问题：作为文学新人，他们的写作为中国当代文学、当代文化和当代精神提供着什么新的重要因素？前面说到这些 80 后作家的写作中呈现出一个"自在"的乡村，在面对乡土中国这样一个新文学经典母题和场景的时候，他们从"现代性"这个近乎唯一的经典视角中解放出来，这个可以看作历史的进步，但历史的进步不意味着历史的终结，仅仅凸显出"自在"的美好图景显然是不够的。

青年失败者：当下中国故事一种

"中国故事"这个文学大词被制造和广泛传播之前，我们早已经过、见过、听闻过太多的中国故事。这样一个地域广阔、历史悠久，丰富、复杂，多灾多难又生生不息的国家与民族，从来不缺少故事和讲述。那些反复发生的经典场景、情境和命运，比如宴宾客、起高楼、楼塌了，比如纵有千年铁门槛，终须一个土馒头，比如你方唱罢我登场……被世代写作者以各种腔调荡气回肠地一唱三叹。

再比如——某个青年，一个人离开故乡，他或从乡村或从小镇来到大城市，在灯红酒绿与熙攘热闹中，踌躇满志又愁云惨淡、跃跃欲试又忐忑无措，逃离故乡时的头也不回的决绝，转身时却挥之不去的浓浓乡愁……进城青年的个人奋斗，都市异乡人的惶惑与孤独——这是现代化进程中中国故事的经典一刻和惊鸿一瞥，新文学以来的几代作家都曾描述过这样的人物、情境与命运。这是中国近现代以来现代化进程中乡土转型、人员迁徙流动、社会结构大调整等时代现实的必然文学反映。

最近读文学期刊上的中短篇小说，会发现这样的人物与故事再次反复出现在70、80后年轻一代作家的笔下，徐则臣的"京漂"系列、甫跃辉的"顾零洲在上海"、石一枫的《世间已无陈金芳》、马小淘的《章某某》等等。在这些作品中，反复呈现着一种失败的青年人生。徐则臣关于"漂在北京"的系列小说里，人物来到北京和离开北京，在对这座现代大都市的爱恨交加中不断地反证和确认自己和故乡，寻找自己的人生和生活，他们苦着痛着，熬着挨着，蚁族着群租着，似乎随时准备愤愤地回乡；一面又眷念着、幻想着、期冀着，久久不肯离去，但大部分人最后还是带着受伤的身心和陨落的梦逃离北京。在马小淘的《章某某》中，一个从三线小城春风得意地走进中央广播学院的女孩，带着小城名人爆棚的优越感与自信心，通往梦想的过程当中，她在大城市里感觉良好的艰苦奋斗和自强不息，在周围人眼中却不过是屡屡上演的不合时宜甚至荒腔走板。最终，"庞大的理想终于撑破了命运的胶囊"。而在石一枫近年来广受好评的中篇小说《世间已无陈金芳》中，农村女孩陈金芳，怀揣"活出个人样"的向往转学到城市里，年少时的寒酸土气以及脱胎换骨后的优雅、干练、一掷千金与八面玲珑，直到一场冒险的投资在经济危机的冲击下失败，她的人生真相与命运底色彻底被揭开，自杀未遂被家人接回乡下，彻底打回原形……

  如此这般的故事梗概和内容提要，大概会让人倍感熟悉、似曾相识。是的，这是一个个"全球化时代的失败青年赋形"（李云雷语），又是一曲曲"青年失败者之歌"（项静语）。这些人物和故事的背后，站立或匍匐着一连串的文学人物，古今中外种种沉沦和伤逝的局外人、零余人自不必说，同时代的文学作品中、文学期刊上此类小说也比比皆是。他们是繁华热闹中的局外人、都市霓虹灯下的背光区，是梦一场和梦醒了无处可走。近来，不断看到有批评家就此发问：为什么年轻一代写作者如此迷恋失败者故事和形象的反复讲述？其实这不难理解。人们都有将自己的经验和处境夸张放大的心理倾向，在对自我本能的高度关注中，不自觉地夸大自己所属族群、性别、代际等等的独特性。杨庆祥在他那本著名的《80后，怎么办？》中，开篇所着力表达与论证的就是80后一代人"失败的实感"，在他看来，个体充满沮丧感的现实境遇与精神生活，恰也是一代人的预定的失败。有意思的是，在和身边长辈们聊天时，他们常常挂在嘴边的一句话就是：你们可赶上好时候了；而与此相对应的是，同龄人却往往都在喟叹：咱们这代人最倒霉。那么，到底真相是什么？被上山下乡、被强势扭转青春、被低工资、被下岗，与被群居蚁族、被高房价、被漂一代、被压力山大，究竟哪个代际人生更失败？这其实真的没有可比性，也没法分辨清楚，只能说，每一代人都想当然地认为自己是最特别的、最为时代社会所辜负。具体到70、80后写作中的"失败者"形象扎堆，我只能说，往往越是繁盛喧嚣的时代大背景下，个体的自我逼仄和失败感往往更明显和强烈，时代表面的盛大、繁华，看起来遍地黄金和机会，其实内部社会结构的千疮百孔、社会阶层的分化与固化，已经严重阻碍了知识改变命运、个人奋斗等等传统的青年上升通道。当然，反复强调自己有多不容易，这本身大概多少也是一种面向时代和社会的推诿和撒娇。

在70、80后青年作家笔下，自己这代人是失败的一代。这些作品的文本质地不同，各自有其风格特点和关注焦点，但他们不约而同地指向了一个事实，或说呈现了自己关于时代与青年的一个基本判断：失败似乎是注定的，无论个体怎么奋斗和挣扎，社会的选择机制和现实环境终将把你打回原形。陈金芳改名陈予倩，其间所刻意隐藏、回避和追寻的自我，她的种种可笑可怜可悲可叹，无非也就是要"活出个人样"，就算曾经有过表面上的风光、貌似在城市里扎根，但最后还是要惨败地回到农村老家。回老家，回乡，往往成为这类小说的结尾方式，因为无路可走，所以只能从哪来回哪去。这是一代人对自我的集体想象与定位吗？如此扎堆地以"失败"作为关键词来表述青春与自我，与70、80后的成长环境与思想背景大概也密切相关。全球化、互联网+、社会转型这些时代之"大"，潜移默化地影响着一代人的成长成熟和价值观的形成。以前看前辈作家们的小说，作品中青年人的失败感和大的时代背景密切相关，忧国忧民基调下的理想幻灭是那一代人失败感的主要来源。而在70、80后作家这里，失败感来自于在北京上海这样的城市没有户口、房子和固定工作，来自世俗意义上的成就感与存在感的缺失。幻灭失败成功学的浸泡和无孔不入，当下青年人眼中的失败，同前辈人为家国天下、大时代大历史烦忧、奋斗和幻灭失败相比，更多是诸如出人头地、衣锦还乡之类纯粹个人主义、实用主义的破败。没有梦，却依然无路可走。这一代人，多元、混沌社会价值观之下的失败和失败感，是典型的实用主义和个人主义，是"精致的利己主义者"的时代氛围和教育的失败。前面分析过的那些青年写作中看似花样百出、曲折波澜的奋斗故事，貌似惨烈、激越、轰烈，实际上格局却局促而单一，仅在方寸之间。

　　70、80后的青年失败者叙述中，包含着一代人对当下中国社会和青春文化、青年处境的精准观察、思考与表达，也是对新文学传统中现实主义和问题意识新的探索与实践。但他们也必须警惕，一段时间内不约而同扎堆的主题和人物，无意识的相互重复和自我重复年轻一代人深陷于强烈的失败感和灰色的青春文化中，而他们既是制造者也是受害者。最近刚刚读了80后作家张悦然的长篇新作《茧》，小说笔涉"文革"。作为中国人现代以来巨大的现实伤痛和精神创口，关于此的叙事已经很多，而张悦然作为非亲历一代的写作者，她所选取的切入点和叙事视角是"文革"中恩怨纠葛的两个家族的第三代年轻人，过往的大事件，与日常当下的青年人生巧妙自然地发生着密切的内在关联，以一种青春叙事的气息来探讨和追寻时代之大与历史之重。小说写得很智慧，也很笨拙，在"如何把个人的故事讲成国家、民族、历史的"这个角度上，给了我很多启发。以中国之深厚而广阔，有太多故事可以作为一代又一代人写作的经典母题，而对经典中国故事的反复塑造和表述，怎样连通中国故事与自我代际内在的休戚相关，是每个青年写作者一定会面对的难题，更是青年借助写作与时代和历史的有效关联。

第三辑

笔　谈

关于先锋文学、《红楼梦》,关于许多文学问题
——金赫楠对话李浩

一

金赫楠:想要讨论关于李浩的小说创作,首先就不能跨越对于先锋文学的探讨。当然,我是在约定俗成的意义上,使用"先锋文学"这个概念的——文学理论或者说文学史有一个先天的悖论,它总是致力于从其实并不相同的作家作品中抽象出某种貌似相似的共性,然后在这种相似性之下合并同类项并命名。这种命名在带给研究者方便的同时,却往往遮蔽了作家作品独立的艺术个性。但是,这种命名也还是必需的,无论作家是否愿意接受。我们下面将要谈及的先锋文学,是指从1984年马原的《拉萨河女神》、1985年刘索拉的《你别无选择》开始,洪峰、余华、残雪、格非、孙甘露等作家先后登上文坛,他们以独特的话语方式进行小说文体实验,被称作"先锋文学"。

李 浩:我们下面将要进行的谈话中使用的"先锋文学",就是约定俗成的这一文学现象,这些作家作品。

金赫楠:20世纪80年代,那时候我刚刚出生,自然没能亲身经历和体会当时先锋文学的繁荣。即使是关于先锋文学的创作与理论探讨

最热闹的1986、1987年，那时候我刚上小学，距离那时的热闹，就更遥远了。我曾经写过一篇批评余华的文章，发表之后，有人调出我的年龄来质疑，大意就是说像我这样一个当时不过还在幼稚园打滑梯的80后，有什么资格对先锋文学指手画脚。我也觉得有些遗憾，这让我想起《红楼梦》里王熙凤跟赵嬷嬷说的"可恨我晚生了几年，没见到当年家里接驾的盛况。要不现在那些老人家也不用总笑我没见过世面了"。也许因为没有亲历，我对当时的时代背景和文化语境没有足够的理解，一直以来我对先锋文学是感觉隔膜的，甚至曾经还有排斥。有很长一段时间，在我看来，先锋文学的姿态意义大于文本价值，在探寻小说可能性的名义下实际上消解着小说。先锋小说家普遍缺乏叙事的基本能力和耐性，他们在文本中刻意渲染暴力、丑恶、逼仄，便迅速抵达惊骇，轻易实现深刻；夸张的文体探索与语言实验更是把小说推向形式主义极端。

李　浩：你那篇文章我认真读过，其中的一些论述我也是认同的，但是总的来说，我不认为你切中了先锋文学的要害，把握了先锋文学的脉搏。比如说对于余华小说创作的评价，自然你也有你的道理，但是，我觉得你读浅了余华，也忽略了一些小说的艺术操作的美妙。

属于先锋文学的80年代中后期，很遗憾，我也不在其中。那个时候，我在一个地方读中专。但是，我仍然要说，先锋文学很大程度上影响了我的创作。甚至，我写作是开始于对他们的模仿。在我看来，先锋文学，其实是一种与写作者心灵更近的文学样式，当然，如果仅仅将先锋看成是技术层面的话，也是一种显见的误读。对我来说，文学的先锋性，才正是文学存在的必要理由。米兰·昆德拉说，文学的死亡，不是文学的可能性真的被耗尽，而是，我们不再为它有新的补充，小说没有了新质。所以在这个意义上，我认为，一个作家，或者一个批评家，你可以不写作先锋文学，你可以不专门研究先锋文学，但是，只要你是搞文学的，就不能缺席对先锋文学的基本阅读与思考。比如说你，你对先锋文学有阅读、有思考，以及在这个基础上形成的"片面的深刻"，但是，这不够，你的片面阻挡了很多宝贵的东西。

金赫楠：你说得对，面对一个作家作品，面对一种文学现象，不能只满足于获得"片面的深刻"。这几年来，我也在重新思考自己对于先锋文学的看法。我想，任何一种存在的文学现象都有它的合理性，先锋文学之所以能够在当时引起巨大的影响，一定有它的道理。我的经验与经历，我的审美偏好和阅读趣味影响了我对先锋文学的接受，更准确地说，在面对先锋文学的时候，我始终在不遗余力地挑毛病，而没有努力尝试更深入地进入文本，缺少把先锋文学放在当时历史语境下去理解的耐心。我这几年一直有关于先锋文学的思考。面对先锋文学，如果说早几年我一直致力于挑剔，那么最近的阅读和思考，我一直在试图寻找先锋文学的存在的合理性，以及它于文化与文学上的价值。

李　浩：做得对。只有这样，你才能真正进入一个作家、一部作品。而你对这一个作家作品的深刻理解，会带给你再次面对任何作家作品时超人的能力。

金赫楠：我说说自己再次阅读思考之后的一些感受。现代主义文学作品产生于世界大战之后西方社会的文明危机，在现实废墟与精神困境上，有它的地域和历史因素。你知道，西方社会、西方文化是有强烈的宗教背景的，西方人一直以为自己是有明确信仰的，伴随这种信仰的社会秩序是井然的。那些反复渲染的荒诞、无序、孤独、"他人就是地狱"等等，在这种环境下才有意义。那么中国20世纪80年代，先锋文学的产生与兴盛，与"文革"留下的历史创伤密切相关。"先锋文学迫近了心理创伤的心理状态。"——我忘了自己是从哪里看到过这样一句话，但是当时还是很受启发的，似乎就想明白了什么。我还是以余华为例，其实从初次阅读余华开始，我就一直心存疑惑，小说家余华在他前期的作品中为何如此笃爱暴力和鲜血，难不成他真的"血管里流的不是血，是冰碴子"？我曾经以为这只是他的一种写作策略，但似乎又不全是。记得读他的《1986年》时，可能作为一个女性读者我的承受能力有限，伴随着阅读的深入我甚至有生理上的不安，那血肉模糊的文字，露着骨头碴的叙事。

李　浩：一个人的写作，可能最重要的，是他看世界的眼光。余华小说所呈现的，可能与个人的童年记忆有关，还与世界对他的影响有关。

金赫楠：是，我也是顺着这个思路去思考的。因为我看到余华一段自述，他说，"我和我的哥哥经常在手术室外活动……这也是我童年经常见到血的时候，我父亲每次从手术室出来时，身上都是血迹斑斑，即使是口罩和手术帽也都难以幸免。而且手术室的护士几乎每天都会从里面提出一桶血肉模糊的东西，将它们倒进不远处的厕所里。"余华的父母都是医生，他的童年就是在医院里度过的。这样的童年经历，使得"血肉模糊"这样一个让常人惊悚的意象，在余华的童年记忆里面却似乎司空见惯。当然，我们不能仅仅因为这些，就把余华童年记忆中的血迹斑斑与他小说中的血腥联系起来。要知道，一个人的童年记忆，该是多姿多彩的吧，有很多场景很多感受作为画面保存在记忆里。而当他长大成人之后，童年记忆将怎样从存储中跳出来，影响一个人的当下？我理解，记忆是需要被激发的，当一个人在当下的现实中遭遇了什么，这种遭遇会激发出他内心深处与之契合的童年回忆，回忆中的氛围、气味、感觉又会反过来影响一个人对于现实的感受与认识。余华该是被"文革"影响至深的一代人，"文革"开始的时候他刚上小学，"文革"结束的时候他高中毕业，也就是说他个人的生命成熟与心灵成长几乎就是在"文革"中完成的，在成长中他目睹了太多的暴力，他的青春期就置身于浩劫的现场。批斗现场的血淋淋，与父亲医院里面的血肉模糊,这两种记忆相互交织在余华的记忆里面,构成了他心中关于那个年代的一个意象。"文革"带给几代人身体和心灵上的创伤,而浩劫结束之后,几代人又都在各自选择不同的方式来平复自己与整个社会、整个民族的创口。前面我说过,那十来年的岁月在余华心目当中是"血色"的,而浩劫带来的创痛感,使得作家有一种叙事的需要:他需要通过鲜血的渲染来涤荡心中的血色,他需要通过暴力的迷醉叙事来抵抗心中对暴力的恐惧与厌恶。童年记忆与现实遭遇碰撞下,余华下意识地、而又是有意识地选择了一种表达方式,选择了血腥、暴力与死亡在文本中的肆虐。你没发觉吗?余华在渲染暴力血腥的时候,字里行间是有快感释放的。这是余华作为一个作家选择的写作方式,也是一个受伤的心灵选择的疗救方式。我曾经读到一句诗,"说出了它就战胜了它",余华是不是想通过说出了它来战胜它呢?

李 浩:你说得太对了,我都佩服你了。就我本身来说,写小说的原动力就是来自自己的内心需要,创作和阅读都有心理补偿作用。当然,小说写作肯定不仅仅为了这个,它也是为了和世界的接轨。

金赫楠:我关于余华写作的推测,并没有否认这一点。前面说过,"文革"是几代人共同遭遇的创痛,是历史的巨大创伤,文学在它面前必须有所作为。作为小说家,想要去对历史、对人性进行追问和反思,就必须要紧贴住历史的片段与个人化的细节,当余华宣泄自己内心的时候,个人的创痛感其实就是历史的创痛感,这里面已经包含了一个作家应有的历史反思与现实承担。童年的个人记忆与时代烙印,成为余华小说写作的心理背景,而西方现代哲学与小说创作,又为他的写作提供了思想背景,在这些因素的综合作用下,余华的小说呈现出来那样的美学特点。

再比如残雪,我读过她一些小说,我觉得,残雪的小说一直有一种神经质的叙事气质。说实话我其实一直都躲避关于残雪的阅读,因为我读残雪的小说，总有一种迷失自己的感觉，我说的这种迷失是什么意思呢？就是说我一旦比较专注地进入残雪的小说，就会真觉得自己身处变态者、精神病患者中间，到处布满莫名的猜忌与窥探，不知所以；你能想到的肮脏之物充斥四周。面对她的写作，我仍旧充满好奇，是什么让一位女作家选择对肮脏、丑恶的沉迷？后来我看她的生平介绍和自述，残雪说："我写这种小说完全是人类的一种计较。非常念念不忘报仇，情感上的复仇，特别是刚开始写的时候，计较得特别有味，复仇的情绪特别厉害，另一方面对人类又特别感兴趣，地狱里滚来滚去的兴趣。"残雪从小跟随外婆长大，父母均被下放，外婆的一些特异的生活习惯、个性脾气对残雪有很大的影响。她的成长也发生在"文革"时期，同余华一样，时代的灾难在她的心里是以某种意象烙印的。为什么同是面对历史的诘问，余华选择的暴力鲜血而残雪却神经兮兮的？我认为是作家理性层面的现实承担、历史反思与作家无意识中的个人内心的释放欲望共同作用的结果。

我拿余华与残雪举例，也是想寻找一条进入先锋文学的途径，从历史的角度，从创作发生学的角度，去解读他们的作品。写作之初，这种表达方式是出于内心的需要，再以后呢，我以为，当这种写作遭到了追捧与阐释过度，这种风格成为作家外在的标签，也逐渐内化为作家的写作惯性，内化为作家书写历史、面对生活时候的程式思维。

李　浩：是啊。有时，坚固起来虽然面目清晰了，但也容易画地为牢。况且，在80年代先锋小说的队伍里，许多作家甚至我说大部分作家都是跟风的，他们的骨子里并不先锋，只是先锋被强调了，获得了重视，他们才有意识地先锋了起来。先锋文学就这样逐渐背离了真正的先锋精神。

金赫楠：直到现在，我仍然坚持认为，所谓先锋其实更多的描述的是一种命运：他们走在时代的前面，追求的却是被时代所淘汰的结果。

先锋是时代进步、文明进化时祭上的牺牲。先锋，更多展现的是一种姿态，是以过程中矫枉过正的极端，来实现结果里的恰到好处。

李　浩：可能，我与你的看法有所不同。是否被时代淘汰，我们说得也许早了些，同时，在一个劣币驱优币、俗污当道的文学时代，它们的所谓被淘汰也的确存在着。帕慕克在北大有个演讲，我一句没听懂，但读了译文。他有句话说，与其想法给本国那些不读书的人写读物，不如给世界上那些能读懂你文字的人写作。坚持真的意味了一切。有人说，在80年代，为当下的名声写作是可耻的，因为你要曲媚。我想，真正的先锋文学，真正意义上的，应当是，一个民族文学成就的最大标高，而不是世俗影响。

金赫楠：你要知道先锋这个名词原本就是从军事术语中借用来的。作为先锋，在战役中永远是排头的炮灰，永远没法参与胜利之后战利品的分享。这就是这个角色内定的命运。选择做先锋，就选择了这种命运。先锋文学就是过渡时期的文学，是一个时代往前迈进时候的新声。先锋文学的价值之一就在于，至少在先锋文学初期，作家的创作是听从内心的，他们使用小说这种语言方式、这种文学体裁来实践自己的小说理论，表达自己对世界的思考。而现在，作家们要么听从于旗帜的安排，一窝蜂地去"贴着地面走"，要么听从于市场的召唤。先锋文学的另外一个价值就是，强调文学作品本身的游戏性。我最近读了一些中国古代文论，感觉就是从具体的作品到理论主张，中国古代文学史上根本就缺少"为艺术"派，我们国家的文学传统中从来就内含着文学的"为人生"的功利性，这根本就是中国文学的内在属性。即使1917年以后的新文学，极力要摆脱与传统文学的联系，但无论姿态如何反叛，其实仍是不自觉地继承了这样一个传统——甚至，新文学中为人生、为社会的功利性非但没有减少，反而更突出，虽然也有施蛰存他们这些新感觉派的创作，但绝不是主流，也遭遇了很大的非议和否定。先锋文学的诞生,是从寻根文学承接来的,也是现代文学上新感觉派的隔代延续,与"文革"留下的历史创伤有关。但是,在发展的过程当中,它提供了很多专注于文本内部的兴趣。

二

李　浩:你知道吗?曾经的和正在进行的阅读对我的写作意义重大且关系密切。我从来不否认,我的写作,身后站立着许多的神灵,他们给予我写作成长当中不断的滋养,也造成我"影响的焦虑"。一个作家,他的写作选择和他的阅读经验休戚相关。

金赫楠:的确,一个一直保持阅读习惯的人,当阅读成为他生活中重要的一部分,它的影响是深远的,审美倾向、欣赏趣味,甚至生活逻辑,甚至个性气质。那我们就来谈谈各自身后站立的神灵。这些年的阅读当中,对你的小说写作影响最大的,或者说让你受益最多的是哪些作家作品?

李　浩:一个,是卡尔维诺,《我们的祖先》;一个,是君特·格拉斯,《铁皮鼓》;一个,是杜拉斯,《抵挡太平洋的大坝》;一个,是尤瑟纳尔,《安娜姐姐》……

金赫楠:对不起,我打断你一下——我不得不这样,因为我不想你一路说下去变成西方现代小说巡展。这些作家作品,我早已经多次听你说起。为什么你认为自己身后站立的都是这些西方现代主义小说家?不客气地说,我以为这只是你理性层面出于某种偏见或者惯性的选择。其实,李浩啊,即使抛开我们作为好友的互相了解的因素,就仅仅看一下你的履历,我也几乎就可以断言,如你一般出生并生长在中国北方,吃着面条馒头米饭长大的中国当代作家,你的审美价值观一定包含中国传统因素。你不太承认这种传统对自己的影响，又或者你没有清楚地意识到它们对你更大程度上的滋养，是因为这种滋养是在不知不觉当中、以潜移默化的方式来实现的。我猜想，可能你在意识层面对中国作家作品以及文学传统是心怀叛逆的，但其实却在无意识里处处受它影响，甚至依赖。那些此时或此地的作家，带给你小说创作的影响和滋养，可能并不体现在某种具体的创作方法和表现手法上，但是其实你作为小说家的人文修养、审美眼光，你面对现实、身处生活时的情怀，都逃不开它们的笼罩。

难道，你就没有喜欢的中国作家？你难道从来没有觉察到中国作家对你的滋养？

李　浩：我才说了几句就受到了这么严重的批判！呵呵。中国作家……鲁迅算一个。鲁迅在现代文学史上最受到推崇的就是思想上的深刻与犀利。作为一个思想者，他让我折服，但是，这并不构成我对他的最高敬仰。我是觉得，鲁迅在小说中的力量是让我最敬重的，我以为，鲁迅是深知小说之要义的。首先，对中国而言，在鲁迅那时，开创了一种文体，这个"小说"和它的方式，在之前的中国是没有的；同时，他又说的完全是中国的问题，并且这个中国问题也并不完全被放置在一种西方语系中做解读，而是以一种互渗的方式。鲁迅实现了全然的陌生，于中国、于西方，他的出现都是独立的。如果按照我的理解，鲁迅是现代中国先锋小说的鼻祖，我们都要从他身上接脉。还有，鲁迅用小说的方式刻画了一个民族独特的魂，他为世界文学的"未有"做出了补充。对"未有"的补充，一直是我对小说优劣与否的评判标准之一，并且是很靠前的标准。这也一直是我写作小说时候致力追求的。其次，鲁迅小说解读上的丰富性吸引我。不过，现存的对鲁迅小说的解读也太多，很有点过度阐释，不是吗？很多自我标榜为鲁迅门生的人，他们让我一度都耻于多谈鲁迅。

金赫楠：鲁迅也是影响我颇多的作家——这种影响的确很大一部分来自个人的阅读选择和中国的文化现实，鲁迅当年所关注的很多命题，现在仍然高悬在中国人的头顶有待思考和解决，他当年的很多思考与发现，放在当下的语境中依然有效，依然可以给后来人力量；不过似乎多少和学校教育也有点关系，我记得从小学到中学，语文课本里几乎每个单元都选入鲁迅的作品，而作为一个成长中的青少年，那一段时间也恰好是审美习惯甚至世界观、价值观逐渐确立的阶段，所以容易"被鲁迅"。

当提到鲁迅这个名字的时候，其实我现在往往第一反应就是——哪个鲁迅？就我来说，"思想的"鲁迅让我折服和热爱，"小说的"鲁迅让我漫不经心，而"政治的"鲁迅则让我生出很多犹疑、不安、甚至厌倦——这或者也是你说的"他们让我一度都耻于多谈鲁迅"。

李　浩：因为，即使现在，我们也没有获得一个良好的谈论鲁迅的环境。

金赫楠：是。1923年的鲁迅曾经说过，中国现在是搬动一张桌子也要流血的地方。他宣布这个发现的时候，应该想不到，几乎百年以后，这个论断回过头来正好应在鲁迅自己身上——我说的是鲁迅研究界，对于鲁迅的定论仍然很顽固。当外部条件更趋宽容与理性的时候，文坛内部却仍然顽固。在特定的历史条件下，多种因素的合力使鲁迅的牌位被放到了供桌上，后人出于种种可告人和不可告人的目的强迫他常年享受供奉，也由此养活了一大批看守供桌的、更换香油的甚至清扫灰烬的。那些试图对鲁迅提出疑问的人，往往是话没说完就已经想当然地被宣判为背叛，哪里还有余地把话说完说清楚。想要商榷关于鲁迅的短长，更是一件困难甚至冒险的事情，你刚开个头，就会有若干人等跳出来派不是，做出是可忍孰不可忍的义愤填膺状，并借此狠狠地感慨一回世风日下人心不古。让我也不惮以最坏的恶意来揣测一回：很多人是极不情愿鲁迅被请下供桌，回到人间的。这些护卫里面，有为了护卫鲁迅而护卫鲁迅的，也许因为是不忍偶像的坍塌；也有为了保住自己而护卫鲁迅的，是害怕失去了看守清扫的岗位与权力。

李　浩：我就遭遇过类似的围剿，甚至有一位自己本来很欣赏的理论家，当她谈论鲁迅时的那种坚硬与固执……鲁迅对革命、对人性、对国民性是有着精确而入骨的认识的。说实话，这一点是我一直追求的，而且，我自诩，我也有——如此这般把自己与大先生同列比较，恐怕又会让很多人不满。我确实想与他看齐，像他一样思考和审视，特别是对自己的审视。鲁迅先生对自己的审视在中国的文学甚至文化历史上很突出。

金赫楠：我非常认同你说的鲁迅先生的自审。其实，中国的知识分子们普遍缺乏自审，他们习惯于把一切问题都往时代、文化、人性的局限上归结，但是唯独把自己给宽恕了，不去想一想问一问，作为一个人，作为应该成为社会良心的知识分子，自己都参与了什么逃避了什么？举一个例子就是，在对"文革"的反思之中知识分子面对自身的审视一直是大大缺席的。"认识你自己"是雕刻在阿波罗神殿大门上的箴言，也是整个人类所面对的难题。大到一个文明、一种文化，小至一个团队、一个人，都应该有审视自己的意识与能力。比如鲁迅，作为那一代知识先驱的代表人物，他在审视自己的同时，也提供了面对那一代知识分子的冷静与清醒。这样的鲁迅，我想大概是不太需要什么人来维护他。几年前有一篇文章曾经行文激烈地批评鲁迅，它否定了鲁迅的大部分文学成就，理由之一就是说鲁迅的语言文字"半文半白"，结果文章作者遭到了"围剿"。其实鲁迅哪里用得着他们的辩护？就这个问题鲁迅很明白，他自己早就意识到了这一点并有明确表态："（我）曾经看过很多旧书……因此耳濡目染，影响到所做的白话上来……一切事物在转变中。是总有很多中间状态的，有几个不三不四的作者是当然的,只能这样,也需要这样的人。他的任务是在有些警觉之后,喊出一种新声,反因为从旧营垒中来,情形看的较为分明,反戈一击,易至强敌的死命。但仍应该和光阴偕逝,逐渐消亡,至多不过是桥梁中的一木一石,并非什么前途的目标范本。"鲁迅的这种自明,让人肃然起敬。在这段话中,如果说"不三不四的作者"是鲁迅自嘲式的自谦,那么"桥梁中的一木一石"我认为是鲁迅严肃、真诚、清醒的自我认识和自我定位。

李 浩:在鲁迅那里,他想的不是个人的名利,而是这个民族的、世界的未来的可能性。你要知道,作为一个作家,我认为自己弱于鲁迅的,是我太想成就自己的艺术高度;但同时,我也这样说,我首先是个知识分子,然后才是作家。这也是我为什么欣赏鲁迅,而不把太多中国作家放在眼里的原因。文学是有负力的,它要承载。

金赫楠:鲁迅还有这样一句话:"我觉得古人写在书上的可恶思想,我的心里也常有。"

李 浩:哈,是啊,是啊。我也说过,我有人类的全部恶毒。只有具备了这样的自省,才有能力跳出。

金赫楠:前面说过鲁迅在审视自己的同时,也提供了对那一代知识分子的冷静与清醒。鲁迅深深知道他或者他们这一代知识分子的尴尬与悲剧:处于新旧交替的中间环节和过渡时期,出自旧营垒,追求新文化,他和他们,在清醒的理性层面是主张民主自由的,是先锋、激进、决绝,而旧营垒中镶嵌进血液的思维惯性却是摆脱不掉逃脱不了的,没法以开关电源、闭合闸门的方式于瞬间轻易断绝,常常会不经意间不自觉地流露,不动声色地于实际上影响着他们的言行。面对现实层面显在的矛盾,新与旧,左与右,复古与革新,这些人可以勇敢决绝，但是一旦面对自身的矛盾，就会有一种无计可施的痛苦。当然，不排除有人陶醉于新文化战将的感觉良好之中，而鲁迅不是，他两个眼睛睁得大大的，他的确清醒。但是，虽然鲁迅看透了这一点，但是却至死也没有能够改变。这些遗憾也不会影响我们说鲁迅是一个伟大的思考者。有意思的是，我发现中国当代作家在谈到文学传统的时候，几乎很少有人能跳过鲁迅去。现代性、国民性这些鲁迅思考中的关键词，其实也正是百年来时代和历史的关键词。所以，鲁迅之后的中国作家，至少直到现在，我们没法忽略鲁迅，没法跳过他直接奔向目标。不过，对我影响最大的，获得我最多热爱的，还不是鲁迅。你是知道的，比起思想的深刻、思考的精准，我更在意这些思考于文学上的实现方式。不管怎么说鲁迅的小说我是有些遗憾的。如果从更纯粹的文学意义上说，我更热爱的是《红楼梦》。

李　浩：我知道你喜欢《红楼梦》，你以前没跟我说过，但是我也能感觉到。我猜得到。因为，你说过当下活跃的作家里头你喜欢乔叶的文字，你说过你喜欢毕飞宇更早一些时候的《青衣》《玉米》，你喜欢小说里头对人情世态的了然通透。于是我知道，你大概是喜欢《红楼梦》的。你的小说审美趣味，是偏向那种能写微妙的小的小说，是的，哈哈，小说之小。

金赫楠：看来你对《红楼梦》还似乎是比较陌生的。它可不止是你说的"小说之小"。因为我父亲喜欢古典文学，所以受他影响，我的文学启蒙就是从几部古典名著的阅读开始的。大概是十岁左右的时候，我就开始看红楼、西游、水浒什么的，但是除了《红楼梦》，其他的似乎都没给我留下什么印象，也没引起我后续的兴趣。现在回过头去想，我也不知道为什么那时候一个十岁的小孩子，竟会放下有孙悟空的《西游记》，爱上了《红楼梦》，我不记得自己当时是被《红楼梦》中的什么给吸引住的——因为很多内容，那个年龄是无论如何读不懂的，但是，确实对它很中意。这种中意从那时候一直延续到现在。直到现在，我每年都会读至少一至两遍，伴随我的成长，它总在不同时期满足我不同的阅读期待。

李　浩：我读《红楼梦》，是在二十岁之前，后来只读了一段，没有持续的兴趣。昆德拉说，小说应当呈现被"事件"遮蔽下的历史，或者说，它呈现出的，是从细节发生的、更深刻的历史。我刚刚完成的长篇《如归旅店》，我特别加重人物的怯懦，让他说话结巴起来，以及从与鸡的决斗中获得的英雄情结。我所有的设置，都冲着人类境遇去的，虽然，它可能只是细节。所以，《红楼梦》不在我的谱系中。虽然我也认为《红楼梦》还是很不错的东西，曹雪芹开拓了小说的疆域，而且，他在看人看世时涌出的温脉，是当下稀缺的。但是在我这里，昆德拉是小说的立法者，我可能也染上了他所说的从小事思考人生人类的"毛病"。我觉得《红楼梦》太……

金赫楠：太什么？

李　浩：我也正在想怎样描述它……是了，太小，太世故。曹雪芹的思考我也有，但是我觉得它过于鸡零狗碎了。

金赫楠：不符合昆德拉所立之"法"？

李　浩：可以这么说。

金赫楠：我几乎要为你的话而愤怒了。昆德拉的小说理论是从哪里来的？是建立在对一系列西方小说的文本分析上，并且，他对小说的看法与当时所处的时代背景以及个人的政治际遇有很大的关系，他认为传统小说的叙事模式都与专制主义有关。我实在忍不住想问一句，昆德拉有什么资格为中国的小说写作立法？他的小说主张居然成为你的标准参照！难不成还要请曹雪芹活过来，按照昆德拉的"立法"把《红楼梦》再写一遍？按照你的说法，《红楼梦》是太鸡零狗碎了，那么我要说，这就对了。文学是什么？小说是什么？小说正是要从鸡零狗碎之中去窥探历史与时代，正是要从鸡零狗碎之中去探寻人性的艰深与微妙。我觉得，所谓鸡零狗碎也是中国传统小说的妙处。古典小说里面，常常于情节的推进中突然插入一些闲笔，我理解，一来这是小说叙事节奏的考虑，为的是获得张弛有度的审美效果；二来，这些貌似无用的闲笔，其实也附着着时代与历史。

李　浩："正是要从这些鸡零狗碎里面窥探时代历史。"——你的这句话对我是个说服。你说服我了。我也认同，太认同了。真诚向你致敬！我甚至认为你的这句话对我造成一个突袭。说是突袭，是因为它似乎的确命中了我小说观的某个地方，产生了部分的杀伤力；而我是没有做好充分准备的，一时间没能调动起有力的反抗来——我下意识地认为该用自己的小说观来反对一下，坚持一下，哈哈。突袭的结果就是，我开始想，我的小说，也可能会加入些鸡零狗碎，当然这种鸡零狗碎必须以我想要的、合适的方式呈现。

金赫楠：就以《红楼梦》为例吧，你说它太小，这个我不认可。《红楼梦》里面，有一种特别深厚的悲天悯人情怀，《红楼梦》是经典。你的博尔赫兹也说过："经典是一个民族或者几个民族长期以来决定阅读的书籍，是世世代代的人出于不同的理由，以先期的热情和神秘的忠诚阅读的书。"我觉得这句话太适合用来形容《红楼梦》了。李浩，有时候和你谈话，我会忍不住想要愤怒。这愤怒是从哪里来的呢？现在我想到了，就是当你面对无论中国文学传统还是中国当代的文学作品，所表现出来的傲慢与偏见——没错，傲慢与偏见，这个词多么适合用来描述你的小说世界观。现在，就是我们谈论《红楼梦》的现在，我突然意识到，其实这些年来，我对《红楼梦》有一种阅读依赖，前面我说过，它对我有一种陪伴，生命成长的陪伴、心灵成长的陪伴，这种近乎沉溺的热爱，让我在面对它的时候，不自觉地就把自己给矮化了。所以，你也提醒了我。老实说，我中意的外国作家作品不多。因为即使我的英语水平，考六级的时候倒是过关了，但是用来阅读英语文学估计够呛，因为文学是语言艺术，而语言的多义和约定俗成性……也可能因为这个，所以当你排列出一串外国作家作品时，呵呵，我……

李　浩：你这也是一种"傲慢与偏见"。其实我偏爱西方现代小说的一个原因在于，作为一个读者，我的阅读很挑剔，无论小说、诗歌，或者是理论，我偏爱那些对我的智力构成挑战的东西，希望在阅读中不断遭遇那些充满智慧的障碍，通过克服这些障碍来获得阅读的快感。

金赫楠：所以你在写作的时候，也总是给读者设置阅读障碍？读过多篇你的小说之后，我能看到一些你背后的影子，比如昆德拉。昆德拉的小说主张小说实践，思想之重与小说之轻。而中国文学的传统，此时无声胜有声，无招胜有招，不露痕迹地表达深刻。——怎样在小说中实现作家的表达？文学作品应该通过艺术感染力作用于读者的情感，进而作用于读者的心灵和头脑，通过影响读者的情感来影响读者的认知评判。作为小说家，不能通过写时代去写时代，只能通过写好时代中的一个或者几个人，通过人的遭际、人的内心变化与外在行为去描摹时代。"如果你不知道怎样去表现一个时代，那你就贴着这个时代中的一个人的感受去写。"——欣赏者在艺术作品中要求的不是现实层面的真实，而是真实感。

李　浩：也许，你我不能相互说服，但我倒更喜欢这些争论。文学，可能本来就包括内心的碰撞，观念上的交手。今天争论的这些，我会沉下心来思考。

写作：对抗生活的力量
——金赫楠对话胡学文

一　个人经验与小说写作

金赫楠：对你来说，写作意味着什么呢？面对每一个作家的时候，我都忍不住会有这样的疑问：为什么会写作？

胡学文：对我来说，写作的意义在不同时期是不一样的。说老实话，我最初的写作主要就是为了改变命运。那时我在乡镇中学当老师，觉得不写作没有别的出路。后来回想，我人生每一步的变化都与写作相关，可以说，都是写作给的。现在写作更像是一种生活，且不说写作能让我思考一些什么，如果不阅读不写作，心里特烦，觉得没意思。写作的时候时间过得很快，除了写作，我不知自己还会干什么。你说自己写作是内心需求，我现在觉得写作是对抗岁月，似乎矫情了，想想，有时还真是这样。当然，不管过去还是现在，对写作的热爱没变。我也想反问你，为什么写作？文学研究、文学批评写作也算是写作吧。

金赫楠：文学批评当然是文学写作，并且，它首先是一种写作，然后才携带其他。文学批评不是在指正、培训作者，更不是引领、教导读者；确切地说，它是以自己关于作家作品的那些文字，分享阅读，分享自己关于自我内心和外部世界的种种感受和思虑。所以,我的写作,说得矫情一点,就是内心需要,释放自己、阐释自己的需要。

你说得很坦诚。比如我自己,最开始读小说、学着写文学评论,是因为职业使然。渐渐地,这已经成为我和世界和他者发生关系的方式。文学评论,与其说是在解读、阐释他人的作品,不如说是经由别人的故事来阐释自己。所以,写作者最终都是在阐释、发布自己吧。

胡学文:是的,发布自己。比如,我有狂想症,和人说话的时候有时突然就走神了,会进入到小说中的情节。当然,这样的时候不多,我会及时拉回来。

金赫楠:谈谈你的作品吧。最早读到你的作品,《极地胭脂》《秋风绝唱》等几个中篇,都是有关坝上的人和事。你自己就是张家口坝上人,所以想到一个话题,个人经验与写作的关系。至少,很多作家最初的写作往往是很依赖个体生活经验的吧。

胡学文:某次研讨会,一位青年批评家提到小说的路径,我觉得挺有意思。一个写作者从哪个角度切进他的题材和主题?比如余华从事件进入,严歌苓从人物进入,我可能更习惯于从事件进入小说的叙述。但不管从哪种途径进入小说,写作都还是要依赖个人经验的,只不过依赖的程度和形式不同。如你所说,作家最初的写作大都是从切身的经历和经验开始的,从写自己熟悉的人和生活开始的。但写着写着可能就变了,比如更依赖思想来行文叙述。从一开始写作就用思想支撑的作家也有吧,像陀思妥耶夫斯基。而绝大多数的作家,不管写到什么时候,或多或少,都得有一些经验吧,只不过对经验的处理不同。写到后来,看得多了,特别是看一部特别精彩的小说,会非常羡慕,就想自己能写一部这样的小说该多好。开始思考小说的意义、叙述方式等。我不是一个理性突出的小说家,这样思考来得慢,但过程还是有的。

金赫楠：比如，你的成长经历，带给你的世界观、价值观的影响，具体在写作中怎样发挥着作用？

胡学文：前几天，我看格非关于经验的文章，觉得说得非常好。我在坝上生活了三十多年，要说是有个人经验的，而且，写作中也难免受这种经验的影响。比如，我作品中写了很多小人物，有评者还说写小人物是我的宿命。为什么我爱写小人物？一个重要原因是我接触的小人物多，比较熟悉，写他们更有感觉。写作要靠想象，但任何的想象都得有一个支撑点，经验其实起着支撑点的作用。比如，我写农民吃饭，我的想象能飞起来，如果写小资，写咖啡厅，我的思维会变得迟钝。这是经验的一个作用。经验的作用当然不止这些，作家的世界观也与此有关。究竟是什么样的影响，一部分是能说清的，另一部分说不清楚。我举个例子你就明白。村上春树在以色列做过一次讲演，他说得很委婉很狡猾，但说出了你我也想说出的大多数作家的选择。那就是在鸡蛋和石头之间，会选择鸡蛋。这样的选择不是没有问题，但多数人还是会这样选。

金赫楠：我也刚在微信上看了格非的这篇讲稿，确实很受启发。格非谈到经验对于作家的意义，他说有一种作家，比如沈从文、比如狄更斯，他们的个人生活、个人经验层面的所见所闻，实实在在地成为他们写作直接使用的叙述资源、情感资源和思想资源。但还有一种作家，比如卡夫卡，他终其一生的个人生活可能比绝大部分普通人都更简单和单调，就是一个小城里的小职员，几点一线的重复着雷同的生活，却在写作中开辟出一个魔法般的自足世界。我的理解就是，一个写作者，他的个人经验必然要成为他依赖的写作资源，这个毫无疑问；一个人的审美力、思考力，他的知识构成、趣味偏好以及价值倾向都不会是凭空而来的。关键就是，不同的个体，不同的经验表达和发布方式。举个例子，你和李浩都是我最熟悉的作家，你们都是从农村出生、成长起来的同龄人,都是师范毕业后从事过几个不同的职业,最后成为职业作家。你们可以说有着相近的生活经历和经验,但这种经验在各自笔下所体现出的艺术风格、主题偏好,以及表达方式,却完全不同、差异巨大。这就是另外一个话题,写作者怎样使用自己的经验?

胡学文:我和李浩虽然都是农村出来的,但与个性气质等有关,我俩的注意点肯定不一样,这就决定我和他的经验是不同的,虽然都是农村的。立场不同,感受就不一样,何止不一样,差别很大。再有后天的努力方向有差别,那就更不同了。像巴别尔的小说,很明显是有个人经验的,没那样的经历写不出。而另外一些小说,比如卡尔维诺的《树上的男爵》,其实经验的成分也很多,一个人在树上怎么生活?小说写得特别具体很实在,是有逻辑的。从这个角度说,没有一个作家不看重经验。他们的高明多在处理上,有的用三分,有的用一分就够了。

金赫楠:我觉得你是格非所言的第一种作家。个体经验会相对更直接和明显地运用、体现在你的作品中。读你早期的小说,《秋风绝唱》《极地胭脂》《一棵树的生长方式》等几个中篇,坝上草原的地域特点很明显。场景的描写、人物性格的塑造呈现,以及字里行间,都有一种开阔、凛冽、热情而奔放的草原气息。这就是你的出生和成长的环境、你的生活经历和经验所塑造的写作风格吧。

一个作家最初的写作,往往关乎他最切身贴骨的感受、最刻骨铭心的记忆,往往围绕他最熟悉的人和事。而如果一直写下去,他是不可能仅仅依赖往日时光、童年记忆来有效地延续自己的写作的。一个作家的成长和成熟,某种意义上说,也是他的个体经验、个人眼光与辽阔的外在世界和世事人心的遭遇、碰撞、对峙和缠绕纠葛。所以,个体经验是一个人写作的最初起点,往往成就着他的独特和精彩,但这绝不是他可以一直依赖的。

胡学文：过去的小说地域性强，一方面和我的经历相关，我有这方面的经验；另一方面，我也在有意地强化。那时候写作不被人注意，若没有点特别的东西，永远不被人注意。在叙述方式上，我做不到，那就只有在内容上下功夫。后来与一些评论家聊天，他们还挺喜欢过去那几篇小说的。没有一个作家不想深刻，但深刻很难。而且，什么是深刻，各人的理解其实是有区别的。特点就不一样了，有特点就是有特点，在那儿摆着。所以，注重特色更容易一些，也是发挥自己之长嘛。

你说得非常好，不可能依赖经验走得很远。这个道理写作者都明白，关键是明白了以后怎么做，是否有别的可能。像胡安·鲁尔福，写完《燃烧的原野》《佩得罗·巴拉莫》后，就没写什么。当然，有这两篇就够了，足以确立他在世界文坛的地位。但如果还能写出别的，那不是更好？后来有一些说法，胡安·鲁尔福也写了东西，但没发表。我不知是否确切，我想如果是这样的话，肯定是自己不满意吧。而不满意的一个原因可能是没超过之前的作品，还是过去的经验。大作家都如此，何况咱？我早就意识到这个问题，也在努力。可能没有收获，慢慢走吧。

金赫楠：回想一下当时写作的《极地胭脂》的内心驱动力？写作缘起？

胡学文：我刚参加工作，热情高涨得有些疯狂。那时有学生退学，我就去家访。校长说点儿好听的，劲就更足了。坝上村庄离得远，从学校到最远的村庄要三十多里，来回六十多里呢，可不觉得累。我从一个叫高原的村庄家访回来，风大，只能推着自行车走。其实就是沙尘暴，当时好像还没有这个词。在漫天的风沙中，我经过草原兽医站，孤零零的。那个形象切到我的脑子里。我童年时代常到马场看配种，呵呵，那时没事干，是童年的娱乐之一。很多图景都在脑子里，多年后，我想写这样一篇小说，这些图景便复活了。写的是童年记忆吧。

金赫楠：童年记忆复活了，这恰对应着咱们刚才谈到的个人经验怎样在写作中发挥作用。童年记忆作为一个人重要的个体经验，很多场景和感受是作为画面和情绪保存在记忆中的。而当他长大成人以后，这种经验将怎样从储蓄中跳出来，影响一个人的当下？记忆是需要被激发的吧，当一个人在当下现实中遭遇了什么，这种遭遇会激发他内心深处与之契合的童年记忆，记忆中的画面、氛围甚至味道，甚至感觉又会反过来影响一个人对于现实的理解认识和审美。我再问一个最俗套的问题，《极地胭脂》中，你着力想表达的是什么？你对生活的什么认识和理解，或者疑问和迷惑？

胡学文：说实话，着力表达什么，我说不清楚。我听说配种站曾有一个女配种员，我没见过。因为我见过那样的场面，我难以想象一个女人如何在这样的地方工作，她又为什么选择这样的地方工作。我在写作中，也带了这样的问题。对于我，其实是进入内心的写作，我想看懂这个人，想阐释这个人。当然小说中有文化观念的冲突，但对于小说这是常见的主题，并不新鲜。我着迷的仍然是人物内心的想法。揣摩透了，我就知足了。我没想在里面装更多的东西。

关于经验，有的能意识到，有的未必能意识到，但这些在脑子里存着，如你所说，需要激活。格非也这样说过吧。一种激活是意外的，比如在书中读到一个词，或听到一个故事，有时一个场景，都可能让过去的记忆重现。一篇小说的雏形常常是这样来的，反正我是这样。另一种激活是有意的，比如在写一篇小说时，必须调动生活的储备。比如写一个农民工，下了班住宾馆显然是不合实际的。我脑子里没存这样的记忆。我的很多乡亲，我的父母，我的弟妹，都在城里打过工，他们的生活是什么样的，我心里有数。这个数就是记忆。我在这个点上怎么想象都可以，我不敢想象一个农民工住宾馆喝咖啡的场景。

金赫楠：前几天又重读了你的《秋风绝唱》，同样是写坝上生活的早期作品，这篇小说和《极地胭脂》相比，哪一个更受好评？或者说，你自己更喜欢哪一个？

胡学文：我个人更喜欢《秋风绝唱》。谈起《极地胭脂》，好多人的重点不在小说上，你懂的，那令我不爽。《秋风绝唱》虽然地域性也强，但可说的似乎比《极地胭脂》多。这篇小说获了一些奖，这让我的写作更有信心，这也是我偏爱它的理由。

金赫楠：我猜想，批评家们对《秋风绝唱》的阐释热情更高，或者说，这部小说留给批评家的阐释空间更大。小说设置了一个外来的城市女孩尹歌，这个人物的设置，我觉得你是有想法的，她既是一个视角人物，作为一个外在的旁观者，一个城市的、现代的眼光去看、去打量思忖、去质疑坝上的民风、民俗和生活、情感。同时，每一节最后的尹歌笔记，用这种形式，作者也是在试着实现一种自我阐释，以增加作品的深刻和厚重。这种结构和视角上的设置，让评论家有话可说。但是，我个人的阅读感受是觉得这篇小说问题也很大。

胡学文：《秋风绝唱》在形式上做了些尝试，比如用那些笔记，在别人可能不值一提，但对于我这样的笨人的是有意义的。

金赫楠：这么多年读你的小说，各种优点自然先不说，我个人觉得你最大的问题就是结构。所以我想着，你写长篇的时候可能也会遭遇结构的问题。

胡学文：结构不自然？

金赫楠：问题主要不在不自然。精心结构的篇章，肯定不自然，不自然本身也没什么问题。我觉得问题是，结构有点乱。《秋风绝唱》，我说的结构上的问题，所谓乱，其实主要是觉得满。这篇小说里的人和事，后来又分别作为主角写成了几个小说。比如赌博输了媳妇，《麦子的盖头》；比如告状，《命案高悬》。这些都是你乡土记忆中比较熟悉和印象深刻的事件和人物吧

胡学文：在写作开始，怎么结构，心里是有数的，但写起来，往往就不在意了。我不觉得结构乱，我认为作为小说的一部分，即笔记，没有写透，没达到我想达到的要求。换一种说法，没把小说写深刻。这篇小说比《极地胭脂》用力，现在看，问题真的很多。是有些满，这也是我小说中的问题。用的材料过多了，有些浪费。我写坝上的那些作品，你比较看好哪个？

金赫楠：早期的那些作品中，我最喜欢的是《一棵树的生长方式》，这篇小说被批评家们提及得并不多，也许因为它整体的调子和那时流行的底层叙事的主旋律不合拍——很长一段时间，你的小说是被归并进底层叙事的。但作为一个读者和研究者，我是很偏爱这篇小说的。主人公姚洞洞遭受着命运最无情的压迫，他的成长充满着失意甚至屈辱。最终，被压迫到最低点的姚洞洞开始了他对命运的决绝反抗。而这种反抗从一开始就带有一种报复的冲动和情结，是精心策划之后的机关算尽和步步为营，当他牺牲了自己和家人的日常幸福，当他把宿敌逼进绝境，从维持生存和挽回尊严出发的抗争，最终沦为快意恩仇的恶作剧。

你的小说往往贯穿这么一个母题：个体的、个人式的反抗，不顾一切、一根筋式的命运挣扎。从早期《飞翔的女人》《麦子的盖头》《土炕与野草》到《隐匿者》《奔跑的月光》等等，人物那些表面看起来刨根问底甚至歇斯底里的行为，都是在生活的逼迫下不得不为、随性而发的，没太多的计划性，最重要的是都心存善念，不是以伤害别人为目的的，破坏性不大，最终目的是为了自己的生活或和生存。当姚洞洞

从一个受虐者变成一个施虐者,当为生存而发生的反抗和挣扎一步步变成他的生活本身,我们从姚洞洞身上看到了底层世界的另外一种性格:一种狡黠、机巧,一种强大的忍耐力和随之而来的巨大爆发力和破坏力。这种爆发本来具有道德上的合理性,可一旦偏执地走下去,也会渐渐生出恶意和破坏性——我把它称之为反抗溢出:溢出了他能控制的范围,溢出了合理性甚至合法性。我好奇的是,这个人物的创造力寄托了对小人物和底层世界的什么思考?

胡学文:前面说过,我的所有人物都来自身边的生活,这篇《一棵树的生长方式》是我对童年乡村生活的一次回望。姚洞洞,说实话是我自己比较偏爱的一个人物。你的偏爱,我觉得也还是来自批评家的兴奋点,按你的话来说,这个人物足够复杂,可以提供更多的阐释空间。你关于姚洞洞的种种分析,有些的确是我想表达的,有些是我自己都没意识到的——所以,好小说是作者和批评家共同完成的。在我的经验里,姚洞洞携带着一种乡村智慧:在现实中,一个人不得不顾忌着什么,比如地位卑微者,可能不敢大声说话、走路不敢直腰、眉眼不敢放肆,这些也许都是外界的重压使然。现实越是逼仄,那小人物的智慧越是绽放,在我的乡村生活中,就有这样的人物、这样的生活。我对这种乡村智慧充满兴趣,想要探究它来自哪里,又会对人物和生活产生怎样的影响。

二 故事与讲故事

金赫楠:你的小说被改编影视剧的挺多。《飞翔的女人》《隐匿者》《天外的歌声》《婚姻穴位》等等。最近这篇《奔跑的月光》被陈建斌改编成电影《一个勺子》,还获得了电影金马奖。影视是面向大众的叙事形式,首先要满足受众故事的需求,且还得是戏剧张力足够的故事,这某种程度上表明你的小说故事性强，戏剧张力充分，所以吸引着影视的改编。那么，你觉得，故事在小说中的地位如何？记得看过徐则臣有篇文章，题目叫作《小说的边界与故事的黄昏》，对故事在小说中的地位很不以为然。还有其他很多作家都对小说中的故事或隐或显地表达过轻视或回避。

胡学文：你说到故事与小说，我曾写过一篇创作谈《故事与小说的通道》，发在《文艺报》上。我的小说故事性强，你也注意到了，我最初读小说就是迷恋小说所叙述的故事，像《一千零一夜》《聊斋志异》，我特别喜欢。我的一些小说被改编成影视与此不无关系。开始别人说我擅讲故事，我不大愿意谈，因为说故事的另一个含义是小说的品质被削弱了。后来，我认识到，不是这样。一篇小说格调的高低与讲没讲故事无关。没有故事确实可以成就一篇小说，去年读英国作家胡安·鲁尔福写的《福楼拜的鹦鹉》，没什么故事，但让人着迷。而故事性强的，比如《包法利夫人》同样吸引人。小说好不好不在于讲没讲故事，而在于怎么讲故事的。我觉得自己在这方面没做好，只做了一半，讲了故事，但讲得不够好。我想这是我的问题。不是因为讲了故事，恰恰是讲得不到位。

徐则臣那篇文章我看了，与我讲得并不矛盾。在今天讲故事不难，难的是怎么讲故事。他说故事的黄昏，是说只注重故事，而忽视故事背后的意义。我的观点，故事是构筑小说的通道。你看他的长篇了吧，很大一部分还是借助故事完成的；其实他的创作实践中是很注重故事的，各种北京故事。

金赫楠：你的小说，在故事层面、人物关系和情节设置上通常比较紧张和紧凑，所以张力就好，戏剧性强，所以适合改编。在我看来，一种文体，纵然可以姿态万千，但总得有一种质的不变的要素。故事之于小说，非常重要。当然故事不等同于小说，比如，一桩杀人案，起因发展高潮结果，这就是故事；而小说则更需要探究杀人犯的立场和基于他的立场的合理性。

胡学文：当然，不靠故事写小说的大有人在，出色的小说也不少。我不排斥，但我写不了那样的小说。纳博科夫的《洛丽塔》故事很简单，但靠独特的叙述与人物内心的开掘，成为优秀之作。这说明什么？故事确实不重要，但故事又很重要，因为它是小说的最基本的材质。在怎么讲述上我做得不够，这是需要检讨的。我不为故事检讨，但要为讲述方式检讨。叙述是区别一个作家和另一个作家的标志。有时候道理也明白，但真要做起来不是那么容易。没办法，天分不够。

金赫楠：你的《从正午开始的黄昏》，在故事与小说关系上，堪称经典，写得很棒。这篇小说去年刚获得了第六届鲁迅文学奖中篇小说奖，也算实至名归。关于"鲁奖"，一直有这么一种说法，认为奖项与其说针对的是获奖的这一篇作品，不如说奖励、肯定的是获奖作家一直以来的文学成就，所以获奖篇目往往都不是这个作家阶段性的最佳作品。这么多年一直读你的小说，我倒觉得《从正午开始的黄昏》是你小说中最好的作品。小说故事本身并不复杂，人物关系的错落也有限，关键是你作为讲故事的人，巧妙地重构了整个事件和人物关系。行文中那种时空交错却脉络清晰的跳跃感，包括语感上的轻盈，以及故事背后对人的体恤探究和理解，我都很喜欢。错落有致，摇曳多姿，对，可以用这八个字来形容。但这篇小说的写法在你的作品中是少数，通常都不会这样去写。为什么不多尝试这样的风格呢？

胡学文：我特别喜欢则臣过去的一篇小说《西夏》，很虚的一个故事，但他硬是夯实了，到现在我还会想起那个女孩。我和他说起过，他说很多人喜欢。为什么喜欢？故事不复杂，但他讲好了。《从正午开始的黄昏》在我的小说中风格与其他的不一样。很简单，我想做些尝试，有些变化。这是写小说的乐趣,至少是其中一项。其实每写一篇都想有变化的,我想别的作家也一样,但变化是困难的。比如语言方式,很难的。

金赫楠:《从正午开始的黄昏》,它的语言风格和你惯用的话语方式、叙事腔调确实差异挺明显的,完全是两副笔墨。我觉得这种更显才气、更轻灵、更凸显艺术品质。我很期待你还有这样的小说。

胡学文:谢谢你的欣赏,我尽量往这个方向努力。有时候我还是缺乏耐心。看到一篇好小说,特别兴奋,心痒,就想试试,咱也写一篇,可写出来往往不尽如人意。但写还是要写的,除了写,别的也不会干了。

金赫楠:这篇小说算是写城市的吧。说起来你的小说几乎全部是关涉乡土与乡村的,城市题材的极少。

胡学文:这的确不是我习惯处理的题材,但写作的缘起说出来,你就明白了,仍与我的经历有一些关系。我在张家口居住时,房子对面就是精神病院,与客厅相距不到十米,我能听到她们唱歌,有时我还会看她们吃饭。一楼是孤儿院,有二三十个孤儿,我常去那里,认识一些孩子。当然,那个时候我不知我会写一篇与此有关的小说。我的一位朋友在那里工作,有一次,他和我讲起,一个孤儿问,妈是什么。孤儿没喊过妈,自然不知妈是什么,更体会不到妈的感觉。他生活得再好,也体会不到。你知道我当时什么感觉吗,用句文学语言,确实被什么击中了似的。对于他们,我就想,他们懂得思考时,和我们的思考方式绝对不一样,他们对人生的理解也绝对与所谓的我们不同,虽然大家同在一个世界。在那样一个环境中长大,意味着很多东西与他人不同,生活习惯是次要的,重要的是思维方式。一个连妈是什么、都不知道的人,长大了就算知道,但我想也不是真正的知道。可是,世界并不会因为他们的出身而网开一面，我就想，他们怎么和他人相处？他们怎么看自己和他人？有一天，在公交车上，我看到窗外一个女孩匆匆走过，沉在脑子里的一个形象突然跳出。这个小说是先有人物的，上面谈到的那篇《一棵树的生长方式》也是人物先于文本就一直盘亘在脑子里的。你写过这篇小说的评论，发在《文艺报》上。

金赫楠：是啊，我写过相关的评论。记得我的评论里结尾处有这么一句话：作为一个读者，这篇小说让我突然理解了一种性格，一种人生。可惜这句话在发表的时候被编辑删了，大概觉得自称读者，说大白话不专业。其实那才是一个读者，包括研究者最真实、最切身的阅读体悟。

从思想层面论，我对乔丁这个人物的塑造很满意。你试图展示、理解的是一种人生，一种生活。我当时就在想，胡学文怎么就能对乔丁的情感世界，对一种分裂的人格和人生把握得这么到位，表现得这么分寸恰妥？这篇小说充分展示了你对微妙隐秘的个体感受和内心世界的把握能力。而之前的那些小说相对更外在，更着力于呈现人物的外部困顿和现实疑难。

胡学文：其实，我写乔丁是为了写那个女孩，还有女孩对他的影响。一个人能做成那样，必定刻骨铭心。他的人生不只是他一个人的。

金赫楠：这个就关乎个体经验了。作为读者，我的个体经验让我更容易理解和投入乔丁，却不易进入那个女孩。貌似分裂的人生和心理，也许每个人都有。这是从对个体的探究描摹，切中了人类共同的某个点。所以你看关于这小说的几篇评论，乔丁的分裂人生都是批评家阐述的重点，而那个女孩只被解读成乔丁分裂的两极世界形成的原因，是乔丁人物性格伸张、生长的人物道具。

胡学文：你说得没错，我写外在的多一些，我太缺少耐心了。写着写着就浮躁了。我还有一篇注重内心的小说《谎役》，试图通过外在的动作触摸人物的隐痛。写最后一个细节，那个男人上树，要飞起来的样子，我很难过。因为是乡村人物，我没有正面写心理，没有正面表达。可能也是这个原因，这篇小说被提及的次数不多。而乔丁因为在城市中，写得相对到位些，评的人多一些。我认同你的说法，分裂的人生和心理，多数人都有。这也正常吧。你看过那幅漫画吗，两个鱼缸里的鱼都想到对方所在的缸里。你看看，连鱼都有想法，更何况这么复杂和丰富的人。

金赫楠：不过这篇小说也有一个很大的问题。在情节设置上，在情节的结构设计上，稍嫌太"巧"。岳母和乔丁在外地一间房子里相遇的场面，这是一个意外，而正是这个意外让乔丁和岳母彼此的秘密相撞，正是这个意外改变了两个人的生活节奏和整个家庭的情感节奏。所以说，这个意外的会面成为小说情节推进的一个关键性力量，成为小说主题得以实现的一个叙事支撑点，那么问题就来了：这种相遇，刚刚好发生在一个城市、一间房子里、一个家庭中，会不会显得太过巧合？这种嫌疑对小说的整体说服力是有减损的。

胡学文：小说写的是生活的可能性，正是这种可能性构筑了通向生活深处的通道。当然，可能性不是借口，不是作者违背生活常识和生活逻辑的理由，无论怎么叙述，都要合情合理。我觉得小说的意外在情理的范围之内。但话说回来，如果事件和情节都是必然，那也很牛。这样的巧合或许会减损小说的力量，尽量避免吧。

三 重复与超越

金赫楠：前面提到，你的小说基本上都是围绕乡土与乡村书写的。这其实也是百年新文学的一个坚固的传统。那么，你对乡土的理解是？

胡学文：乡土不是一个凝固的词，是变化的生长的。鲁迅笔下的乡土与柳青、赵树理笔下的乡土是不一样的。他们笔下的乡土不一样，但都有相同的地方，即相对的封闭，相对的完整，乡土的特征明显，阐释起来也容易。在今天，乡土已经完全发生了变化。信息化入侵也好，进入也好，已经打破了原先的乡土结构。在今天的农村，即使六七十岁的老人也会揣一部手机，方便与外出的儿女联系。若是过去是不可想象的。乡土变化生长的速度太快了。我在写作时，脑里没有乡土的概念，有的或说必须有的，是人物的出生、生存环境。这个环境不只是乡村，也包括城市。一个人可能只是某个时期在乡村生活，另外一个时期也许生活在城市。没有乡土的概念，但是有乡土的特征。当下的乡村也只有部分的乡土特征，另一部分特征已被消解或被融化了。我想，以后也不可能看到了。

金赫楠：我们现在面对的是渐渐消逝的乡土。所谓现代化的进程，在很大程度上会表现为城市化的进程。而这个进程中的乡土中国，各种矛盾、各种撕扯，小说要怎样有效地去表达这些呢？

胡学文：乡村已经被撕裂了，不再完整。当然，有不好的一面，也有好的一面。而且，撕扯仍在继续。这个词，你用得很准。在写作中，我没有明确的方向，如何呈现，如何讲述，我说不准的。我以我的《风止步》举例，小说写了两个人，一个是城市工作的青年，一个是乡下生活的妇女。我看到一些评论，提到空巢老人、留守儿童。不错，内容是涉及了，但我真正的目的不是写空巢留守。我不跟风。在写作中，我尽量避开热点话题。我要说的是两个人的冲突及两人背后的逻辑。逻辑是重点。逻辑的差别其实是观念的差别,观念决定的。而不同的观念正是城市与乡村的区别,虽然城乡差别在缩小,但不得不承认,差别还是有的。不是贫富的问题,而是深植在土壤里的东西。

金赫楠:你在城市已经生活了多年,可以说在城市的时间已经大于在农村的时间,但你小说写作的兴奋点似乎永远指向农村,为什么?城市生活中的人和事都不能引起你叙事的兴趣来吗?

胡学文:在城市生活确实有些年了,但是并没有融入到城市中,从未进入到城市的深处,感觉是飘的。我也写了一些城市文学,但小说中的人物要么曾在乡村生活过,要么与乡村有某些联系,总之是有根的。这样,我心里踏实不发虚。写一个人物的习惯、一个人物的心理,不是凭空想象,而是有支撑的。我能把握那个脉络,或者说,能梳理其中的逻辑,写城市没有这种感觉。一个人能写什么不能写什么,可能真是宿命。你曾提到写作的资源问题,其实资源有再生性,换个角度,换个方向,资源就会生长。

其实,所谓乡土写作,所谓底层书写,这些更多的是批评家为了表述方便而使用的概念。于我来说,我的小说就是在写人,写我熟悉的人。其实我每次开始写作的时候,脑子里并没有关于人物"大"和"小"的明确概念,没有城市人与农村人的自觉划分,我只是在写我熟悉的生活和熟悉的人。作为一个写作者,我并不在意自己写作对象的身份——虽然一个人肯定是有某种身份的,因为我觉得一旦进入写作,身份不过是一件衣服,而我的小说想要触摸到的是衣服包裹的人,与衣服无关,或者说不是衣服决定一切。我自己就是小人物,为什么要写大人物?当然,这和我的经历不无关系,从童年、上学、参加工作到现在,我接触最多,或者我身边的人多是小人物,我没有理由不写他们。当然,也不是说我就没有接触过别样的个体和人群,近些年,我也接触过官场中人、商场中人等等一些所谓似乎更高级一些的人，甚至还有亲朋好友知道我在写小说，时不时主动向我提供很多传奇曲折的身边故事，但这些人和事，却总是引不起我太大的兴趣，更没有将他们写进小说的愿望。我想这大概是因为每个作家都有自己的兴奋点或曰情感点，我的兴奋点就一直停留在那一群人身上。我把它们称之为"那一群人"，因为"小人物"这个概念是他人评定的，是从他们世俗意义上的政治、经济、文化地位上定义而来的。

如果一定要界定的话，我更愿意称自己的叙述对象是"小人物"，而不是"底层"。因为总觉得底层两个字似乎不能囊括小人物的全部，或者说给人的感觉是只有人之小，没有心之大。从某种社会阶层的划分标准上看，他们是小，如果说我注意到这种小，同时我更注意小这层外衣包裹着的大，那种心的宽阔让我着迷。而尽可能地去发现和呈现这种小之后的大，是我对自己小说写作的期待和要求。

金赫楠：你的小人物谱系中有这样一些人：老实得有些窝囊，善良得稍嫌软弱，苛求平安的同时难免怯懦，渴望摆脱贫穷、卑贱的努力中附带着个人主义，身处卑微庸常之中坚守着对理想的执着追求，在一次次的失望和伤害之后，主人公们仍旧没有泯灭自己内心深处的善良，沉默地，也是执拗地坚守着人生的道德底线，坚守着自己对理想生活的向往与努力。不过，这样的人物性格，在你的小说中其实并不多。我看到更多的，是另外一幕幕来自弱者的强势反抗。《飞翔的女人》是你2002年的小说，也就是这篇小说让我认识了小说家胡学文。主人公荷子，一位农妇，如果一直身处平静的生活之中，她一定就是那种不起眼的普通角色，如同蔓延在乡野大地上的野草一株。然而，赶集的时候走失了年幼的女儿，这样一个意外让她走上了一条寻找女儿的漫漫长路。寻找女儿的路上，荷子遭遇了风餐露宿、钱财耗尽，更有欺骗、耍弄，甚至自己也被人贩子拐卖。丈夫放弃了，乡亲和朋友也都绝望了，而荷子却表现出了令人惊讶的倔强与坚持，她豁出自己的几乎一切，力单势孤地同人贩子集团做着可称是殊死决斗的对决。当年初读这篇这小说的时候，我就被感动了。还有《麦子的盖头》中的女主人公麦子，不甘心接受别人为自己安排的命运，她逃跑和寻找，一定要过自己的生活。两个弱女子，都被逼上了一条出寻之路，她们都有一种不计后果、不惜代价的决绝，同命运的摆布抗争。尽管力量很弱小，但是姿态却很强大。

回头看看，你这些年的小说中，其实一直贯穿着这样几个关键词：刨根问底、一根筋、追寻。除了上述的《飞翔的女人》《麦子的盖头》《命案高悬》《土炕与野草》《失耳》《像水一样柔软》《谁吃了我的麦子》《一个人和一条路》，以及近些年的《谎役》《隐匿者》《风止步》《奔跑的月光》等等，在这些小说中，当人物遭遇命运的残酷时，都会迸发出一种与自身处境看似不相符的强大力量去进行抗争，执着地、执拗地，以一根筋式的信念支撑着一种刨根问底的追寻到头、坚持到底。而这些追寻和坚持又往往沿着相似的轨迹走进了相似的结局。

胡学文：刨根问底和一根筋，被贴上这样的标签，我基本上是不喜欢也不反对。对于阅读小说的人来说，可能我的那些人物确实是一根筋，什么事情都一竿子捅到底，非寻个水落石出不可。我不是有意为之，就是写着写着人物和情节就成了这样。非要仔细回想创作过程的话，我承认在写作初期，这样写有叙事策略上的考虑，比较容易实现紧锣密鼓的叙事节奏和跌宕起伏的情节相扣，人物性格也在情节的推进当中更鲜明。但是在后来的写作当中，就与叙事策略无关了。可能因为我喜欢有韧性的人，所以往往努力挖掘并放大了这种韧性，所以人物看起来都有点一根筋。其实，每个人身上都有他自己坚守或者坚持的东西，人生不也就是一个不断追寻的过程吗？形形色色的人，形形色色的追求，各种方式的追求，我只是因为自己的偏好而放大了其中的某一点。

金赫楠：大家都强调你这个一根筋，其实倒不是说它不好。这些人物，为当下文坛的叙事中，贡献了一种对于人物性格的发现与体恤。到这里，我得插一句，因为突然意识到，其实刘好、马兑这些看似沉默软弱的人，也不是一味逆来顺受，他们的身上表现出来的是一种原生态的质朴与善良，在磨难与艰辛面前，守住一份善良，心存一些温厚，坚持一丝理想，这本身也是一种反抗——尽管这种反抗是以一种柔弱的方式表现出来的。这更是一个民族、一个时代文明进步和发展的最内在的呼唤和坚实的基础，是对残酷现实看似软弱其实内劲十足的长久抵抗。

回来再说这一根筋。对一直跟踪你的创作并阅读的人来说，读多了，会对这种刨根问底的追寻产生过分的熟悉感：那种不顾一切、不惜代价、不计后果的坚持与执拗，那种一根筋式的刨根问底，笼罩在胡学文多篇小说当中，以至于有段时间我看到你的新作时从情节到人物不免略有似曾相识之感。

胡学文：你是不是觉得有自我重复的感觉？

金赫楠：是有点这个嫌疑。你为什么如此固执地钟情于这种一根筋式的人物和情节？关于这一点，我有几个理解。这可能源自一种写作惯性和对某一种人物性格的偏爱。

胡学文：我不过是呈现了这种追寻的艰难。我是个悲观的人，如果笔下的人和我一样悲观，不止是人物没有出路，我也会绝望的。也许没什么结果，但在追寻的过程中，我让人物也让自己看到希望。这些年我在写小说的时候确实越来越开始注重对心理的描写。但是，其实我并不认为，注重人物内心的描写就一定比关注人物的外部行为更高级。叙述的着力点侧重于什么地方，这是作家的喜好，也和写作时的叙述内容和所选择的叙事策略相关。写人物的外部行为，比如动作、语言，其实仍然可以传递、掺出人物的心理变化，很多时候这样可能比直接写心理更有难度，所谓"不着一字尽风流"。评论家们总是认为我的小说很实，甚至是太实。虽然我并不认为这有什么不好，却也因此多少有了想要做些改变的跃跃欲试。不是都说我太"实"吗？那我就写一个"虚"一点的。我几年前写过一个，《虬枝引》，但无论使用了一个怎样魔幻的架构，其创作灵感当然还是来自现实生活。你知道，我是从农村出来的，我身边也有很多这样来自乡间、现居城市的亲戚和老乡，我发现每每提到自己现在住所的时候，他们的表述都不是"家"，只是说回什么什么地方去；而只有提到自己的乡村或者乡村所在的地域，才会使用"回家"这样的词。这种"虚"的确是我刻意追求、刻意营造的，但我并不是随便逮住一篇小说就迫不及待地"虚无"起来。是对故乡的思考和对另外一种叙事策略的期待，碰撞出了这样的一篇《虬枝引》。

没有一个作家不想超越自己，问题是怎么超越，是否能超越？也许自己认为超越了，可那种超越并非有意义，但不改变是不行的。我不知道所做的努力会是什么结果，方向也不是很明确，就像勘矿一样，这儿测测，那儿试试。

金赫楠：对于这种重复，我的理解是，你无意中反复重复的可能只是某一种性格，某一种与自己内心最契合的性格。你在写作小说的时候本能地坚持着这种性格，而它在多篇小说中蔓延开来，化作了主人公相似的遭际与命运，形成了相近的故事内核与情节设置。因为命运很大程度上是缘于性格的，作者笔下的人物，一旦被赋予了某种确定性的性格之后，人物的命运会顺着性格逻辑来前行，一步步走进相似的挣扎与抗争之中，走进同样的悲剧之中，而不是仅仅由作者主观来把握和演绎了。正因为你的写作是诚实和成熟的，才不会生硬地去违反人物性格的逻辑，为主人公们强制安排不合性格的选择与行动。但也因此，作为创作者反而无法完全控制人物和命运，而是被这种源自内心的性格牵引着，无可奈何地重复着熟悉的故事内核与命运走向。

　　因为每个人的生活经历与经验总是必然地局限在某一限度之内的，他对于世界和生活的认知也总是要从某一个基点出发。所以，重复在文学写作中也是被允许的，也正是重复，才形成了一个作家文学创作的基本个性特征与独特的艺术魅力。但是重复也有高低之分，简陋的重复，会缩短一个作家的艺术生命，使得他的艺术品质大打折扣。重复自己，似乎无可奈何又无法避免，但是我们又必须永远以实现超越为自己的目标。那么，怎样实现创作上的超越？我想应该不是简单武断地对盘旋于自己心中的情结与经验的舍弃。它也许应该是一种走远之后的拉近，一种否定之后的再否定，是对自己既有经验的进一步深掘，是对自己既有经历的再一次深思。

　　胡学文：说来容易做来难，我肯定会努力的，不然小说写作也就没了意思。不知不觉中讨论了这么多的话题，你的观点也给我很多启发。

荒诞与真实

——金赫楠对话刘建东

一

金赫楠：作为60年代后期出生、90年代开始写作的小说家，批评家把你们叫作：晚生代。比如李洱，比如魏微，比如艾伟……比如你，刘建东。我的阅读印象里，尽管题材关注不同、艺术风格各异，但是在大多数所谓晚生代的小说中多多少少还能看到先锋文学的影子，它的气味或隐晦或明显地穿梭在文本的字里行间。我在你的很多小说中，看到了对荒诞感煞费苦心的营造，《我的头发》《减速》《33朵牵牛花》等等，把生活中司空见惯的现象、事件、人物关系，做荒诞化的处理呈现给读者。面对先锋文学的遗产，后来的写作者们的继承其实是有选择的，你为什么对荒诞化的手法情有独钟？

刘建东：一个是，对于惯常的写作方式，我已经厌倦了，我想有更新的尝试，有更显新鲜的表达。另外，荒诞使我对真实的把握更加放松。一只兔子，可以是猎人追逐的目标，同样也可以是一个麻烦制造者。这就是真实给我们的启示。所以，当我选择用如此的方式去抵达真相时，是因为我从真实当中感受到了荒诞的那一面。不是吗？

金赫楠：你是否还有这样的考虑：传统小说家与现代小说家所主张和使用的小说技术差异很大，我想这很大程度上源自技术支撑点的不同——对世界的哲学认识的不同。现代小说家认为，存在即虚构，世界根本就是混乱、荒诞、虚假，没有理性秩序可言。因此看似虚假的描写，才是真实的叙事。他们实际上是把真实的叙事与叙事的真实给混淆了。而传统的小说观念则认为小说是"历史的印记""社会的档案"，是"社会疾病的诊所"。

刘建东：不是虚假地描写，现代小说的所有描写也是基于存在的基础之上的，存在就是合理才对。存在并不是虚构，是因为，存在着的东西有太多混乱、荒诞、没有理性，现代主义使我们更能接近真实本身，它也给我们提供了描写它的荒诞的渴望。

金赫楠：读你早期的小说《减速》，带有一种混乱、喧嚣的场面感，当阅读一步步地遭遇文本中那些乱七八糟的人物关系，那些莫名其妙的情节走向，我分明看到了作者躲在小说背后窃笑的表情。这让我想起一个似乎很古老的命题：真实与荒诞。我在想，现代主义文学是偏爱荒诞的，他们往往喜欢把人置身于莫名其妙的境地当中，遭遇不明不白的事故，由此产生出关于世界、历史、社会、人生的荒诞感。而对这种荒诞的刻意追求，正是为了"求取真经"。他们的逻辑是：因为荒诞，所以真实。

不知道你有没有这种感觉，现代主义哲学以及受它影响的现代主义文学之所以对传统激烈地否定与反对，它们的立身之本，或者说它们那种想当然的优越感，正是因为自认为比传统哲学、文学更深入地挖掘出世界的真实，更靠近地触摸到存在的真相。这种自诩的真实，使得他们面对传统的时候底气十足，又不屑一顾。

刘建东：这个问题有点大，也有些尖锐。有点哲学的意味，也是让我头疼的事情。你说到了现代主义与现实主义，这真的是理论家们的事情，和写作者无关。最起码，我是不大在意某派、某主义的。我想，优越感与不屑只是个人的理解不同。现代派与现实主义只是路径不同，但是他们要达到的目的是一致的。当我们读卡夫卡，读《静静的顿河》，其实是没有什么区别的。只是，不同的小说形式，带给我们的是不同的感受。

金赫楠：看来你在这个观念上还是比较温和理性的。我曾经和一位作家聊过这个话题，那是一个先锋文学狂热而又坚决的继承人和守护者，他在滔滔不绝地表达了对于卡尔维诺、昆德拉、博尔赫斯们的致敬之后，又重申了对现实主义的不屑一顾。原因就是，他认为，同现代主义相比，现实主义疏离了文学与真实的距离。这种观念、认识，其实在很大程度上代表了一部分人的傲慢与偏见。

其实，按照我的理解，小说写作，或者说文学，距离真实原本就是有着不可跨越的鸿沟：现实世界是混沌的、模糊的、复杂的、多义的，而小说，永远都只是选取某一角度切入生活，呈现生活的某一片段。所以，事件、人物的绝对真实是无法在小说中实现的。生活无限丰富与无比复杂，使得小说写作纵然再天马行空、纵横捭阖，也包容不下生活的全部。没有任何一部文艺作品，能够容纳生活的全部真实。况且，小说世界是人为的世界，生活进入小说的途径是个人式的选取和过滤，面对同样的事件和人物，打个比方——不同的厨师会在不同的部位下刀选材，以不同的火候、佐料烹制出口味不同的成品。一根茄子，可以红烧，可以清炒，甚至可以上鸡鸭鱼肉做成茄鲞。所以，围绕一个事件，不同的叙述会成为"罗生门"，真相也许就隐藏在这之中，却无从辨别。

其实，文学永远不可能穷尽生活的真实，甚至，我不无悲伤地想，文学并不能真正把握多少世界真相。

刘建东：悲伤有点夸张了。文学其实在某种特定的历史阶段，承载了太多的去告诉我们真实的任务，但是通过文学的努力，我们知道的又有多少是历史的真实。

金赫楠：或者，我换一个说法，小说永远无力呈现所谓本质与真相，而只是让我们看见对真相的寻找。

刘建东：对真相的寻找？是吧。你让我有些遭遇"理论的眩晕"了。但是无论怎样，小说是与求真有关的艺术形式。真实是重要的环节，但真并不是简单意义上的真。我们不能为了真而去追求它，那就显得虚假了。相反，你不会认为马尔克斯不真，因为他所有的想象，所有的起点都是真的。

文学，只能是文学，它是语言的艺术，而不是视频，不是能够用肢体去感知的一门学问。作为写作者，只是在努力还原文学的真相，也就是文学的真实。文学的真实当然有着它特定的局限，但这就足够了。如果一味地去和生活相拼接，去和真实相接轨，那就不是文学了。这种局限性也是文学的魅力所在。

金赫楠："真实"一直是历代小说写作者执着追求的目标，浪漫主义、自然主义、现实主义、荒诞派、现代主义乃至后现代，这许多的小说主张的立足点其实都来对真实的宣言——尽管他们对真实的理解可能不同，追求的方式有异。也许，我们永远不可能触摸到真相，但是，求真却的确应该成为作家写作时的不懈追求——至少，文学一直在试图努力地距离真实近一些、再近一些。

当我们对这种追求异口同声表示同意之后，我更关注的其实是：作为小说，怎样以自己的方式来实现对真实的追求？

刘建东：面对世界，小说当然有自己独特的形式。

金赫楠：小说是一种叙事的语言艺术，而叙事本身的主观色彩就决定了小说与真相的距离。前面我们说过，所有的叙事在本质上都是"罗生门"。小说与虚构息息相关，虚构是小说内含的质的属性，无法摆脱。而"真实"却是历代小说写作者执着追求的目标，也就是说，小说家其实是通过虚构来实现真实，用说谎来求真。这里面就内含着一组矛盾，虚构与真实之间就永远存在一种紧张关系，它们之间的张力带给小说无限的丰富、无穷的魅力。高明的小说家就是要用天花乱坠的谎言来呈现真实。

刘建东：说得好，我同意。

金赫楠：我们常常听到批评家们说某些小说"概念化"，比如那些过于追求寓言化效果的文学创作，那些人物生硬、情节牵强的图解思想与概念的小说写作。我理解，这是因为，这样的小说忽略了写作中谎言的重要性。小说说谎的过程，也正是小说展示它的美学品质、阅读趣味的过程。

刘建东：你所说的谎言似乎是把文学的真实与生活的真实混为一谈了。实际上，所谓的真实，在文学中是另外一个命题。它从生活中来，从真实的起点而来，但是针对文学本身的真实是基于文学的艺术规律，基于文学可能达到的艺术高度。美学的品质我是赞同的，但是趣味是另一回事。我们培养了太多的低级的趣味。

金赫楠：先锋小说、现代文学，以及先锋戏剧、第六代电影，都在否定传统的现实主义的同时，宣称自己最有效地抵达了生活和人性真实。但是，有意思的是，大部分读者和观众，他们对于这些文艺作品的阅读、观看之后最强烈的感受反而是：不真实。为什么会有这样的矛盾与疏离？我理解，首先，这些文艺样式所呈现的真实，与人们多年来在现实主义文艺作品中所浸淫、所习惯的真实模式差异太大。其次，有些先锋作品强调的是可能性，是可能发生的真实，他们所挖掘的这些真实，尚未成为人们普遍观察与感受到的真实。现代主义文学在作品中太过专注地去发现真相和抵达本质，或者说它们太急不可待地直奔目的，而往往忽略了过程。而恰恰这个过程，是读者最在乎的，也是最能够影响读者情感的，这个过程正是说服读者相信作家所发现的真相和本质的过程。

刘建东：我上大学时，正好是80年代中期，正是先锋文学蒸蒸日上的时候，同时，大量的西方现代派的文学作品涌入，对于习惯于以往传统的文学思维的我们来说，确实是开了一个新鲜的窗户。我的写作也正是从对先锋文学的模仿而起步的。我从来没有觉得它们放弃了真实。比如马尔克斯，这是一个一直以来都让我感动的伟大作家，是他的小说让我展开了想象的翅膀，是飞翔着并不是悬空的。马尔克斯的小说，让我感到了脚踏实地的感觉。他的小说时刻提醒着我，大地，阳光，空气，都是真实地存在着的。就我个人而言，我想得最多的是，我如何让文学沉静下来，在历史中找到它的真实点，是点。生活本身，也就是真实本身，也存在着多义性、复杂性，不可能以一种模式去抵达它的内部。而现代性以更加多元的方式，使得文学的领域得到了拓展。当然我也同意你所说的，它承载的哲学意味不能过于强烈，不能过于明显。

二

金赫楠：我们来谈一谈你的长篇小说《全家福》吧。首先，我喜欢《全家福》的写法，那种虚与实近乎完美的结合。小说整体上来看，是写实的，人物、故事、情节这些传统的小说元素在《全家福》中都有不俗的表现，但就是这种整体的写实当中，又时不时地在局部渗进荒诞化的处理：父亲明明瘫痪在床，失去了说话行动的能力，但关于父亲的身影和叹息声却又如影相随；父亲明明一天一天走向衰老与死亡，却又速度惊人地长出一茬一茬的黑发……

刘建东：你的感觉很对，也是我想达到的一种非常完美的融合的方式，但是这样的路途还有很远。

金赫楠：你之前的写作里头，既有偏重于写实的，也有现代味道很足的，其实，作为两种风格不同的小说写法，它们在面对生活的时候，在呈现作者对生活的发现时，都有自己的长处与局限。而这种虚实结合的写法，给小说带来的一种审美效果，我打个比方，好比欣赏一棵树，它有根有底，枝干粗壮有力，但是枝叶却生长得有飞翔的姿态。就如你之前所说，关于写作的若干主义、种种派别往往都是批评家的发明，作家写作的时候，应该不会把自己事先划定在什么圈子里，他只需要努力寻找最好的表现方式。《全家福》的写作该是一个痛并快乐着的过程吧？这么说是因为，我一直认为，即使更偏爱中短篇的写作方式，小说家还是要写长篇小说的——哪怕只是一部。第一次写作长篇，除了挑战作家叙事的耐心与耐力，它还是对作家自己的一次整理，从思想进度、心路历程到具体的技术操控、语言把握，更是作家面对自己一直以来写作惯性的一次矫正和修改。一个作家对生活的态度，他的小说价值观、文学世界观，他的写作技术，都可以在长篇的写作中获得对自己的再认识和再思考。第一次写长篇，我猜应该是——很有意思，很有意义，也颇具难度。

刘建东：没错！这一点我深有体会。《全家福》里面，我把以前所试验过的各种技术和元素都用到了极致，这部小说是对我以前所有努力的一个总结，也是一种妥协。长篇是考验一个作家的整体实力的田地。思想的难度、技术的难度，同时存在于长篇小说的写作当中。我的写作经验就是，写作一部好的长篇是太难太难了；我的阅读经验又是，面对每年几千部的长篇高产，如今要去寻找到一部让自己感到满意的倒成了难题。

金赫楠：全家福，小说的名字颇具意味。其实我在作品中看到的是全家福名义下，一个家庭的分崩离析、四分五裂。你在小说中淡化了时代背景，貌似只是一个家庭在两双皮鞋、若干药片等等意外、偶然作用下的解体。但其实，我又分明看到了时代的样貌：当时代进入无名或者说多元年代，人们内心的渴望、欲望、盼望在压抑良久之后，以一种决绝、热烈甚至极端的方式奔涌出来，冲击着原有的秩序。人们在释放自己的同时，很快又遭遇新的桎梏——欲望对人心的束缚。

欲望也是真实，各个时代的欲望，各个时代的人的欲望，正是这些欲望，推动着社会向前发展，所以欲望是真相。对时代背景的淡化，也正是想说明这样一个道理。晚生代作家的小说创作中，欲望是你们重要的关键词之一，你们往往喜欢用欲望作为叛逆的表情、反抗的利器以及释放自我的通道。这种偏爱，同这一代作家的时代环境和历史语境有很大关系。无论怎样，我们在晚生代作家的笔下，看到太多欲望名义下的放纵与挥霍，而这之中很少有人冷静思考一下，在摆脱了禁欲的桎梏之后，欲望的无边蔓延，也会成为人类巨大的灾难。

刘建东：是的。对于欲望的节制，是你提到的一个很好的问题。写作第一稿时，节制就不够，包括小说中大哥的欲望，后来成稿时有所收敛。实际上我没有策略，我只是顺着人物自己的生活真相去发展，没有刻意地去限制。如果说是有策略的话，那也是整部小说的策略，是对这部长篇的整体的把握，让每一个人物都不能过于强大，欲望过于偏重。每一代人都不可避免地被印上时代的烙印。我们的写作可能因为受到了正统的文学传统太多的熏陶，同时，受到了时代变迁的影响又是那么深刻,因此,当突然接受到新鲜而刺激的思潮时,会做得有些偏激。通过一个家庭去解构历史。这是一个很好的方式,一个家庭就是一个时代的最好的缩影。父亲,是文学中反复出现的一个主题,它已经成为了一个符号,既是道德意义上的,更是社会意义上的,相对来说,社会意义上的更多。同样,在历史的不同进程中,强权以及父性的意识左右了历史发展的轨迹,文学以一种姿态去审视这种现象,并进行反思,是无奈的选择。

金赫楠:《全家福》通过徐静这样一个八岁的孩子进入叙事,徐静的视角就成了叙事的视角。你在小说里面有这样的段落:"而我知道,真正虚无缥缈的不是我大嫂金银花而是我。我不知道,在她的叙述中,那个叫徐静的女孩在哪里?我不在他们任何一个人的故事里,而我在哪里?"《全家福》过后不久,我又看到了你的另一部长篇,《十八拍》。仍旧是第一人称,仍旧是从一个旁观者进入叙事,仍旧有这样一段:"就像我,一个曾经以为会镇定自若的叙述者,我仿佛透过重重的迷雾,看到了一个拥有着软弱内心的空虚者,我在问我自己,我在哪里?在那长达二十多年的时间里,我是不是他们当中的一员,我是谁?"这两部小说所选取的叙事视角,都是一个明明身处其中但又游离在外的角色。他们是《全家福》家庭中的一员,是《十八拍》炼油厂里青年男女中的一个,但是,他们的设置似乎只是为了见证人物和故事,提供一种现场感,实现叙事的推进,而关于他们的成长、他们的故事,却没有踪影。为什么?

刘建东:是。小说的视角,我是特意找到这样一个角度。让她身在其中,却能轻松地以一个旁观者的身份去审视他们的一切,这样写起来可能更客观,更真实。这也是我对叙述视角的一个尝试。这可能也是因为我自己的焦虑。我写作它们肯定是因为我本身感觉到了写作的必要性,所以我要通过这样一种方式,把自己的感受写进去。

金赫楠：《十八拍》之后，你的小说写作明显"减速"了。是因为害怕重复，想让自己多做停顿？你现在小说创作面对最大的困惑是什么？

刘建东：重复使得小说的魅力在降低。有你说的成分在里面，一个作家喜欢不断地重复自己，不断地从一种表达方式里得到快感，那么，艺术的品质也会枯竭的。作家的能力是有限的，一个作家有一个作家的方式。我从来不强求别人怎么做，我只是对自己说，你应该怎么样。如果我对自己不满意，我会改变的。

我必须要停一下，想一想。因为，从《全家福》后，我又写作了两部长篇小说，但都不能令自己满意。我感觉到自己的写作在哪里出了问题。我一直在寻求这个答案。我想如果我回到写作《全家福》的前夕，如果我思考得更加成熟，关于小说本体与小说外表的结合，关于现实与小说本体的结合，这是我最为困惑的地方。现实感，并非是说当下感，而是小说中逻辑的现实感，是我需要重新去理解和把握的。我最近几年除了写几个中短篇保持状态外，一直在酝酿写作一部长篇。刚刚出版的这部《一座塔的安魂曲》，你读过了吗？

金赫楠：读了。说实话，这部书我读得很费力气。我能感觉到，你这部小说，处处是埋伏，包含了很多你的思考、追问。

刘建东：是。想得太多。这么几年的时间里，我一直没有去写长篇，就是在想着怎么能找到一个更加好的进入长篇的切入点。像以往那样，按照既定的方向，按照既定的格式去写，都不是我想要的。所以，可能想得太多，埋伏就越多。说说你具体的阅读感觉吧？

金赫楠：小说笔涉抗战。这话讲得有点绕，我不称它为"抗战小说"，因为在我看来，抗战不过是小说推衍情节、塑造人物、表达思考的一个背景。小说是在写人，是在观察、体会、呈现、质疑人。抗日，救亡图存是那个时代的人无法逃避的大环境,每一个个体都无可逃避地会身临其境、身处其中。时代之下的人,自然无法逃脱时代的烙印,但是,作家必须要知道,历史、时代、社会对人的影响,其实大部分时候不是直接作用的,不能把时代的风尚直接贴附在人物身上。时代对人的影响,其实是要经历这样一个过程的:时代作用于人心,然后这种影响经由内心的消化与发酵,重新翻上来作用于人的言行。我们常常在说的历史,它的真相其实是,历史是由无数卑微的生灵组成的,是由无尽的小事件循环往复推动着前行的。但其实,历史又是最不关心和在意卑微的,它的脚步太宏阔,每一次迈步,都抹去了太多生命的鲜活。于是,我们才需要文学的介入。你写作这部小说的缘起?

刘建东:怎么说呢?这部小说最可能的缘起,可能是我对长篇小说的理解的深入,关于长篇小说,我们在关注当下,关注社会问题,这都没有问题,但是当长篇小说成为一个宏大的文学命题时,我们对于社会、人生的理解会更广泛,更加深刻。这涉及长篇小说如何去对待历史的问题。历史在文学的透视下,它会有一种全新的视角,也会有一个全新的理解与把握。历史在文学的关照下,既自我,又可文学。同时它也涉及站在什么时代去关注,什么样的价值观和文学观去看待?而这个小说之所以貌似有一种历史的样式,其实是一个完全开放的历史观,而只有文学才能起到这样的作用。

金赫楠:我同意。历史是坚硬的、挺拔的、方正的,是可以被分成章节、印成教科书教授的,是可以轻易提取规律和必然性的。历史更是成王败寇的,是从胜利的结果去倒推程序正义和缘起正确的。但是以小说的方式介入历史,一切反之。对吗?笔涉历史的小说,作家们在对胜利和进步致敬的同时,也质疑着它的过程,也对失败者和落后者心怀悲悯、试图理解。历史小说让完整分明的历史面目模糊起来。

刘建东：也不全是。我们习惯的所谓的反映历史的小说是从不同的层面去解释历史的，比如社会学、政治学。真正全方位地文学性地去表现，而不是展现历史的小说并不出色。另一个缘起，也可能是我对小说的不断的尝试。自己习惯的方式用久了，虽然舒服，但却失去了快乐。

金赫楠：在一个前先锋名家们纷纷回归的文学环境里，在余华、莫言、马原、格非高声大气地回来寻找经典故事与典型人物的当下现场，你的写作，在为先锋招魂。你是一个死不悔改的先锋小说家，尽管从不旗帜高扬、掷地有声，但却是那种持之以恒、历久弥坚的实践者。

刘建东：先锋在很长时间以来似乎都变得不耻了。之所以不耻是因为没有什么进步，先锋似乎淹没于嘈杂之中了。而真正的文学的先锋一直存在，我们从国际上那些大作家的作品中经常能看到，帕慕克、拉什迪。中国的先锋其实走了一条捷径，然后又猛地回头。先锋不是一种态度，它是一种写作的方式。先锋对于你们这一代人来说可能都不会太喜欢，你们没有以前的压抑与获得释放的痛快感。先锋的意义可能并不在它是以什么样的形式出现，而在于它能够让我们对文学有什么样的理解，而往往，人们忽略了这些。我自我感觉更成熟了，《一座塔的安魂曲》它是形式到内容结合在一起的探索，合乎逻辑。一个是现实的逻辑，一个是文学的逻辑，以前可能更侧重的是后者。我以后仍然会坚持自己的写法，坚持表达独属于自己的对于世界的思考和观察。

生活深处的残酷与温暖
——金赫楠对话张楚

金赫楠：为什么写作呢？

张　楚：我的写作受到很多前辈作家的影响，我喜欢的作家非常多。我觉得一个写作者在青春期的时候一定要大量阅读，找到契合自己气质的作家，然后和这个作家的所有作品谈恋爱，感受这个作家的气息、温情、胸襟，那是种很幸福的事情。我大学时特别喜欢卡夫卡和余华、苏童。

金赫楠：我猜到你是喜欢苏童的，那种绵软的坚硬，精致，隐秘和华丽。

张　楚：大学时我买了苏童几乎所有的作品，那个时候，觉得他的文字异常华美。而华美的文字对文学青年来讲，杀伤力是很大的。

金赫楠：阅读者，选择自己喜欢的作家与作品，其实往往就是那种与自己内心气质契合的东西。我也曾经喜欢阅读苏童的小说，我以为，这一类风格的作品，那种对于微妙的情感与心理的探究，其实就内含着一种对于生命的悲悯和尊重。

张　楚：是的。就我自己来说，无论阅读或者写作，我都喜欢探究微妙的情感和心理，在探求的过程中，痛苦和欢欣并存，那是一种奇特的感受。我那时还非常喜欢三岛由纪夫，把《春雪》里喜欢的段落大段大段地抄到笔记本上。抄写那些文字的时候，感觉是非常奇妙的。对了，还喜欢过一段张爱玲，不过，她的文字里那种尖酸刻薄，我不是很喜欢，也许这就是男人和女人的区别。

金赫楠：你看得很准。女性作家文字的精巧和细微，往往都隐藏着一些阅世的苍凉感和刻毒。你的文字，内含一种感伤和悲悯。

张　楚：谢谢你的感受和理解，确实是那样。很多朋友和老师说过，我的小说偏于忧郁感伤。我有时候也很警惕这一点。不过，我生活中遇到的人，大都是生活在最底层的人，我在小说里描摹的他们的生活片段，其实不是他们最灰暗的片段。

金赫楠：一个作家，是否具有悲悯之心，非常重要。我发现一个很有意思的现象，尽管你小说中几乎都是小人物，但是在底层叙事铺天盖地般流行的时候，却很少有人把你归并进底层作家。有没有想过这是为什么？

张　楚：你提的这个问题非常有意思啊。

金赫楠：带着这种疑问进入你的小说，解答疑问的过程也是感受你小说美妙的过程。我说一下我的理解。首先，选择书写小人物，我猜测可能是一种不自觉地选择。因为作为一个普通人，接触最多的就是小人物。对一个作家来说，以熟悉的生活和人作为写作资源至关重要。这生活和人群，不仅为写作提供故事内核、人物原型，还塑造了作家的审美倾向与情感方式。然后就是，怎样面对那些小人物的困顿与苦难？渲染苦难，展陈艰辛，不是高明的选择，也不是最贴心的进入。

张　楚：我喜欢这句话——"渲染苦难，展陈艰辛，不是高明的选择，也不是最贴心的进入。"也许是我的叙事方式和态度，或者说，审美的途径跟那些底层作家有所差别。现在很多流行的底层小说，只是借助底层的人物，讲一个类似新闻采访的故事，很多作家不注重人物的精神内核。或者说，他们对人物的理解往往停留在表象，没有用刀子将人物的脉络纹理割开。当然，这只是认识的不同。

金赫楠：这种表面的认识，会携带一种想当然的优越感和拯救欲，那种同情很苍白。恰恰最需要的就是我前面说到的悲悯情怀，这里头，包含着心疼、理解、懂得。你选择的角度，在我读来，更多是关注人物在现实世界中的精神困境。

张　楚：的确，我很关注人物在现实世界中精神困境。我觉得盲点和困境是人类普遍存在的。我之所以写小人物的故事，是因为我就是小镇上的小人物，我的同类也都是小人物。但是我晓得他们的困苦和顽疾不单单是因为物质的匮乏，有时候，面对这个混沌的世界已然建立的精神秩序和道德制约，人会觉得非常渺小和困苦。

金赫楠：比如《曲别针》，初读我是惊讶的。虽然也有不满，但我还是惊讶于一个陌生作者在写作上表现出来的成熟与老练——于小说技术上的、于世情人心把握上的。主人公刘志国，他所面临的难题，我理解是一种撕裂感，他是内心很分裂的一个人。小说里头时不时地在他似乎堕落的、物质的当下生活里插入曾经的理想、追求，曾经的诗情画意，这使得人物有一种幻灭感。如果稍微粗粝一些的话，刘志国的那些悲伤，似乎都可以不成立。他的困顿，更多不是来自外部世界的挤压，而是内心深处的逼仄。展示给我们看的，不是现实的艰辛，而是灵魂的灾难。这部小说也比较集中地包含了诸多张楚式小说的元素——比如对于形式美的追求和对华丽语感的迷恋，比如对事情人心的深入探究和对精神困境的关注，等等。这篇小说的毛病，坦白说，也影响着你之后几篇小说的创作，就是有些太刻意，作家用力的姿态太明显。叙述上稍嫌有点赶。

张　楚：在写《曲别针》之前，我已经写了几十万字，但是鲜有发表。也许可以说，在这个小说发表之前，我已经很自觉地进行了十多年的文字训练。现在看来，这个小说的语言确实有点疯，缺乏节制——大抵和年龄有关吧。里面的故事是我根据现实生活中的故事嫁接的。一个人之所以痛苦，除了外界的压榨，更多的是这个人在反抗压榨后发觉自己无能为力，这种徒劳会让人产生空虚感和幻灭感。我自己也感觉到了小说的毛病，呵呵，那个时候，总以为越用力，小说就会越有力量。但是，事实恰恰相反。

金赫楠：这是作家创作上必经的一个阶段。尽管如此，你那种似乎很天然的小说禀赋还是经由这篇小说展露得很充分。前面我们说过，你的小说在对小人物的关注上主要着力于挖掘人物的精神困境，而不仅仅是现实层面的困顿与实际生活的困难。我在你的小说中，读到灵魂的灾难。在那一系列小说中，有两个关键词贯穿始终：一是困境，一是挣扎。我们可以看到，《曲别针》中的商人刘志国困于灵与肉分裂的痛苦焦灼之中，《草莓冰山》中的拐男人、《长发》中的王晓丽困于底层社会精神与物质的双重缺失之中，《樱桃记》中的樱桃困于逃跑与追逐焦虑里的艰难成长之中，《火车的掌纹》中的丁天和他的同学们困于未来无所着落的漂泊感之中，《关于雪的部分说法》中的颜路困于身体麻木地穿梭于庸常的生活而内心却又游荡于幻想的矛盾之中，等等。这些身陷不同困境中的人们，却都做着苦苦的挣扎：有的人用谎言来同苍白的现实困境较量，企图靠语言来堆积成理想的生活状况；有的人尖叫着使劲跳跃，想要逃离困境；还有的人在重压之下俯下身去，向尘埃谋求着最后一点苟活的空间。

张　楚：其实在我的理解中，人的幸福感和人的幻灭感总是相辅相成的。因为人就是矛盾的动物。当然，一个人的内心世界越丰富，他的幸福感和幻灭感就越强烈。有时候我想，文学其实不是用来描写日常人物的日常生活的，而是描写日常人物的非正常状态的，用你的话来说，就是用来描写日常人物的灵魂灾难的。那些伟大的经典小说，无论是《包法利夫人》还是《复活》，无论是《药》还是《金锁记》，他们描述的都是那种人类灵魂的挣扎、反抗和反思，当然，这些伟大作家总是把他们对人性和人生的疑虑带上自己的哲学思考，从而获得更广泛也更普世的价值。我觉得如果纯文学还有出路，那就是要继承古典文学、现代文学的那些优点，写出人的复杂性，而不是单纯的人的境遇。我的小说《草莓冰山》《长发》等作品，写的都是底层人物，但是我并没有单纯地把他们的艰辛生活做简单的描摹，在我看来，写出他们的灵魂世界，写出他们灵魂世界的灾难，远比讲一个催人泪下的故事更为重要，也更为真实。要知道，大部分人总是向尘埃谋求着最后一点苟活的空间。

金赫楠：卢梭说过，人生来是自由的，却无往不在枷锁之中。从某种意义上说，每个人其实都挣扎在自己的困境当中，这和生活方式无关，也并不取决于身份的高低与财富的多少。作家，就是要有这种敏锐，观察到当下人们普遍存在的生存困境，并通过展示不同阶层、不同性格的人的生存状态，发出自己对于存在的某些真相的追问与思考。

张　楚：我读《追忆似水年华》的时候，跟你有同感。那些法国贵族，过着优雅的、有品位的生活。但是他们似乎都不幸福，每个人都有自己的困境，都挣扎在自己的困境当中，就像投入罗网的蜜蜂，越挣扎痛苦就来得越强烈。主人公总是为自己的心上人而焦灼，那个老公爵总是为自己追求不到那些俊美男人而焦灼，贵夫人们总是为自己的沙龙是否办得成功与否而焦灼，如你所言，这些都与人的身份高低和财富多少无关。作家就是要写人的生存状态，并就这种状态发出自己的声音和思考。

金赫楠：你是一个喜欢不断发问的小说家，但是却不急着宣布标准答案。我在你的小说中，常常是感受疑问，却看不到答案。看完张楚的小说之后，我也没能知道，《悯事记》中的凶手究竟是谁，《火车的掌纹》中的中年男女是不是夫妻。没有答案，只是观察和发现。

张　楚：确实，我不太喜欢宣布标准答案，而只是客观地发问，有时候甚至连发问都没有。写《悯事记》的时候，我的脑中总是出现那个跟我祖母一起打牌、有五个儿子却没有人赡养、只好自己抚养脑瘫儿子的可怜老寡妇；写《火车的掌纹》的时候，我脑中出现的是在火车上碰到的那对中年男女，我无从得知他们的关系：是情人还是亲人，但是我知道，他们之间肯定有很多不能为外人所知的故事……如果我把答案写出来了，那么小说就失却了它应有的意义。你说呢？

金赫楠：没错。我甚至认为，好的作家，好的小说，其实与题材没有太大关系。写作，或者干脆说文学，为什么要有这个东西存在，它就是要穿过"像"，深入内里，就是要摒弃那些想当然的评判与认知，去挖掘那些隐秘的、微妙的真相。

张　楚：好的小说确实与题材没有简单的对应关系，而是与挖掘人性的深度有关系。文学为什么存在呢？现在网络和电视那么发达，而且这些媒介拥有更锐利的武器：精美的画面，资讯传达的及时性、娱乐性……但是文学跟这些更现代的媒介相比较，却拥有自己的美学价值和现实价值：那就是写出人的复杂性和多面性，用优美准确的文字表达出更深刻的况味，如果文学失却了思考和优美，失却了悲悯心和怜疼，那么文学还有什么意义呢？

金赫楠：我曾经在一个评论里面这样表述，张楚善于发现那些平静外表下的暗潮涌动，以及不动声色背后的万马奔腾。

张　楚：这两句话我喜欢，夸到我心里去了，呵呵。其实，这也正是我小说写作期冀达到的高度。我有一个问题，我的小说，你最喜欢哪篇？我有些好奇。

金赫楠：我喜欢《刹那记》。喜欢《刹那记》的原因，一是因为已经很长一段时间里厌倦了小说中的阴晦，很期待温暖。更是因为，《刹那记》的叙事本身很吸引我，那是一种很有耐心的娓娓道来，舒缓却有力量，行文比较圆润，也自然。让我感觉，不经意间，人物形象、故事情节、表达的主题渐渐清晰起来，小说的温度也慢慢升腾起来。不是那种突兀的、有伪造嫌疑的人为地高温。

张　楚：写《刹那记》那段时间，自己内心很安详，老和尚一般，呵呵，生活中的每个有点闪光的细节都会让我感慨和感动。写的时候也没有急躁。我在这篇小说里面用了很多生僻字。我想，那么美好的字好多年没有用了，就让我来让它们重新散发出光芒吧——这个想法是不是很矫情？

金赫楠：很好啊，文学创作在背负使命感的同时，也需要游戏心态的。

张　楚：一个作家内心的成长可能和自己的经历也有关系，比如做父亲。当了父亲的男人，感觉肯定和独身时不一样，他内心里的那种善、暖、静，可能会被一个肉乎乎的孩子唤醒并且放大。写《刹那记》的时候，我的头脑里一直有种油画的感觉。一个有点笨、有点残疾的女孩，在黑夜里行走，那种幻象，让我有种欲哭的感觉。如何在繁琐的、鸡毛蒜皮的生活中捕捉到让我们心灵悸动的细节？就像是在海底寻找珍珠一样。等我有精力了，我想把这个《刹那记》和《樱桃记》放在一起，拍个小成本的文艺片，你觉得如何？

金赫楠：好主意。就是这么一个不起眼的小女孩，她身上的戏剧感是稀缺的，那么一个作家，如果选择她做人物，怎样进入她？表现她？又或者干脆说，选择这样一个女孩来写小说，这本身就关乎一种文学价值观。

我的印象中，《刹那记》之前，你的小说基本上都是短篇。而这之后，你的创作更多集中在中篇小说上。我自己并不写作小说，没有实战经验，呵呵。只是从阅读的感觉来看，我认为短篇小说的写作难度是挺大的，它其实是非常考验作者能力的文体，其篇幅短，字数少，所能容纳的人物和情节都是很有限的，但是读者期望从短篇小说中获得的，却不一定就比长篇和中篇更简单。也就是说，短篇小说的写作者必须有本事在有限的篇幅内容纳足够的丰富与复杂。

张　楚：其实写中篇我是有私心的，那就是在四十岁之前，写出一部自己满意的长篇。以前好像听铁凝老师说过，写长篇，先要经过短篇和中篇的训练。短篇是写感觉，中篇是写故事，而长篇就是写人生。大家都说短篇难写，可能就是感觉难在语言和意境。但是我觉得相对于中篇来讲，短篇还是很好控制的，因为只要有那种氛围，一蹴而就还是很容易的。但是我觉得中篇就难多了，要想故事，要谋篇，要在三万多字里讲一个与众不同的故事，而且要恰到好处……以前写短篇我从没写过提纲，但是写中篇的时候我通常会列一个简单的提纲，也许是我思维太感性，在写中篇的时候，我总是遇到这样或那样的问题，而这些问题，大都与小说技术有关。我希望我能把中篇写好，然后储备够了，写一个我梦想中的长篇。

金赫楠：你的小说有一个特点，就是往往喜欢将支离破碎、片断性的原生态生活碎片，以自己的方式粘贴成一个又一个景象。时间和空间在作者的笔下或长或短地缩短或者延伸，生活碎片被巧妙地依照叙事的逻辑需要拼接成事件的前因后果，拼接成人们在困境中陷入和挣扎的种种景象，并在景象中呈现出自己对于生活与心灵的发现。这种拼接，显示了作者成熟的小说写作功夫，更构成了小说的精致、细腻的风格。你的短篇小说，故事不明了，情节也不曲折紧凑，但细节繁复而精致。你习惯使用细节来塑造人物。我以为，品质好的短篇小说都是难以被复述的。

张　楚：我喜欢片段性的生活碎片可能和我喜欢电影有关系。上大学时，除了读小说就是泡东北财经大学的"镭射电影厅"。1994到1997那几年，我几乎每周都看三场电影，而且都是最新的片子，比如《肖申克的救赎》《情欲空间》《人生交叉点》《野兰花》《美国往事》《黑色小说》《十二猴子》《费城故事》什么的。尤其是《美国往事》，我看了有四五遍。我觉得我的小说注重细节，可能与电影有关。电影的特写镜头不就是小说里的细节描写吗？在我看来，一部电影只要有五个美好的镜头，就是一部好电影；一篇小说如果有两个动人的细节，那么它就是一篇好小说。前天碰到作家程青，她还记得《曲别针》这个小说名字，但是内容忘记了，她说她只记得一个男人总是不自觉地摆动着曲别针。

金赫楠：一路写来，直到现在，你觉得自己的写作现在面临的最大困境是什么？

张　楚：最大的困难就是在写作过程中，突然自卑起来，觉得写得很烂，没有必要继续。这是很让人头疼的事啊，很多小说写一半就扔掉了。我不知道别的作家是否也有这样的想法。

金赫楠：我好像听很多作家表达过类似的焦虑。有人说，现在是最好的时代,也是最坏的时代。这样的时代,原本是最能成就文学的。因为它足够磅礴,也足够庞杂,很多元,但也因此似乎更难以把握。面对这样的外部世界,以及随之愈加复杂的内部世界,作家的确容易兴奋,也容易迷失。曾经有一个作家和我说,最怕逛书店,因为看到书架上太多的作品,就会怀疑,这个时代,这些读者,在这么多的书籍面前,是否还需要自己的那一本书。

张　楚:但是从没有作家能写出这个时代真正的精神境遇。其实每个人都很困惑,只不过有的人不去多想。

金赫楠:其实,每一个时代的作家,在面对当下的时候,都容易眩晕。沉淀和过滤,是需要心境的沉潜和时间的行经才能很好完成的。阅读也是。很长一段时间里,我喜欢华美的悲伤。所以,我喜欢阅读文本华美的悲剧。内容是悲伤甚至惨烈的,生离死别、欲罢不能,而形式却是华美的、精巧的。于是二者之间纠葛着、拧巴着,释放出一种独特的韵味。我的这种偏好里头,自己理解除了审美上的习惯等,也掺杂了很多为赋新词强说愁的少年心绪,呵呵。不过这一两年来,我开始渐渐感受到平实里头所蕴含的更大的力量和瑰丽。很有意思的是,你的小说写作,似乎也正沿着这样的轨迹显出变化来。

张　楚:我现在比较喜欢平实的小说。那种形式上的探索很少有了。我觉得一个作家的写作经历其实就是他自身生活经历的复写。二十多岁的时候,我也喜欢写那种惨烈的、疼痛的东西,那个时候的感觉就是,要把体内的荷尔蒙转化为文字里的汁水。《曲别针》《长发》《U 型公路》就是那个时候写出来的,现在看来,里面弥漫着某种体液的味道——不知道这么说准确不准确。到了结婚生子后,心境似乎就慢慢发生了转变,看待世事的角度更趋近于平角,而不是锐角;写小说的心态更趋近于平和,而不是暴戾。我不知道这是好的一面,还是坏的一面。从《大象》《刹那记》《小情事》开始，我的写作更趋近于"日常生活中的诗性"，也就是说，在繁琐的、卑微的、丑陋的甚至让人绝望的目测中，提炼出让你心中陡生暖意的那部分，当然，不夸大暖意，而是让暖意重现它本来的样子。

第四辑

我们这个时代的文学生活

一个女人的史诗
——从《甄嬛传》到《芈月传》

一

《芈月传》隆重开播,进度过半。因为原班人马的《甄嬛传》珠玉在前,因为原著作者蒋胜男与剧组扑朔迷离的版权官司,因为《琅琊榜》后大众对网络文学 IP 所报以的巨大期待——如此种种,《芈月传》开播后毫无悬念地成为这段时间里的热门剧集和热点话题。

我周围的同事和朋友们大都在追这部剧,其中一些人虽已把六卷本的小说《芈月传》读完,但原著之剧透并未影响其对剧集的兴致,每天晚上追剧,白天还得凑在一起讨论:王后与八子的花样开撕、黄歇嬴泗与义渠王的颜值较量——那种"听评书掉泪、为古人担忧"的操心劲头,一如几年前《甄嬛传》热播的时候。甚至好几位素以高大上口味著称的文学精英,嘴上对宫斗剧不屑一顾,并对大众普遍存在的"低级趣味"做痛心疾首感慨状;但细听这感慨里似乎对剧情比谁都熟悉,估计一集也没落下——当然,诚如郭德纲相声里所说,有的人是津津有味地看,有的人是"批判"地看。

几句戏言。总之,从《甄嬛传》到《芈月传》,从小说原著到改编电视剧,不敢说是雅俗共赏吧,但的确——大家都爱看。

二

是的,大家都爱看。"宫斗",何以如此吸引人?

显在层面最明了的原因自然首先是:好看,爽。在网络文学的世界里,好看是最大的道德,也是最核心的评价标准,改编成电视剧作为大众通俗文艺产品后,亦然。好看,首先需要足够的戏剧性。中国几千年来中央君主专制的政治传统和文化心理下,宫廷与宫闱、权谋与心机、江山与美人,特殊场域的特权阶层、权力巅峰人性的拷问和扭曲……这其间天然地饱含着太多的戏剧张力和故事眼。所谓宫斗,自然内含激烈的冲突和交锋、持续的胜出与淘汰,一种空气凝结的紧张氛围让旁观者倍感刺激和满足。当下最热门的真人秀节目里,"跑男"的巨大魅力其实就来自节目最后的撕名牌环节——围观者们对"开撕"总有一种莫名的冲动和振奋。而宫斗戏,其实就是一个花样撕名牌的过程,且更斗智斗勇、花样百出。而后宫,作为一个封闭、森严的存在,在中国历史漫长的演进中,在那扇沉重庄严的朱漆大门里面,在"后宫不得干政"的训诫中,却时常发生着秘而不宣的厮杀、勾兑、阴谋和阳谋,关涉天下、掣肘历史,这里太适合作为容器去盛纳一波三折、一唱三叹的古老中国故事,更满足着大众对未知的、神秘的阶层及其生活的好奇心和窥探欲。

而更深层的心理动因则是,网络文学写作是一个为读者造梦、带受众入梦的过程。所谓将白日梦进行到底,"yy"(意淫,网络术语),是网络文学包括大众通俗文艺的最基本的特征之一。《甄嬛传》作者流潋紫和《芈月传》作者蒋胜男都是女性,宫斗类作品最有粉丝黏性的读者和观众绝大部分也都是女性,作为网文世界里最经典的"女频文",它对应和满足着女性普遍存在的心理需求和欲望舒张。绝大部分女性都在自己的工作生活中重复着家常、日常的单一人生角色,社交平台里反复刷屏的王菲的传奇人生、赵薇的人生赢家,以及Angelababy的世纪婚礼,都是普通女性围观、羡慕却又遥不可及的天外之物;范冰冰是学不来的,但每个女性却可能都暗怀一颗穿回大清搅动天下的驿动之心。而大概,再没有哪种类型文本比"宫斗"更能容纳女性的各种"yy"、各种白日梦:小清新的心加倾国倾城的貌,人见人爱花见花开,想爱了有人扑上来痴心不悔,想撕了眉头一皱计上心来;即使中间有权谋有心机手染鲜血,那也是反派所逼剧情所迫,在道德上仍能保持心理安适;即使过程有挫败有危机命垂一线,百转千回终能笑到最后——在刷屏和追剧的过程当中,每个女性都可以把自己倾情代入,廉价、安全又悄然地"历经"传奇,舒张内心的那些不可能实现也不便诉诸他人的隐秘欲望。

在这个过程当中,读者和观众被打动、征服和满足,既包含了置身事外旁观一场激烈、跌宕的零和游戏时"看热闹不怕事大"的普泛性戏剧期待,同时也包含了(特别是女性读者)将自己代入其中的"yy"到底。

只不过,估计剧组和原著作者都不肯承认对《芈月传》的"宫斗"归类。小说在网络连载时特意注明"军事历史类",电视剧导演郑晓龙更是在各种发布会上强调《芈月传》的"历史家国"和"宏大"属性。但是尽管小说里面刻意加重了对战国"大争之世"的描摹叙述,尽管电视剧的广告反复播放着芈月高呼"天下奉秦是秦国的必将成就"的片花镜头,但这部作品的核心情节和主要气质,包括受众的期待和认同,其实都不曾摆脱"宫斗"。——当然,这是题外话。

三

《芈月传》似乎不可避免地要被拿来同《甄嬛传》对比。

这两部小说我都读过,现也正在追剧《芈月传》,所以近来已经屡屡被问:哪部更好看?二者有何不同?两部原著小说都是六卷本的超长篇、大部头,都演绎了女主跌宕起伏、终成正果的传奇人生。从文本的具体风格来说,用大家都熟悉的名著打个比方,《甄嬛传》是《红楼梦》的写法,而《芈月传》似乎更带有《三国演义》的节奏。关于网络文学,现在已经有一种共识,它并非倏忽而现的天外来客,其本质就是中国叙事传统中类型化写作经由新兴媒体的满血复活,这既是对本国旧体小说传统的继承延续,也是与国外发达的类型写作和畅销书文化的借鉴呼应。而我们现在所谓的主流文学、纯文学,一直以来秉承和确立的是始自"五四"新文学、并不断强化的文学价值观和文本范式,西化,刻意隔离和排除着中国旧体小说的叙事传统。而网络写作,自生发起就在这种文学秩序和范式规范之外,写作者依照自己的趣味和审美更自在地选取着写作方式和语言语调。作者可以这样任性:我就想写成《三国演义》那样,或者向《红楼梦》致敬,都无不可——网文是一个时刻保持创造性的开放世界。

两部小说相比较,就我自己的个人喜好和审美趣味,我更喜欢《甄嬛传》。大概是我太过热爱《红楼梦》了,百读不厌,所以单就流潋紫《甄嬛传》中毫不掩饰对《红楼梦》的致敬与模仿,就足以对我构成吸引。更何况,其文笔放在网文里显然算是非常出色的:故事推得绵密悠长,对话的机锋、细节的微雕,彼时彼地生活经验层面的案头功夫做得也好。流潋紫从《红楼梦》里学得这样一幅文笔:面对众多的人物和故事脉络,都用足笔墨,群像塑造得各有性格和存在感。以及,在核心情节人物的粗壮主干之外,对那些蓬乱毛茸饱满的枝叶和汁液,耐性而精心地表达和呈现,对中国人复杂丰富的经验世界的微雕细刻与兴趣盎然。当然,《红楼梦》里的盎然却是虚无做底的,无论诗海棠、宴群芳,还是枣泥山药糕和小莲蓬、小荷叶的汤,这些经验层面日常的、家常的热闹与滋味背后,是作者与人物对"白茫茫大地真干净"的预感、挣扎和恭候。其实《甄嬛传》里隐隐也是透着一些这个意思的,女主从权谋鲜血中一路厮杀出来、取得最后的胜利时,不是"我得意地笑",而是站在权力巅峰慨叹"而我,不过是个千古伤心人",与"白茫茫大雪真干净"构成一种文本气质上的追随。

李敬泽谈及《红楼梦》时曾感慨:关于《红楼梦》,最触目惊心的事在于新文学以后此书成为中国文学之正典,几乎是读书之人无人不读,但《红楼梦》对现代以来中国文学的实际影响却惊人的"小",几近于无;我们读《红》谈《红》,但我们竟没有想起来像《红》那样去写小说。这个"触目惊心"其实不难理解,如前面所提到的,新文学自确立以后逐渐形成的文学价值观和文本范式,新时期以后更渐形成的期刊、评论、评奖三位一体的文学评价体系与文学权力秩序,这些,对于写作者一直进行着强大而持久的塑造与规训。《红楼梦》作为中国读书人的公共谈资,其文本的丰富复杂和庞大茂盛足够让"公子看见缠绵、道学家看见淫、革命家看见排满",足够中国文人从中提取、提炼各种表达自己时作为引子所需所要。但它章回体的文本结构和语感语调,作为新文学鼎力反动和革新的旧体小说,所谓"像《红楼梦》那样去写小说"天然地就被排除在新文学之外。而在新文学的传统和秩序之外的网络文学,反倒可以轻装上阵捡拾起这些叙事传统,化用在自己的小说写作中。《甄嬛传》对《红楼梦》的致敬和模仿在近些年的类型化写作里大概是最出色的,有表,而且多少也有点里子,只不过电视剧改编时刻意淡化了很多,大概剧集容量有限,且太过追求紧张节奏和强戏剧性。

文章写到这儿,我也是真心忍不住要稍稍吐槽一下《芈月传》的电视剧改编。虽然不至于如网友所挖苦的"从《甄嬛传》到《芈月传》,中间差了不止一个《琅琊榜》",但确实有一定的差距。小说《芈月传》的史传笔法,相比于《甄嬛传》的枝繁叶茂和绮丽细腻,文风更朴实,叙事方式更着力于核心情节的推进,少了闲笔。但总体来说,还是好的和好看的,史料功夫做得也很扎实。而电视剧对原著的改编幅度过大,尤其很多塑造女主核心性格的情节改编太过牵强,包括为了情节的推进罔顾历史常识和基本事物逻辑,实在遗憾。其实《芈月传》未播先红,很大程度上是《甄嬛传》的强大 IP 继续发挥作用和影响的效果,2015年网络文学似乎全面进入 IP 时代,怎么善用热门 IP,也成为网络文以及相关从业者必须要面对和思考的问题。

四

那些正在流行的大众文艺作品中,往往投射有当下中国人最真实的精神渴求和心理焦虑。而作者、读者以及书中的描写对象都以女性为主的宫斗题材,可以很明显地折射出当下社会普遍的女性自我想象和内在欲望,更可以从中观察到大众心理普泛的婚恋价值观和性别秩序意识。

女性,在漫长的中国历史演进中,在森严而坚固的传统性别秩序里,一直被遮蔽在大历史、大时代的阴影之后。即使靠近权力巅峰的后宫女性,在一本正经的历史记载中,她们只是帝君和王朝的附属品,负责为"后妃之德"或者"哲夫成城、哲妇倾城""红颜祸水"之类的陈腔滥调做生动注解,而关于她们的真实的喜怒哀乐,她们的精神世界和现实生活却往往语焉不详。这是一个切实影响着中国历史和现实政治进程,却又被刻意遗忘和遮蔽的女性人群。流潋紫在《甄嬛传》自序中就谈到过自己最初的写作动因:"纵观中国的历史,记载的是一部男人的历史,所谓的帝王将相。而他们身后的女人,只是一群寂寞而黯淡的影子。寥寥可数的,或是贤德,或是狠毒,好与坏都到了极点。而更多的后宫女子残留在发黄的史书上的,唯有一个冷冰冰的姓氏或者封号。她们一生的故事就湮没在每一个王朝的烟尘里了。而我写这个故事,是凭一点臆想,来写我心目中的后宫中那群如花的女子……我不想写其中的主角有多好或者有多坏。她们中的任何一个,都是无尽的悲哀里的身影。但是无论她们的斗争怎样的惨烈,对于美好,都是心有企望和期冀的吧。"

从《甄嬛传》到《芈月传》,我们可以感受到写作者都有一种在大历史中打捞、建构一个女人的史诗的那种强烈的创作冲动,而读者粉丝在消费这一精神产品的时候,发生在一个女性身上荡气回肠、百转千回的传奇人生,也是其接受期待中最能得到阅读满足和快感的所在。甄嬛和芈月都是典型的玛丽苏女主形象,这之中包含有写作者将自己代入其中近乎自恋的创作心理,但也携带着一种从女性视角、女性审美去想象、塑造女性形象的强主体性。甄嬛和芈月于人物形象上有一种共同的气质和性格特点:不甘心,不甘心命运为人摆布,不甘心就此认输,那种在既有秩序和规则里面的挣扎反抗,以及这个过程中所生发出来的力量和戏剧性,正是她们的精彩和动人之处。这也是宫斗题材里所能够内含的人性魅力和力量。

从《甄嬛传》到《芈月传》,都提供着一种女性视域下的对中国传统专制权力和权力结构的阐释与质疑。所谓"甄嬛体",其实很大程度上是对《红楼梦》中语言和语感语调的模仿,具体在这样一部充满权谋和争斗的文本里,"甄嬛体"作为一种轻度的文艺腔,去讲述那些阴谋阳谋的争斗故事,二者之间有一种不和谐的干扰性力量,赋予文本一种略带讽刺和诗意的审美张力。

但是,要构建一个女性的史诗,具体落到文本里,女性是如何去把握自己和征服世界?如同网友笑谈的"一个成功的女人背后总有三个男人",甄嬛有皇上、太医和王爷,芈月有黄歇、秦王和义渠王,她们的每一次人生危机的解除,每一步辗转腾挪、每一个诉求的实现和有效,几乎都是通过这"背后的三个男人"来实现的。女主逆袭成功和傲视天下的背后,正是这些男人的无所不能或痴心不悔,如同游戏中的万能外挂。也就是说,在这些叙事里,一个女人同世界发生关系的方式,仍旧必须通过一个或者几个男人来实现;女性的价值,终究来自和归于她的"人见人爱花见花开"。无论是流潋紫还是蒋胜男,写着写着，远兜近转，在她们下意识的创作过程中，无论甄嬛还是芈月，都没能摆脱"女人通过征服男人来驾驭世界"的窠臼。这是写作者视野和格局的局限，反映着当下普遍存在着的女性价值观中含混、矛盾的复杂情形。

多媒体背景下的文学写作之我见

近日读到一篇文章,分析综艺节目"我是歌手"火爆的原因,文中引入这样一个概念:社交货币。这是一个来自新兴的社会媒体经济学的理论,大意就是我们以某个话题、现象、概念作为谈资,通过与他人进行交流探讨,在对信息的分享与谈论中,实现彼此的了解和自我形象的凸显塑造。显然,"我是歌手"热播的几个月里,它在公众媒体和大众人群中,正是充当着超级社交货币的角色——比如,对李健的喜欢与否已经生生把我的闺蜜圈分作两个阵营,文艺女与非文艺女就此实现了一次相互识别和区分。

在相当长的时间里,文学、作家和作品,就是通行于时代、社会、公众的"超级社交货币"。人们在阅读、讨论文学作品和主题人物的过程当中,输出和交换着自己关于世界的看法与论调,确认和塑造着自己的价值取向,甚至由此养成自己的情感方式和话语方式,凸显着自我的独特性。那是文学辉煌灿烂的时代,至少貌似是。

而今天,从博客、微博到微信,新媒体和自媒体,网络文学和超文体链接,这些文本形式和传播方式正在替代文学而成为某种意义上的社交硬通货。文学,我们通常所谓纯文学意义上的作家作品和现象话题,越来越淡出公众目光之所及,越来越边缘,自说自话、自娱自乐。于是,很多作家与批评家开始忧心忡忡满面愁容地发问:新媒体时代,传统意义上的文学在哪里?

尽管，我承认自己严重依赖微信，随时刷屏已经成为一种生活习惯；尽管，我承认自己也会津津有味地追看《甄嬛传》和小白文，但我真的不认为纯文学有那么岌岌可危和日落西山。网络文学的铺天盖地与目不暇接也好，移动终端轻阅读的流行盛行也好，包括微博控、微信控，我倾向于把它理解为精神产品从生产、传播和接受评价体系越来越细分的结果，而大工业生产和现代社会，本身就包含着层次、种类细密的分工。纯文学不再成为公众的社交货币，人们转身从新媒体中去寻找和接受更多类型的资讯与观念、讲述与阐释，不同的精神产品和文化形式，对应不同的需求和人群，这不过是各就其位、各得其所。

1980年代似乎是文学最兴盛发达的年代，至少貌似辉煌灿烂。所以今天有太多的作家、批评家在悲伤地缅怀那个年代，唏嘘文学的中心位置一去不复返。还有很多人会因为网络文学的流行而去感慨当下人们阅读水平的下降甚至堕落。我倒觉得，文学地位的这些变化恰恰有力地证明了时代的进步和成熟，更真实地呈现出大众在精神产品和文化需求上的真正主体性——他们更明确、更自觉地提出了多层次的精神产品需求，而不再是精英居高临下地给出什么他们就追捧、接受什么。无论各种文学网站上的各种超长篇网文，还是几乎每个人手机上都在操弄的140个字与秒刷刷的朋友圈，都提供给每个人一种播报、描绘、表达和阐述外在世界与自我的权利与权力。阅读与写作，似乎从未如此自在和自由，从未如此充满选择性与可能性。

当然，传统意义上的作家就必然和必须面对这样一个严峻问题：文学将以怎样的合理性与说服力在这个多媒体融合的时代安放自己？文学如果在这个网行天下、"微"力无边的时代还有它得以存在和发展的必要，那么它一定要在围观热闹、点评八卦、演绎传奇之外提供更有价值的独特东西。那究竟是什么呢？在我看来，它至少得包含着对世界个体化的打量思虑，以及对人和人心的体恤和理解，它和弥漫在现实经验中、网络狂欢里、通俗小说中那些外在简单的是非评定和价值判断构成一种对峙和撕扯，它对各种想当然和理所应当构成一种打破和挑战。

新媒体时代对更年轻一代的写作者影响尤甚，但未必是直接和显而易见的。这种影响或者说改变，不是读者群的此消彼长，更不是有你没我的替代压力，而是通过影响写作者自身来实现的。时代的大趋势、大氛围，资讯传播、分享的新方式，日常经验和个人体验的新媒体化，这些都会参与塑造着一个写作者的审美趣味、思考力，以及表述习惯、话语方式等等，这些潜移默化的变化一定会反映在一个人的写作中。新的时代必然养成新的作家和作品，无需焦虑、躲闪，更不必呼唤、期待，它注定要发生。而文学，当它充当公众社交货币角色的时候，当它处于时代焦点和社会中心的时候，就不可避免地被各种诉求、立场、企图心捆绑束缚，被不可承受之重挤压得变形而丧失初心。而安于边缘，文学才有可能获得更多的自在自得自由，从而重申自我立场，回到文学本身。

所以，文学，在这个时代，幸与不幸、生机勃勃与垂头丧气、机会与挑战，同在。最好的时代，或最坏的时代。

网络言情小说二三事

一

当下繁盛的网络文学现场,具有显而易见的分众特征。"五四"新文学所奋力革新和反动的目标之一,类型化写作和旧体小说,经由网络文学这种新的生产传播介质,又一次全面满血复活。由知识精英发动和领导的"五四"新文艺运动,旨在通过革新文艺来实现国民精神重塑和民族性格改造,而在当时的历史条件下,旧势力的强大与顽固、救亡图存的紧迫焦灼,使得新文化干将们选择了一种矫枉过正的激烈方式和全盘否定传统的绝对排他态度。历史波谲云诡的演进中,新文学所确立的文学价值观和文本范式成为了中国"五四"以降的绝对文学主流,其间虽有革命通俗文艺的冲击,但这一条主线的正统地位始终不曾真正动摇。及至"新时期"以后再次以矫枉过正的方式重申"纯文学"的合理与必然,并逐渐形成期刊、评论、评奖三位一体的文学评价体系与文学权力秩序,愈加圈子化、专业化,距离大众的普遍需求则越来越远。

在这种文学主流的笼罩下,相当长的时间内,纯文学与普通民众是脱离和隔膜的,那些获得业内赞许和专业评奖的作品,老百姓却知之甚少,文学对社会时代的公众影响力式微,给大众提供的思想和趣味几至于无。被排除在主流体系、秩序和权力之外的通俗文艺及其从业者，在国内现有的报刊出版和专业作家制度下，前期资源和后期渠道上都极其弱势惨淡，结果就是始终没有形成一个成熟的、成规模的通俗文学写作群体。网络文学兴起之前，类似欧美日韩甚至港台地区的那种畅销书作家，我们几乎是没有的。而另一方面，高等教育的扩招普及、城市化的高速发展、改革红利下物质生活的极大改善，在这一基础上大众的文化需求和精神产品消费力增长迅猛，且已达到一种爆发前的充盈状态——这大概算得上是"人民群众日益发展的文化需求与现有的文化生产力之间的深刻矛盾"。在这个背景下，一旦新的技术支撑提供了新的生产传播介质，被主流文学忽略怠慢的大众阅读领域，其蓬勃旺盛的高速发展，那简直是一定的。类型化写作满血复活，这既是对本国旧体小说传统的继承延续，也是与国外发达的类型写作和畅销书文化的借鉴呼应。

言情小说作为类型化文学的一个重要门类，向上的源头可以追溯到唐传奇中的《莺莺传》《李娃传》以及后来许多"才子佳人"的中国故事。清末民初鸳鸯蝴蝶派的兴起，是言情小说从古代到现代的过渡。1949年以后，这种写作基本绝迹，在文学史上也一直处于被遮蔽的角色。20世纪80年代，伴随改革开放的节奏，港台言情小说进入中国大陆并迅速赢得了大众读者的追捧。最早进入大陆的台湾女作家琼瑶的几十部爱情小说，以及由此改编的电视剧，从《婉君》《六个梦》《几度夕阳红》到《还珠格格》《情深深雨蒙蒙》等，在女性读者和观众中风靡一时，确立了那个时代"言情"叙事的基本模式和套路，甚至影响了大陆早期电视剧市场和娱乐产业的格局雏形。随后还有岑凯伦、雪米莉、亦舒、席绢，以及梁凤仪的财经言情小说等，也都陆续进入大陆阅读市场。但中国大陆始终没有出现成气候的言情作家和成熟作品，直到世纪之交时网络文学的兴起，才出现安妮宝贝、榕树下这样较早的本土言情名家和阵地。及至今天，网络言情小说已经发展到相当规模，流潋紫、桐华、天下归元、七堇年、辛夷坞、顾漫、饶雪漫、匪我思存、唐欣恬、九夜茴等相当一大批年轻的知名作者,写下大量的言情网文,从《步步惊心》《甄嬛传》到《花千骨》,从《裸婚时代》《致我们终将逝去的青春》到《何以笙箫默》,创造了一个又一个阅读奇迹,同时通过影视剧的改编和热映形成了社会公众层面的广泛传播,甚至影响了一代人的青春方式——如同我们曾经的年少时光,先在琼瑶小说里熟读了爱情,然后才在现实里不自觉地模仿着小说情节去实践自己的恋爱生活。

二

网络言情小说的一个重要特点就是分类多且细,男女情爱的主要线索与核心情节之外,按照不同的角度和标准又被细分为爽文、虐文、甜宠文、女强文、女尊文和总裁文,穿越、宫斗、宅斗、架空、现代、都市、重生、仙侠、种田、耽美……每个分类下面再有细分,比如穿越又分为"明穿""清穿"等等。这些分类具体在一部作品的时候,往往是交叉的;而所谓分类也是开放式的,依照写作实践的发展随时可能有新的门类产生和兴盛,既有门类也随时会被淘汰和遗忘。这一切最终取决于读者,在网文的世界里,只要具备一定规模的阅读需求,相应门类的小说就会产生,这是月票、打赏、分成等网站运营模式和网络作家盈利模式所决定的。换句话说,只要有客户需求和利润期待,相关产品就会被创新研发和批量生产。而网站编辑则更像是产品经理,除了被动地审阅作者书稿,还要根据读者反馈和市场分析,引导甚至参与设计网文作者的人物模式与故事套路。可以说,很多网络作品是诞生于作者、读者和编辑的合力下——而这与主流精英文学中所着力凸显的强大、独立的叙事人——写作者显然不同。而通常所说的"女频文"或"女频小说",顾名思义就是女生频道,最早出现于起点中文网站,其中小说都以女主为核心视角人物,以女主的情感经历为线索演绎情节,作者和读者基本都为女性,所以"女频文"十有八九都是言情小说。从这种划分上,也可以再次感受到网络时代类型化文学的看似混沌实则精细的分众特征。

2005年,旅居美国的桐华贴出她的第一部网络长篇《步步惊心》,故事讲述了现代少女张晓在车祸瞬间穿越到清朝康熙年间,并由此卷入"九龙夺嫡"的宫廷大战中,与一众阿哥们上演了纷繁复杂的多角爱恨情仇。虽然并非穿越小说的开山之作,但上线后过亿的点击量、出版后几十万册的销售成绩以及改编电视剧的热播,让"穿越"这样一种情节模式迅速走红,跟风"清穿"之作无数,一时间"雍正很忙"。桐华也由此成为职业言情小说家,陆续创作了《大漠谣》《云中歌》《最好的时光》《半暖时光》《曾许诺》和《长相思》等多部长篇小说,她不再仅仅依赖穿越手法,题材选取或现代或历史,但始终以男女情感的爱恨纠葛为主要情节,不脱言情小说的基本框架。其中,2013年推出的《长相思》,把故事的背景设置在上古神话时代,三皇五帝成为故事的人物角色,围绕一个名唤小夭的女子,缠绕着政权争夺、氏族家族利益博弈,将一场发生在上古时代的爱恨纠葛写得有声有色。那些传说中面目模糊的先祖大神们都化作一个荡气回肠的爱情故事中的各种角色,读着小说中他们各自的嗔痴嘻怒,历史人物的厚重感和传奇性,与故事中角色的可感可及形成一种特别的张力,增加了阅读趣味。在这部小说中,桐华用自己的想象力和白描文笔创造了一个自成一体的天地,为一场旷世绝恋设置了一个恢弘又传奇的场域背景,当下言情模式中流行的虐心、宫廷、总裁等元素,也都自然巧妙地融在了故事讲述中。

最近集中看了几十本近两三年知名度较高的网络言情小说,读罢惊觉"霸道总裁"真是无所不在。"总裁文"作为近来最为流行的言情模式,男主都为多金而酷帅的老板、总裁或社团大哥,性格特点清一色皆是不动声色的高冷范儿;而女主则通常出身平凡、处世弱势,姿色不过中等偏上，或者身世有点惨或者脑子有点笨，手足无措、狼狈不堪成为她们面对残酷现实时候的常见画面，却因各种机缘巧合与男主相遇相识，并获其一往情深、无怨无悔的青睐和呵护。典型作品就是改自念一同名网络小说、由黄晓明和陈乔恩主演的热播剧《锦绣缘》。这样的男主形象和男女关系模式，在近来的小说中随处可见：顾漫的《骄阳似我》、匪我思存的《寻找爱情的邹小姐》、叶非夜的《爱你，是我的地老天荒》、苏穆梓的《一晴方觉夏已深》，包括改编影视后大热的《花千骨》《何以笙箫默》，无论仙侠剧还是青春片，男主的形象内核一路朝着外表冷酷又内心炽热、颜值爆表且才能出众完美下去，而女主不外乎小可怜、小清新、小确幸，不是被遗弃的养女就是凄苦的孤女。短时间内集中看这些小说，读完回想起来，各本书里人物和情节已经完全混在一起，不同文本之间的同质化问题非常严重。

　　网络文学的一个突出特点就是，当某个题材、门类爆红时，就会有大批量的跟风作品产生，是为市场的强导向作用。但处于流行顶端时往往也预示着即将到来的审美疲劳，总裁文铺天盖地的同时，对应它又有一种言情小说模式处于上升状态——女强小说。女强小说的基本模式，大都为男尊女卑的现实环境下，女主角依靠个人奋斗从卑微实现逆袭。比如近来流行的各种"庶女"系列小说，在嫡庶尊卑分明的传统礼教下，身为庶女，一出生就注定卑微，而庶女的逆袭过程貌似会是一个充满励志色彩的传奇故事。《天才庶女·王爷我不嫁》中的女主云紫洛，穿越前是21世纪的女杀手，穿到古代后凭借自己强大的内心和敏捷的身手，横扫古代王府。穿越女强小说大都采取这种人物设置，穿越前女主大都是女杀手、女法官之类的厉害角色。还有《冷宫拽妃》《豪门不承欢》《庶女毒妃》等等，单看题目就感觉到女主形象的"强"和"拽"。天下归元大部头的"太史阑"系列应该也属此类。

　　"庶女"系列中最具代表性的《庶女·明兰传》（网文上线时名为《知否，知否？应是绿肥红瘦》），作者关心则乱显然是熟读《红楼梦》

的，并将其文风句式、场景情节，包括人物关系，刻意地重重化在自己的网文写作中，比如"太太陪房钱妈妈给姑娘们送宫花"一节，简直就是《红楼梦》中桥段的翻版——一如流潋紫《甄嬛传》中毫不掩饰对《红楼梦》的致敬与模仿。和《甄嬛传》的"宫斗"相比，《庶女·明兰传》"宅斗""种田文"的场域设置和故事架构，显然更熨帖着《红楼梦》中的家族叙事和世情描摹。其文笔放在网文言情里显然算是出色的：故事推得绵密悠长，对话的机锋、细节的微雕，彼时彼地生活经验层面的案头功夫做得也好，日子写得有滋有味、兴趣盎然。只是太兴味盎然了些。《红楼梦》里的盎然却是虚无做底的：无论诗海棠、宴群芳，还是枣泥山药糕和小莲蓬、小荷叶的汤，这些经验层面日常的、家常的热闹与滋味背后，是作者与人物对"白茫茫大地真干净"的预感、挣扎和恭候。其实《甄嬛传》里隐隐是透着一些这个意思的，它对《红楼梦》的致敬和模仿在近些年的类型化写作里大概是最出色的，有表，而且多少也有点里子。只不过电视剧改编时刻意淡化了，评者也有意无意地视而不见，只揪住一个"斗"字大加批判。

比较特别的一部小说是赵熙之的《古代贵圈》。这部 2015 年刚刚获得第十三届华语传媒大奖"年度网络小说"的长篇，从题材、主题，到人物设置和语言方式，包括这个充满戏谑意味的书名，在当下网络文学中都显得十分另类。小说以中国古代 17 世纪的出版行业为背景，男女主角分别设定为写书人和书商，在作者与出版商的合作与矛盾里，以及行业内部的博弈竞争中，演绎男女主离奇又感人的情感过程。放在当下网络言情小说的大背景下，这部小说很难归类，叙事表达也与通常的网络言情语言不大一样，在题材上有所创新，作者的文字功底显然也足够扎实。所谓"古代贵圈"，其中内含的讥诮和戏谑——你懂的。

上述小说，无论穿越、仙侠还是总裁、女强，它们的共同特点就是背景的架空和对当下社会时代与现实的回避。《致我们终将逝去的青春》的作者辛夷坞，则以直面青春和现代都市题材著称，独创"暖伤青春"系列女性情感小说。她的作品一经问世，几乎都会受到读者和影视改编的热捧，"辛夷坞语录"更是在文艺女青年之中广为流传。2014年的新作《应许之日》，一改之前追逝青春的怀旧套路，把叙事兴趣放在都市大龄单身女性人群，讲述了在世俗尺度的挤压中，高速发展的现代社会中，一个经济、人格独立的现代女性，如何放松、放纵自己去爱的故事。我一直觉得，辛夷坞的言情写作，和琼瑶、席绢这些前网络时代的作家是最接近的；其作品篇幅的节制以及遣词造句的讲究，甚至和所谓的"纯文学"写作也是最像的。《裸婚时代》大火后，作者唐欣恬2014年又推出了《裸生》，小说关注的焦点依然是80后小夫妻衣食住行与油盐酱醋茶的日常生活，进入而立之年以后家常、日常的种种细节，以及可能会被细节打败的爱情。只不过《裸婚》重在从恋人到婚姻的聚散过程和人生况味，而《裸生》则侧重生育和教养孩子的过程当中，一对小夫妻、一个大家庭所需要直面的现实变化与伦理困顿。在所有网络言情小说中，唐欣恬的这种写作，可算是最直面当下和现实的，也因此她的写作必然面对一种难度：会被读者苛求小说逻辑与生活逻辑严丝合缝的对应关系，会被严格追究"像"与"不像"。大概恰缘于此，言情网文里，现代都市题材，尤其"裸婚""裸生"这种涉及具体的时代问题和社会矛盾的作品，越来越少，大家一股脑地在穿越、架空和重生中肆意营造着各种白日梦。

三

所谓"言情"，其叙事的重心是爱情及与此相关的世俗与世情，读者一直多为女性。在分众细密的网文时代，言情小说更成为最典型的女频文，其写作者和阅读者，以及下游版权衍生品的消费者，都以女性，尤其年轻女性为主。所以，那些最流行、正当红的网络言情作品，可以很明显地折射出当下社会普遍的女性自我想象和内在欲望，更可以从中观察到大众心理普泛的婚恋价值观和性别秩序意识。

从前文对诸类言情小说的分析中可以看出，无论故事设置在什么样的背景下，无论男女主角的形象设计模式如何，都有一个明显的共同特征：欲望化叙事、白日梦，也就是网络语言所说的"yy"。细读近年来得以大火的那些网络言情文本，几乎全部有一个极其自恋的女主形象贯穿其中：皇帝王爷太医都痴心钟爱的才貌双全的甄嬛、搅动一众阿哥围着自己打转的若曦、要风得风要雨得雨的逆袭庶女……而"总裁文"中，同完美的男主相比，女主形象貌似平凡普通，其实细想，对男主颜值、财富、才华以及冷酷霸道性格的极力渲染，正是为了从侧面去衬托女主的强大魅力——一个拥有天下又藐视天下的男子，唯独对自己情有独钟，在这样的故事结构和人物关系里恰能最大化凸显女主的魅力与幸福。被一个强大又英俊的男人痴情地爱上，这恐怕是几乎所有女性的普遍的"痴心妄想"。这些小说其实都是写作者和阅读者共同编织、沉醉的白日梦，其中内含着女性心理中对自己的想象和憧憬。所谓玛丽苏模式的本质就是写作者白日梦的替身，其广受追捧更是受众自我想象、欲望膨胀的产物。而这种超级完美玛丽苏女主的流行，其呈现出来的不是现代社会女性自尊、自强、独立自主的明确主体意识，恰恰相反，它是对现代价值中个性解放、个人奋斗以及两性关系中平等自由观念的丢弃和丧失。

亦舒小说中反复强调的两性关系，"当你有财富的时候，我能拿得出美貌；当你有权力的时候，我能拿得出事业；当你有野心的时候，我能拿得出关系。你一手好牌，我也一手好牌，因此，唯有你拿出真爱的时候，才能换得我的真爱"。如同《致橡树》中，"我如果爱你，绝不做攀援的凌霄花，借你的高枝炫耀自己"，言之凿凿的重点都是"我必须是你近旁的一株木棉，作为树的形象和你站在一起……你有你的铜枝铁干，我有我的红硕花朵"。而在近来占据网络言情半壁江山的"总裁文"模式中,一个女人的成长和成功,无需上进和奋斗,只要莫名地遭遇和搞定一个高富帅极品男人,便能坐拥天下心,女主形象尽管一路都朝着小清新去塑造,但骨子里仍然是"女人通过征服男人来驾驭天下"的陈腔滥调。所谓"霸道总裁爱上我"的句式表述里,内含受宠若惊的窃喜和炫耀,说得刻薄点,分明就是深宫里恭候帝君翻绿头牌的心态。而琼瑶小说中曾反复渲染的"你是风儿我是沙,缠缠绵绵到天涯"的死生相许,在网络言情中已变成"把老公当老板"的女性生存智慧与手段的演绎。我还记得当年对琼瑶小说的批判主要集中在"不现实"——刻意把爱情简化成"执手相看两不厌"的纯净水模式,无视婚恋关系存续的时代社会外因和人性内因。而现在,无论玄幻、穿越、仙侠、重生,各种"不现实"的情节外壳下却几乎都跳动着一颗女主"现实"的心,而我却不知道,关于爱情的讲述,这到底是进步还是退步?

而这种代入感强大的白日梦创作和消费过程当中,不仅仅包含既有女性价值观的释放和贯穿,同时又在继续强化和重塑受众的两性意识和婚恋观念。且这种价值观的影响和引导,是在消费和娱乐的轻松、休闲过程中潜移默化地实现着,受众在缺乏情感抵抗和认知警惕的不自觉状态中,往往会把外来的理念灌输误认为自我的内在诉求——通俗文艺倒真正实现了"寓教于乐",实现了价值观塑造的有效性,而这正是最可怕之处。

网络言情小说中女性主体意识的倒退、两性关系中女性主体人格的缺失,跳空"启蒙",似乎直接回到前现代社会——女主"穿"去古代,女性观念意识似乎也随之"穿"回从前,秋瑾、子君、沙菲们的挣扎努力,似乎都徒劳落空。究其原因,在我看来至少包含:前面所论新文学精英化过程当中,因其长期以来对大众化、通俗化的盲视和怠慢,它所宣扬和推崇的个性解放、妇女解放一直未能以"喜闻乐见"的方式真正被大众所接受、理解和认同——这涉及启蒙话语的"有效性"。具体到女性解放命题上,与其说是文化启蒙推动实现,不如说是国家意识形态从政治层面推进落实,妇女解放、两性平等的观念;而真正深入人心并对现实构成改变的,主要落在了婚姻自由、反对包办买卖婚姻——而这在相当程度上是革命通俗文艺的宣传成果。也由此,妇女解放这个大题目在社会生活和大众观念中的影响也仅仅停留在"婚姻自由""男女都一样"的简单层面,而内在深层的性别机制的历史文化反思和重建,根本没有进入公众的关注和思考,原有性别秩序和两性关系本质也从未被根本撼动。

而通俗文学,所谓"通"和"俗"的文本质地,就注定了这种文艺门类接地气的审美倾向和价值观携带。作家作为强势的独立叙述人,是经由新文学、现代小说而普遍确立实现的;而通俗文学一般不表现为作家对生活的独特审美感悟,其讲述的背后通常是大多数人普泛的情感倾向和认知判断。尤其当下网络平台的强交互性和强参与性,使得网络小说中携带的价值观念和认知水平,不似纯文学所着力追求的高出公众平均水平的强思想性。换句话说,纯文学致力于挑战陈词滥调和人云亦云,而通俗文学恰在为普遍存在的既有意识和观念生动赋形。

近来有些研究者宣称,当下的 IP 热,实质是以网络文学为主力的新文艺运动。我认为如此断言为时尚早,但却也认同网络文艺的兴起和繁盛,的确正在实现人的又一次内在性的释放与解放。网络文学不是横空出世的未有之物,其本质就是新文学后一度式微的大众通俗文艺,它的重新确立和兴起,当然借助了新兴技术的支撑,却也实在是时代社会发展到一定程度的必然回归。我一直倾向于把网络文学和类型化文艺理解为精神产品从生产、传播和接受评价体系越来越细分的结果,而大工业生产和现代社会,本身就包含着层次种类细密的分工。新媒体所提供的更多类型的资讯与观念、讲述与阐释,不同的精神产品和文化形式,对应不同的需求和人群,这不过是各就其位、各得其所。网络文学的繁盛有力地证明了时代的进步和成熟,更真实地呈现出大众在精神产品和文化需求上的真正主体性——他们更明确、更自觉地提出了多层次的精神产品需求,而不再是精英居高临下地给出什么他们就追捧、接受什么。纯文学和通俗文学,精英文学和大众文艺,在一个正常的社会文化生态结构中,本就应该层次分明又并行不悖。且在历史经验中,二者相互支撑、影响、渗透,共同参与着文化脉络的演进。作为大众文化原创力基本源泉的通俗文学,与作为时代思想力、审美力标杆的精英文学,二者的共存和交互,也该成为当下文学、文化的常态。

这是一个欲望被无限挤压又被无限打开的时代,网络文学"将白日梦进行到底"的"yy"狂欢中,正面价值与问题毛病同在,进步与倒退混沌一体。前面分析中所论及的网络言情小说文本同质化、价值观混沌等诸多问题,并非网络文学内部可以轻易解决的,包括网络文学整体的生存发展,都需要合力下的平衡来实现其活力与健康。当下的网络文学现场,受众、资本和国家意识形态已经明确成为对其深度影响的几大力量;而在这个受众庞大、社会效应和经济效应巨大,集中承载着中国人当下欲望、焦虑和期冀表达的场域,主流文学和知识精英不该也不能缺席和失声,要找到进入、理解、提升它的路径与方式,这是新的时代对文化精英的要求和需求。

成长的真相
——那些成长电影

这个夏天，下着火一般，整个城市沦陷在闷热之中，有些喘不过气来的压抑。所以不愿出门，躲在家里，看了许多张据说叫作成长电影的 DVD。然后发现，原来它们倒和窗外的天气不谋而合，用流行的话来说，闷。

闷得厉害的成长电影。很大一部分产自国内第六代导演，这是特别钟情于青春故事的一代人。《小武》《站台》《十七岁的单车》《巴尔扎克与小裁缝》《阳光灿烂的日子》《青红》《我和爸爸》，等等。也还有顾长卫的《孔雀》，张艾嘉的《心动》，以及侯孝贤的《童年往事》和《风柜来的人》。不同导演的片子风格差别很大，但是却几乎都选择了残酷、幻灭、伤感作为长大成人的关键词，也有浪漫和美好，但都是夹杂和客串于残酷之中的隐约闪过。

《站台》和《风柜来的人》。无论是贾樟柯的山西汾阳小城，还是侯孝贤的台湾小渔村，都有一群不愿被命运安排的少年人选择了离开和追寻，他们很想当然地以为，外面的世界很精彩，于是拼命地想要逃离故乡，想要走得远一些、再远一些，却忘记了歌词的下半句——外面的世界很无奈。所以也一定会有最后的回来，不是衣锦还乡地荣归故里，而只是在外面走得累了、倦了，面对陌生的城市和人群，无可奈何地不知所以，所以只好攥着破了的梦回到原地。

《心动》和《阳光灿烂的日子》。1970年代的香港或者北京，年轻人的爱情总是来得去得都那么简单。马晓军在偷看到米兰照片的那一刻就萌发了对她的爱慕，小柔与浩君则在第一次见面的时候就把对方刻进了心里面。在成长的岁月里仰仗着青春挥霍了许许多多的柔情与爱意，对爱情格外珍惜也格外放肆。年轻的时候总会爱得莫名其妙，不知道我们为什么会相爱，不知道我们为什么会分手。明明记得开始的时候彼此说好不分手，可是最后依在怀里躺在枕边的却不是原本想要的那个人。

　　《十七岁的单车》，十七岁的关键词可以简单的只是一辆神气的山地自行车，因为这辆自行车关乎着两个男孩子的青春，他们的爱情、友谊和梦想。对于一个来自农村的少年，自行车是他留在城市、守候人生梦想的凭借，没有了那辆单车，他就失去了这个城市。而对于一个城市贫民少年来说，那辆单车是他加入男孩群队、获得尊重、获得爱情的道具。一辆单车在两个迫切渴望和需要它的男孩子之间穿梭，犹如梦想和希望的来回摇摆。在电影结尾的时候，这辆维系十七岁梦想的单车被狠狠地砸烂，两个男孩子的痛和眼泪，淹没了屏幕。

　　连着看了上面的这些电影，感觉心情比窗外的天气还要郁闷。我不知道这是导演们特意使用的流行腔调，还是他们不约而同地选择了相似的成长叙事。

　　其实想想也对，回忆自己刚刚走过的日子，回忆自己曾经希望自己成为的模样，再看看今天镜子中的成像，根本就相差太远。高中三年级，临近高考的夏季，曾经和一群同学忙里偷闲地想象我们的大学生活。我很肯定地说过，上哪所大学也不会上××大学，选择读什么专业也不会选择读中文专业。那个时候，我不知道哪里来的那么斩钉截铁的自信，自信我会按照自己的安排继续自己以后的生活。也许在那个年纪，还不知道原来有一种挡在人生前面的东西，叫作命运。结果就是，几个月后，夏天之后的秋天，我拎着行李，到××大学中文系报到。当然,这种阴错阳差的结果,现在看来,结局也蛮好,我现在的的确确热爱着我的专业,并且毕业后还算是学有所用地进入作家协会工作,这也是世俗意义上一份在体制内舒适生存的好工作;而当初我所憧憬要读的经济科,可能因为当年过热,很多读这个专业的同学现在还四处做着浮萍。但是,我仍旧稍稍心有不甘的是,我现在的生活,的确不是我当时所想象的,不是我最初对自己的安排——无论这种安排将被证明是正确或者错误。

突然想到,其实成长的真相可能就是很闷很残酷的,以及失去的感伤与梦的幻灭。所谓青春,可能就是从一个又一个的希望走向一个又一个的失望;所谓成长,可能就是面对希望的不断破灭,以及慢慢学会淡然面对这种种破灭,从开始时候的歇斯底里到后来的心平气和。成长的整个过程,就是少年人用现实的逼真世界来置换自己心目中的理想世界,而现实远比理想要复杂得多,要残忍得多。从这个意义上说,所有的青春故事,无论选择怎样的叙述策略,其实都会有些残酷的味道,因为这残酷根本就是内属于青春的;当然,这残酷之中,多多少少也摆脱不掉一些骄傲和浪漫,因为理想和希望也总是因为我们的年轻,所以自以为还有很多次的输得起,而在上一次的失望之后迅速地从头再来。

早些年的青春讲述是尽可能地回避关于成长的残酷,诸如《花季雨季》《十六岁的花季》《十七岁不哭》《豆蔻年华》什么的,用单纯和浪漫掩盖了一切,顶多是带一点微微酸楚的调料,最后结局也尽是团圆美满和好梦成真;而现在的流行话语,更多的则是拼命渲染和夸张青春的残酷,《北京娃娃》《草样年华》《青红》等等,无望的生活,支离破碎的理想,冷漠的爱情和混乱的性。其实这些故事都是被遮蔽了一半的青春。真实的成长,没有那么美丽,但是也没有那么疼痛。因为当残酷本身就是青春内属的特质的时候,也就消解了它一多半的痛感。而且,更准确地说,回避或者夸张,其实都还是不肯承认真正的残酷。精心挑选阳光灿烂的青春镜头,固然是傻傻地遮盖着成长的原面目；而为赋新词的强说愁，又何尝不是心怀幻想的另一种表现，但是都丝毫改变不了青春与成长的真相。

所以在这些电影里面，我会忍不住多偏爱《孔雀》一些。安阳小城的70年代，微微带一点侉气的河南话。阳光照向大地的时候总像是隔一层油纸，闷得人发慌。满街的蓝裤子、白汗衫，偶尔一点的粉红色是小树林里相亲时系在脖子上的方纱巾，镜头一闪而过。露天走廊里低矮的小饭桌，一家人聚了又散、散了又聚。哥哥，姐姐，还有弟弟，在一个屋檐底下，各自想着不同的心事，守着不同的希望，最后却殊途同归地在孔雀绚烂的羽毛面前默认了自己的黯淡。顾长卫到底是比第六代长了几岁，下手老到一些；还有，也许因为他距离自己的青春更远一些，所以冷眼回看的时候，看得更清楚一些，也更忍得下心来戳破蒙在成长上面的油纸，挑破真相。没有大事件的发生，没有突发的变故，梦想不是像肥皂泡一样被一下子挑破，而是水滴穿石般在不知不觉中悄无声息地灰飞烟灭。然后人在某个时刻突然缓过神来，却只能看着自己暗地里老去的模样和已定的结局，叹息几声。

每个时代都有自己的青春模样，每个人都有深藏的成长日记。我们总是有讲不完的成长故事，说不够的青春记忆，以及展览不尽的关于长大过程中的许许多多幅图画。于是，关于成长、关于年少时光的电影，还有小说，才会永不过时地流行着。而成长的真相，其实却从来静止在一个地方，高高在上地俯视着不甘的孩子们在发现它之前的奔走、忙碌与挣扎。甚至与时代也没有关系。当然，每个时代有每个时代的青春故事。少年时候的梦想，在各个时代都会有它具体的所指，可是，好像在最后，所有的人走到的都不是自己从前想去的地方，都没有变成自己想要的模样。只是，我们竭力奋战过，我们拼命挣扎过，在命运的发笑的声音里面，十字头、二字头的年轻人前仆后继地跃跃欲试。所以，当长大成人的某一个时刻里，猛然恍悟成长的真相，也许心酸无比，感慨许多，但是，却多半不会有太多的后悔。

职场，office lady，与白日梦
——关于职场小说

一

在一篇关于网络文学和类型化写作的研究文章中，著名的"学者粉"邵燕君曾有这样的表述："那些需要早晨八点在图书馆研究的文学作品是给研究者看的，花钱买书的普通读者都是打算晚八点躺在沙发上读的。"

是的，我就是邵燕君所言早八点端坐在书桌前的文学研究者，现当代文学经典、文学报刊、理论评论……这时候，我要求自己打起精神、全神贯注地进入一个与智者对话以及理解力、思考力、审美力接受挑战的紧张状态，累并过瘾着，履职的同时收获审美或思想的满足感。

但同时，我更是那个晚八点躺在沙发里的普通读者，这时候，我放纵自己懒懒散散地窝在松软的大沙发里，闲翻书或速刷屏或猛追剧。我可以心无旁骛地从整体上去欣赏和感受一部文艺作品，沉醉在情节人物之中恣意啼笑并代入自己"听评书落泪、为古人担忧"，而不必像为研究而阅读的时候生生要把其拆解成形象、语言、结构、思想，以及它们之间的相互关系。

晚八点，或者说闲暇时光里，我们用来打发时光或放松身心所阅读和享用的文艺产品，通常被称作通俗小说、类型小说，以及由此改

编的影视剧和其他文化产品。它们曾经是"五四"新文学所奋力革新和反动的目标之一,现在经由网络这种新的生产传播介质,又一次全面满血复活,这既是对本国旧体小说传统的继承延续,也是与国外发达的类型写作和畅销书文化的借鉴呼应,大概更是"人民群众日益发展的文化需求与现有的文化生产力之间的深刻矛盾"的一种解决方式。类型小说与网络文学在新媒体时代里高度合体,内容生产与传播方式深度交融,每天都发生着写作和传播的大众接受奇迹。

二

类型化文学具有显而易见的分众特征,而职场小说作为其中的一个门类,并非很主流、很成气候的一类,不似言情、仙侠等可以轻易向上追溯到中国文学小说发轫期的许多古老中国故事。职场小说的出现和流行与 90 年代以来市场经济的全面确立以及中国社会转型中都市白领消费文化的兴起关系直接而密切。八九十年代风靡大陆的香港女作家梁凤仪的财经系列小说,是诸如我这样出生在 1980 年的年轻一代读者所接触到的最早的职场文学。2007、2008 年左右中国大陆出现了《杜拉拉升职记》《浮沉》《做单》《我把一切告诉你》《潜伏在办公室》《洗牌》等官场小说,近些年则有大火的《心术》《产科医生》,以及近期正在几大卫视热播的《翻译官》《女不强大天不容》等等。

读者为什么喜欢读职场小说?不同于其他类型文学"好看""爽"等简单明了的主要审美趣味标准,"职场"的主题和内容,使得这类小说似乎天然地带有更多实用性、功用性的阅读期待。职场的生存法则、人际策略、升迁秘笈,曾是 20 世纪初早期职场文学的重要表现内容,作品封面上往往都会醒目印有直接又稍嫌夸张的推荐语,诸如"千万销售和经理人竞相学习的商战圣经,写给在职场中历练、商海中浮沉,不抛弃不放弃的人们"(《浮沉》,2008),"中国白领必读的职场修炼小说,她的故事比比尔·盖茨更值得参考"(《杜拉拉升职记》,2007)等等。这时候的职场小说,内容上多为表现外企、国企等大型现代企业的职场生存、办公室政治和商战故事,人物设置多为外企白领、销售、人力资源管理等等典型的现代企业中的职业角色,在主题思想和价值观上与同时期整个社会广泛流行的"成功学"有一种直接明了的呼应和追随——这大概一定程度上反映了某时期内人们对于"职场"的普遍认识和基本想象。

而在网络文学和类型小说的世界里,好看是最大的道德,也是最核心的评价标准。职场小说在满足阅读者"职场菜鸟如何变高手"的实用指向之后,文本的戏剧张力、故事和人物的魅力也是另一个重要的阅读期待。中国现代化进程和社会转型中,市场经济与现代企业的高速发展中,这一过程里各种历史和当下的深层政治经济矛盾,别具中国特色的职场环境和文化,办公室政治的复杂纠结,个人奋斗的曲折艰辛,商战风云的波谲云诡……这其间天然地饱含着太多的戏剧张力和故事眼。职场故事中,自然内含激烈的冲突和交锋,持续的胜出与淘汰,一种空气凝结的紧张氛围让旁观者倍感刺激和满足。热门的职场小说,往往是影视剧改编关注追逐的对象,前文中所提到的《杜拉拉升职记》《浮沉》《产科医生》《心术》《翻译官》等等,都已经从最初的阅读文本改编成大热的影视剧。

而更深层的接受和审美心理动因则是,网络文学和类型小说的写作是一个为读者造梦、带受众入梦的过程,其写作和阅读往往都有明显的代入感。所谓将白日梦进行到底,"yy",是网络文学、类型写作等包括大众通俗文艺的最基本的特征之一。作为中国社会和经济转型所催生的都市白领文化消费的产物,除了"实战指南"的实用性,职场小说对应和满足着人们面对职业和职场普遍存在的心理需求和欲望舒张。绝大部分普通人都得在事实上长期重复某种单一的职业角色,承受着人际关系、绩效压力、职场天花板等等的最现实的职业压力和压抑。从底层做到总裁的屌丝逆袭传奇，波诡云谲的商战风云，玻璃天花板的打烂打破……这些职场生涯中的传奇性、戏剧性、偶然性，距离每个普通人的职业生活看似无限可能其实遥不可及。而在消费职场文学的过程当中，每个读者或观众都可以把自己倾情代入，廉价、安全又悄然地"历经"一段职场传奇，"兑现"那些遥不可及的职业梦想甚至妄想，舒张内心的那些不可能实现也不便诉诸他人的隐秘渴望。这是职场小说重要的心理补偿和带入作用，也是其阅读快感的主要构成部分。

——具体到作为一个普通读者的我来说，职场小说中可能携带和可供挖掘的"实战指导"或"升职秘笈"，对我倒不构成吸引，也不是我选择评价其品质的标准，这大概是因为我所从事职业（文学研究）的个体性。好看、爽，以及心理补偿机制和代入感，才是我偏爱职场小说的主要原因。

三

那些当红、流行的职场小说及其改编的影视剧中，往往能够很明显地折射出当下社会普遍的职场价值观，更可以从中观察到大众意识中普泛的道德标准、性别秩序等深层的时代文化心理，以及它们近十年中一直更迭的急剧变化。

以我自己更偏爱的女性职场小说为例。2007年出版的《杜拉拉升职记》，作为当年几乎最热门和畅销的小说读物，风靡一时，登上各种图书畅销榜，短时间之内几十次再版，陆续被改编成电影、电视、广播剧和舞台剧等等大众文艺形式，成为一种现象级文本。我自己对职场文学的兴趣也直接来自这部小说。女主人公杜拉拉是典型的中产阶级代表，她没有背景，受过良好的教育，走正规路子，靠个人奋斗追求和获取现实利益与人生价值的成功。纯粹从小说文笔上讨论，《杜拉拉》

在结构和文体上其实稍嫌瑕疵，故事讲得也不够曲折生动，但它在审美意义上的魅力和吸引力大概很大程度上来自于作品中通篇笼罩和传递的"职场正能量"。小说着力描述的是杜拉拉就职跨国企业人力资源岗位的个人职业成长与职场奋斗，其中有办公室政治和人际纠葛，有爱情和情感生活，但作者李可没有选择一种"甄嬛传"式的情节与人设。杜拉拉，并不刻意凸显她的"性别，女"和情感经历，而更多着墨于她的业务能力、职业品质等更普泛化的专业性格，这种人设反倒强调出新时代职业女性的自我主体性，从身到心，自然又坦然地张扬着职场中的女性意识；作者所感兴趣和凸显的不是中国传统文化中的"厚黑"经验和斗争哲学，而是以一种现代企业的职业视角，将杜拉拉升职过程当中的一切艰难险阻都做合理解释与阐释，让读者感同身受一种颇具现代性的企业文化和职业心理。这让多年就职于作家协会这种充满体制暗疾和传统文化顽疾环境中的我，倍感职业经验上的新鲜和职场价值观上的振奋。

而2016年夏天正在热播的剧集《亲爱的翻译官》，改编自缪娟的职场小说《翻译官》，小说讲述了法语专业女高材生乔菲，在成为一名优秀法语翻译过程当中的职业经历和情感生活。从基本的故事和人设来看，这是典型的职场小说。电视剧开播后收视率一路看涨，但在高收视率的同时却也是高差评率的各种被吐槽，其中最集中的差评主要在女主角的人物设置和人格塑造上。同杜拉拉倔强而充满主体精神的职业奋斗相比，《翻译官》中我们看到的是近几年来已经被反复讲述的超级"玛丽苏""一个成功女人背后的几个男人""霸道总裁爱上我"的老套故事，评者一片惊呼："为什么到头来职场剧都变成玛丽苏？"

从《杜拉拉》到《翻译官》，我们可以感受到，时代的流行腔调和文化品性刚从成功学和心灵鸡汤中挣扎出来，又轻易地跌入玛丽苏、将"yy"进行到底的彻底白日梦中。而类型小说这种代入感强大的白日梦创作和消费过程当中，不仅仅包含既有职场价值观的释放和贯穿，同时又在继续强化和重塑受众的职业意识和深层社会文化观念。且这种价值观的影响和引导，是在消费和娱乐的轻松、休闲过程中潜移默化地实现着，受众在缺乏情感抵抗和认知警惕的不自觉状态中，往往会把外来的理念灌输误认为自我的内在诉求——通俗文艺倒真正实现了"寓教于乐"，实现了价值观塑造的有效性，而这正是最可怕之处。

类型小说作为大众通俗文艺，所谓"通"和"俗"的文本质地，就注定了这种文艺门类接地气的审美倾向和价值观携带。作家作为强势的独立叙述人，是经由新文学、现代小说而普遍确立实现的；而通俗文学一般不表现为作家对生活的独特审美感悟，其讲述的背后通常是大多数人普泛的情感倾向和认知判断。尤其当下网络平台的强交互性和强参与性，使得网络小说中携带的价值观念和认知水平，不似纯文学所着力追求的高出公众平均水平的强思想性。换句话说，纯文学致力于挑战陈词滥调和人云亦云，而通俗文学恰在为普遍存在的既有意识和观念生动赋形。

文章开头提到的邵燕君那段"早八点、晚八点"的论述，还有后半句，"他们（那些晚八点躺在沙发上读书的普通读者）有权利要求被满足、被打动和征服，而没有义务够着纯文学的标准，相反，文艺生产者有义务寓教于乐"。网络文学或类型小说，虽以"文学"或"小说"之名，但很显然，在这个信息时代里凭借新兴的技术支撑，其传播、阐释的影响力、文化与消费价值，却不仅仅局限在阅读，IP衍生品，如影视、动漫、游戏等等系列下游产品链，远远超出了传统意义上的文学和小说的传播力与影响力。具体到职场小说，怎样在励志与实用、"yy"之外，传达更真实和健康的职业信念与职场观念，似乎还任重道远。

我们这个时代的文学生活
——新媒体背景下的80后写作

"多媒体融合下的青年写作""新媒体环境下女性文学的生产与传播""全媒体时代文学价值的发现与阐释"……近一年来参加的文学研讨活动中,类似这样的主题明显地多起来。多媒体、全媒体或新媒体,我们在文学内部如此高频率地谈论和研究这些话题,其实反证和内含着一种急切与焦虑:面对新兴的文化生产传播方式,面对《琅琊榜》《花千骨》与《芈月传》,面对网络大神与粉丝文化,面对大众文艺的狂欢和喧嚣,我们这些所谓纯文学、精英文学的写作者和研究者,渐生一种深深的不安和无力感,所以更加急切地想要厘清和再次重申文学的价值与意义——文学原本不证自明的合理性与有效性,在新的时代环境下,如何安放与自洽?

新兴的社会媒体经济学中有一个概念叫作"社交货币",大意就是我们以某个话题、现象、概念作为谈资,通过与他人进行交流,在对信息的分享中,实现彼此的了解和自我形象的凸显塑造。比如,在刚刚过去的2015年岁末,茶余饭后,不聊聊《芈月传》或侃侃《老炮儿》,你都不好意思张口说话——在公共媒体和大众群体里,这些现象级的大众文艺作品阶段性地充当着"超级社交货币"。而在相当长的时间里,文学,作家和作品,一直充当着通行于时代、社会、公众的"超级社交货币",一部小说引发全民热议,一首诗歌脍炙人口。人们在阅读、讨论文学作品和主题人物的过程当中,输出和交换着自己关于世界的看法与论调,确认和塑造着自己的价值取向,甚至由此养成自己的情感方式和话语方式。而现在,从博客、微博到微信,新媒体和自媒体,网络文学和超文体链接,这些文本形式和传播方式正在替代文学而成为某种意义上的社交硬通货。文学,我们通常所谓纯文学意义上的作家作品和现象话题,越来越淡出公众目光之所及,越来越边缘。

这些,某种意义上,就是当下文学所身处和面对的时代现实与历史境遇。而对于出生在1980年代的文学写作者来说,伴随着这一代人的成长和成熟,当代中国有两个重大变化:90年代市场经济的全面展开,以及新世纪以来互联网技术的高歌猛进,二者都深刻地持续改变着中国人的行为方式和文化心理,改变着时代的文化格局。80后,作为文学新生代,他们的文学观念、审美趣味甚至人生观、价值观无一不是伴随着时代的大节奏而逐渐形成和确认,他们与最当下的时代大背景既合辙押韵又相爱相杀。而新媒体时代对80后这一代人的文学生活,影响尤甚。

影响之一在于,80后这一代写作者的成长成熟方式,不知不觉间发生着变化。始于"新概念"的80后写作者,不同于前辈作家从期刊发表到出版、从中短篇到长篇这种一点点打磨的传统节奏,在商业激素的催熟下,在"出名要趁早"的话语氛围里,很多人都是以出版长篇小说而开始文学写作之路的,并迅速赢得市场和版税,在相当长的时间内反复着写作与市场的相互塑造。文学期刊在新时期以后很长一段时间内,曾作为中国人思考、探讨和介入公共问题的重要空间,一个作家因为在某期刊发表一个中短篇小说而引发全社会关注的奇迹也曾屡屡发生,而这在今天是无法想象和几无可能的。其实细想,引发万众关注的未必是文学作品本身,而是它所指涉和关联的社会公共话题——在那个时候,文学作品被当作社会变动中高效及时的反映甚至预告,更有意无意、自觉不自觉地内含着对大众的权威发布和代言。而今天，网络时代，新的技术支撑在市场经济之后再一次深刻决绝地改变着中国，从生存、生活到情感、灵魂。人们获得资讯、探讨公共话题的主要空间，已经从期刊或其他形式的文学阵地撤退、转移到网络空间里的各种社交平台和发布平台；文学写作和阅读也不再是中国人表达个人见解、分享个体经验的主要方式。在自媒体、新媒体上，每一个人都可以轻而易举地发布自己对世界上大事小情的个人看法，图文并茂地呈现自己的喜怒哀乐。80后年轻一代写作者们，不可能沿着前辈们的来时路照葫芦画瓢地再走一遍，文学公共性的后退、新时代的语境氛围，不允许，也不支持。

一直以来，阅读似乎都是一件正经八百的事情，虽不至于夸张到沐浴更衣，却也通常都得净净手正襟危坐在书桌前，打开一本书相对专注地、长时间地读。这种阅读方式自带一种仪式感，对读者和作家也反过来形成一种心理塑造和暗示：阅读，是件重要的、严肃的事。而在移动互联网时代，人们更多的是在空隙、碎片的时间里浅尝辄止地阅读，所谓刷屏，一个"刷"字尽显阅读之快之浅。前辈作家们的创作谈中，常常会读到类似这样的表述：手写体变成铅字时候的兴奋，攥着稿费通知单去邮局取稿费时的满足心与雀跃感——这些伴随某种仪式感的文学过程，已经变成朋友圈转发和微信转账。

最近一年里，我自己在微信朋友圈里切切实实地感受到了文学——我们通常意义上所说的纯文学、精英文学新媒体化的加速度。各大文学期刊和作家协会都陆续上线自己的微信公众号，各种文学资讯、评论文章甚至原创作品在朋友圈里疯狂刷屏。我的朋友圈好友大都是文学界的师长和小伙伴们，更新最活跃的往往都是80后的写作者，这一代人同新的传播方式似乎天然就有一种适应、习惯，甚至依赖、迷恋。比如我自己，堵车时、候机中、晚上临睡前总习惯最后刷一下屏，早晨一睁眼下意识地就去抓床头的手机……坦白说，很多作家作品的信息，很多同行的文学批评文章，我也是在微信朋友圈里刷屏而读。这种移动互联网中的轻阅读、浅阅读，这种信息的密集汇集和待选，同时也对文章观点的鲜明、语言的个性化节奏感以及字数的节制和控制进行着要求和选择——很难想象用手机来阅读一篇几万字的大论文，那至少对读者的视力是一个太大的挑战。这确实是近一两年来刚刚发生却又演进迅速的一种文学现状。如果说，在这之前，还只是更具大众通俗属性的网络文学在"日更"和"秒刷"中潜移默化地实现着对粉丝和读者的情感、认知影响和口味塑造，那么现在在微信朋友圈这个更具分众和圈子特征的社交平台上，"一刷而过"越来越成为纯文学、精英文学的某种传播和阅读方式，所谓"朋友圈里的作家"，在日常频繁刷屏、转发、留言和点赞中，其间对文学审美和写作范式的来日方长的渗透式影响，对80后及其以后更年轻一代写作者和阅读者不知不觉地塑造力量，实在不容小觑。

新时代对80后写作的影响还在于，除了直接和显而易见层面的改变，同时也悄无声息、潜移默化。时代的大趋势、大氛围，资讯传播分享的新方式，日常经验和个人体验的新媒体化，这些都会参与塑造着一个写作者的审美趣味、思考力，以及表述习惯、话语方式等等，这些潜移默化的变化一定会反映在一个人的写作中，会渗透在一个人看待和表达世界的目光和语调里。

出生于80年代的我们这一代人，作为第一代独生子，我们一边享受着来自家庭与社会空前的注目与宠溺，一边又遭遇着来自前辈与时代从所未有的抨击和声讨；在面对更多机会、更多选择、更多自由的同时，也不断彷徨于更多桎梏、更多挤压、更多挑战之下。阅读80后作品的时候，一个最突出的印象就是，很多作家的作品，单篇或单部读起来都足够惊艳，才华充盈才情饱满；而一旦结集阅读，往往很容易发现他们在题材、主题、话语方式和情感方式上的同质化与自我重复，单薄，缺乏对于历史与现实的整体性认识和文本穿透力。80后小说创作中普遍存在一种显而易见的缺失：与传统、历史和社会生活的错位，不能有效地完成自我、小我与外在社会历史的对接。80后一代人的写作起点，很明显是从书写自我、直面青春开始的，当然，新文学以来每一代写作者都是从这个起点来进入文学现场的，随便举几个例子，巴金的"家春秋"、现代文学中的"革命加恋爱"小说、《组织部来了个年轻人》、北岛的《回答》、朦胧诗的崛起，铁凝的《哦，香雪》，徐则臣的《跑步穿过中关村》等等，都是正值青春发生的写作，不同的是，他们对于公共空间和历史记忆有一种与生俱来的固执迷恋，他们呈现自我与青春的方式或路径，都在试图从大历史、大时代中去寻找一个支点来同自我与青春合辙——或者公共记忆，或者历史事件，或者集体概念，而80后的叙事从一开始就没有也不要这个支点，一上来就很任性地从"我"开始诉说"我"，他们的文本出发点和叙事目的地始终围绕着私己经验远兜近转。我经常会想，为什么？大概因为，出生于1980年代，民族独立和现代国家架构这些庞大的事件已经基本实现、确立，没有经历过大历史对自己直接的、短期内显而易见的影响，个人命运的节点没有同时代、历史直接发生关系，所以很容易会认为，对自己影响巨大的是隔壁班的那个男孩，是一只手袋的价格与品牌，是办公室倾轧的小得失。而当他们的写作想要进入社会历史层面的时候，那个与私人经验契合的点很难准确找到。

2015年7月，青年批评家杨庆祥出版了文集《80后，怎么办？》，这是文学80后掷地有声的高辨识度声音，也是当下中国文坛一个很重要的文学事件。阅读这本书，我从中感受到80后写作者急于向世界及自己发布和宣示："我"和"我这一代"的代际坐标，"我"和"我这一代"的历史存在感。杨庆祥开篇就提到了自己这样的困惑："过于宏大而遥远的叙事，没有办法和我当下的生活发生任何有效的联系。"这是典型的、来自80后的疑惑与焦虑，这一代人有更真实的内心生活，更不容易为宏大的外在之物所裹挟。而在前辈作家们那里，包括生理年龄上相差不大的 70 后那里，似乎不借助外在的宏大之物，他们的写作就不知如何确认和言说自己、言说世界。这本书中关于 80 后的诸多判断和理解，我并非都能完全认同，但杨庆祥作为文学 80 后的野心勃勃和跃跃欲试，却是我颇感兴趣的。它可以作为 80 后思考自身与时代精神的一个起点，杨庆祥在努力地寻找自己与大时代的关联，且是以自己的路径和方式。

从新媒体的如影相随，说到杨庆祥的《80 后，怎么办？》，其实我最想表达就是——这，就是我们这个时代的文学生活；这，就是 80 后这一代人文学写作的外在环境和内在属性。无论是某个作家个体，还是一代人的写作，其成熟成长都是在与时代提供的塑造力量博弈的过程当中来有效实现的：依赖、得益于这种塑造，但同时也反抗、警惕这种塑造，并时刻保持一种"溢出"的跃跃欲试和念念不忘。

附 录

長洲

感觉·见地·立场
——金赫楠文学批评印象

王力平

金赫楠主张批评应当进入文学现场，应当是及物的、有效的。形成这种批评观，和她的工作环境有关，也和她的学术背景有关。金赫楠供职于河北省作家协会，现任创研部副主任，直接面对当代文学的潮涨潮落。在学术背景方面，和许多活跃在当代文坛的青年评论家相比，金赫楠缺少耀眼的学历光环。比如，和她同期应聘中国现代文学馆客座研究员的"十二铜人"中，大概只有金赫楠是本科学历、学士学位。换言之，她没有被"论文写作规范"反复规范过，在她看来，那种仿佛背负着五千年文明史的高头讲章，不过是"屠龙术"——我常想，这姑娘总是口无遮拦，真话直说，哪天会因此得罪人，会吃亏。

讨论金赫楠的文学评论，我想提出三个关键词：一是感觉，二是见地，三是立场。

先说"感觉"。

作家注重艺术感觉，批评家亦然。金赫楠不是一个埋头于书本的"学霸"，你无法想象她会让自己淹没在分析、归纳、抽象、演绎中而无暇顾及窗外的春去春回，花开花落。或者可以这样说，她对日常生活的热爱，不亚于她对理性思辨的兴趣，她在烘焙厨艺中获得的快乐，不比在文学批评中得到的更少。结果是，她的文学评论写作算不上勤奋、高产，人却不是一个无趣的、钻牛角尖的书虫。表现在文学批评中，就是在不断砥砺思辨能力的同时，始终保持着敏锐的艺术感受力。

在《阿袁小说局限论》中，她敏锐地感受到"阿袁是颇有才情的，小说叙事中缠绕着的唐诗宋词昆曲，字里行间弥漫着的雅致意境"；感受到"她有本事凭借着自己深厚的古典文学功底，将这些极阳春白雪极书斋的雅，与那些极烟火红尘极市井的俗打通"；感受到"阿袁的小说还在满足着一种窥视的阅读期待，她优雅地抖落出象牙塔里的闺阁秘闻、烟火人生和饮食男女"。感觉敏锐、清晰、准确，表现在批评语言上，则是这般从容流畅，不艰涩，不含混。

当然，作为批评家的金赫楠，并没有止步于"感觉"。她进而写道："风月与辞赋齐飞，俗事共雅趣一色的才情文笔，窥视象牙塔的猎奇满足，其实还都只是阿袁小说得以流行的表面道理。我想，最重要的深层原因，是她的写作与这个时代普遍的经验尺度和精神尺度合辙押韵，在价值观和精神取向上与当下社会大行其道的流行语调琴瑟共鸣。"这是一个由感觉上升为判断的、完整的思维过程。敏锐的感觉，深刻的见地，相得益彰，缺一不可。

再举一例，还是《阿袁小说局限论》。

有人把阿袁视为张爱玲的当代化身，金赫楠不以为然。她说："也许，貌似有几分相似，都专注于俗世男女的爱恨纠结，张爱玲乍看也是阿袁这般世故、机巧。"但是，面对种种相似，批评家凭借敏锐的艺术感觉，能清晰地区分她们之间的细微差异，实现对作品准确的审美把握。

金赫楠接着写道：

"凝神静气地阅读过张爱玲，我们会发现，她叙述这世界时候的语调是低缓、沉郁的，虽是携带着冷眼旁观的刻毒，但也内含着一种如泣如诉的哀怨。""在抖落了人物华丽外袍的同时，在看透了人世冷暖之后，自己也黯然神伤。"

"她对自己的这些看透、了然，她对自己的苍凉与世故，并非陶醉其中，而是多少怀着一种懊恼和抱歉的。"阿袁则不同。"她在讲述那些江山攻守、梨园声色的时候，高声大气，语调甚至是亢奋的，这种语调背后，她似乎很为自己的这点子聪明伶俐而洋洋得意，沾沾自喜。"

重复一句：好的艺术感觉，是对作品准确的审美把握。

再说"见地"。

"见地"这种东西，不是生活必需品。在世俗生活中，浮云随风散，落花逐流水，甚至不失为一种人生境界。但是，面对文学作品和文学思潮，批评家如果没有或者无意求得深刻、独到的见地，就不如改行做点别的事情。

这里谈到"深刻"。我曾经向一位时常被称赞为"思想深刻"的作家朋友讨教，什么叫"深刻"？当我们说一种思想观点很深刻时，我们究竟在说什么？他把狡黠的目光藏在透明的眼镜片后面，微笑而不答，表明他强烈怀疑这是个陷阱。是的，我不是等待答案，我等他掉进去。在我看来，"深刻"是对特殊性的揭示，是对历史具体性的认知和把握。相反，所谓"放之四海而皆准"，所谓"普世价值"云云，都不过是肤浅的大话、套话。

金赫楠还很年轻，以"思想深刻"许之，未必是什么好话，但在她的文学批评中，颇有不乏深刻性的"见地"。

在《阿袁小说局限论》中，——请读者原谅，我已经第三次谈到这篇文章。其中有"偷懒儿"的因素，但更重要的，是由于这篇文章比较充分地展现了金赫楠文学批评的才情、见地和立场。——金赫楠写道:"在阿袁笔下,女女之间,弥漫的尽是猜忌、防备、争夺,气人有笑人无。她人就是地狱,她们互为地狱。"

在这里,我们看到金赫楠在批评活动中对萨特存在主义理论的运用。但在我看来,真正有价值的"见地",不是用存在主义理论解析阿袁小说,甚至不是把萨特的"他人就是地狱"改写成"她人就是地狱"(这应该是心智聪慧的灵光一闪),从而凸显出阿袁小说特定的女性视角。我更看重的,是金赫楠接下来的分析所呈现出的思维方式。她关注和追问的是,阿袁笔下的"她人就是地狱"与萨特笔下的"他人就是地狱"有何不同。

金赫楠写道:"他人就是地狱。我相信,当萨特说出这句话的时候,他是愤怒而绝望的,这愤怒和绝望内含着另一层意思:他人本不该是我们的地狱。而在阿袁这里,她们互为地狱,阿袁站在地狱外,隔着栅栏的空隙观看里头的热闹,有一种看热闹不拍事大的小阴暗,她从中寻到了乐趣,且越发地乐不可支。"发现并揭示出阿袁笔下"她人就是地狱"的具体性和特殊性,便成就了金赫楠文学批评的深刻性。

在这里,我想和金赫楠做一点商榷。存在主义者认为"他人就是地狱",是着眼于社会现实关系对人的制约而提出的,与之相对应的,是存在主义的另一个重要概念:"自由选择"。在存在主义看来,制约人们"自由选择"的,既有仇恨、冷漠,也有亲情、友爱。所以我倒觉得,萨特或许会因为"他人就是地狱"而愤怒、绝望,但这"愤怒和绝望"里,却未必"内含着另一层意思:他人本不该是我们的地狱"。这是题外话,我们就此打住,离开《阿袁小说局限论》。

在《二十年后看余华》一文中,金赫楠再次表现出对于"特殊性"的浓厚兴趣。

她这样提出问题:

"80年代中后期是一个流行谈论思想的年代","先锋小说于生存探索的名义下将一种或真或假的形而上哲学思考带入了文学,这当然是一种值得肯定的试探"。

而后笔锋一转,开始关于"特殊性"的追问:

"不同于哲学和社会学,小说是通过叙述和描写来呈现自己的发现,是通过影响读者的感情来进而影响他们的理性认知与价值判断。直接将一个哲学命题讲清楚的文字,也许够'深刻',但却不够'文学',那并不能当之无愧地被称之为小说。"

"的确,有很多思考与发现是属于整个人类的,也是相通于各个民族的,但它们都必须最终落实到一个国家、一个民族自己的经验中去。而先锋小说中作家们所着力凸显的生存探索,往往都变成了某一西方现代主义流行命题的汉字解析。"

前者是关于文学特殊性的追问,后者是关于民族经验独特性的追问。应该说,这种追问是具有深刻性的,是切中肯綮的。其实,在先锋文学研究中,类似的追问并不鲜见。我看重的,是这种追问所显示出的方法论意义,即认知的深刻性,源于对事物特殊性的追问。特别是,当这种追问是由80后青年批评家提出时。

在《触摸大历史下个体的血肉与灵魂——〈一座塔〉阅读笔记》中,我们看到的正是这种思想方法。

如文章标题所示,金赫楠认为,小说的主旨,是在抗日战争宏大历史背景下,去触摸"个体的血肉与灵魂"。因为"战争带来的不仅是山河的破碎与屋厦的倒塌,更是人的精神场域的沦陷和价值世界的轰塌"。

她认为,"面对历史,小说家应该提供的是个体的眼光,而非公共视野、公共经验中的历史"。基于这个观点,她称赞"刘建东把这场影响中国现代化进程和最终政治选择的战争,这场民族、国家生死攸关的战争,转化到了个人命运、个体灵魂的层面来考量、猜度、审视"。称赞小说中形形色色的人物,"在刘建东的书写中,他们都是一个个具体的人,他们在自己的环境和逻辑里求证着基于自身立场的合理性"。

在解读张氏兄弟及其子女截然相反的命运选择时,金赫楠对简单化的、"在民族主义立场下轻易给出政治正确与否的忠奸判断",保持着高度警觉,她认为,"这是不同的灵魂,在特殊历史时期、在极端的环境下的显形;更是中国传统文化心理在逼仄的现实中的自我分裂。日军的入侵,是我们民族肉身和灵魂的伤痛,更是乡土中国的巨大传统面对现代化时始于内部的分崩离析"。

在我看到的关于《一座塔》的评论中,这个解读是进入到文本内里的,是极具深刻性的。

最后谈谈"立场"。

没有"立场"并不妨碍完成一篇批评文本的写作,甚至可能因此成就批评文本的高产。但是,真正的批评家不能没有立场。在我看来,批评风格、理论贡献等等都可以假以时日、以待未来,而"立场"却是严肃的文学批评赖以生存和成长的基础。

在当代文学评论界,金赫楠还是初出茅庐,2014 年,她出版了第一本评论集《我们这一代的爱和怕》。书名借用了刘小枫的随笔题目《我们这一代人的怕和爱》,同题文章是她为出席在台北举办的冀台作家座谈会而准备的一篇演讲。

在这篇演讲中,金赫楠阐述了自己的文学立场:

"我总以为,文学提供的最本质的东西应该是对人心的理解和体恤,写作者就要在那些外在的、简单的是非评定和价值判断之外,看到更多的模糊和复杂;打破想当然的是非对错和善恶忠奸，努力深入人心，接近灵魂，为人物的言行寻找理由、提供理解。优秀的文学作品当中，一定包含着对人深刻的理解与深沉的爱。"

"在我看来，优秀的文学作品应当是有温度的写作。文学作品的力量，很大程度上来自写作者的情感态度，来自它的感染力。一部好的文学作品，它一定是通过影响人的情感体会，进而影响人的理性认知和价值判断。那种片面着力于追求高度与深度，忽略温度的写作，其实是偏离了文学的基本品质。"

"在我看来，优秀的文学作品，还应当是有痛感的写作。这是一个集体麻木的时代，人们内心的疼痛感普遍缺失，流行的是司空见惯和见怪不怪。很多作家，选择了麻木自己感知疼痛的神经，很多写作，都失去了疼痛的愿望和能力。他们津津乐道于斤斤计较和寸寸拿捏，醉心探讨如何看眉眼高低，怎么学进退自如，怎么同现实更好地握手言和、拥抱至死。没有疼痛，没有责之切，没有爱之深。"

在看过太多的形式主义迷思、原始本能崇拜以及娱乐至上的谀辞媚态之后，我很欣赏这种充满着人道主义精神的文学立场。纵观文学史，离开对人的情感、人的命运、人的生存状态的关心和关注，文学可能是精巧的、华丽的，但必定是苍白的、虚伪的。

选择了这种充满人道主义精神的文学立场，金赫楠就不能不面对另一个重要的理论课题，如何理解艺术与现实的关系，如何理解小说的"真实"问题。在我看来，这又是一个"立场"选择，并且，其重要性丝毫不亚于第一个选择。

在《真的还是假的——与刘建东的对话》一文中，金赫楠这样写道：

> "现代主义哲学以及受它影响的现代主义文学之所以对传统激烈地否定与反对，它们的立身之本，或者说它们那种想当然的优越感，正是因为自认为比传统哲学、文学更深入地挖掘出世界的真实，更靠近地触摸到存在的真相。"

因而可以这样说：

> "'真实'一直是历代小说作者执着追求的目标，浪漫主义、现实主义、荒诞派、现代主义乃至后现代，这许多的小说主张的立足点其实都来自对真实的宣言。"

但在金赫楠看来，"小说世界是人为的世界，生活进入小说的途径是个人式的选取和过滤"。所以，金赫楠认为："小说永远无力呈现所谓的本质与真相，而只是让我们看见对真相的寻找。"她强调说："我更关注的其实是：作为小说，怎样以自己的方式实现对真实的追求。"

我们前面曾谈到，在文学批评中，金赫楠始终以极大的兴趣，关注和追问对象的"特殊性"。这一次，她同样受益于此。

她进一步阐述自己对"真实"与"虚构"的看法："小说与虚构息息相关，虚构是小说内含的质地属性，无法摆脱。而'真实'却是历代小说写作者执着追求的目标，也就是说，小说家其实是通过虚构来实现真实，用说谎来求真。这里面就内含着一组矛盾，虚构与真实之间就永远存在一种紧张关系，它们之间的张力带给小说丰富无穷的魅力，高明的小说家就是要用天花乱坠的谎言来呈现真实。"

我对金赫楠文学批评的赞赏，固然因为她艺术感觉的敏锐以及见地的深刻，但更为重要的是她的批评立场的开放性。

这种"开放性"表现为，她认识到在"真实"与"虚构"之间，"存在着一种紧张关系"，"它们之间的张力带给小说丰富无穷的魅力"，从而超越了所谓"为人生"与"为艺术"的对立。通常,主张"为人生"者,往往不屑于谈论"虚构",更不要说"谎言";主张"为艺术"者,则常常以鄙薄的眼光看待"社会"与"历史"。事实上,文学是一种复杂的精神创造活动,需要从不同的功能立场和认知角度,从不同的侧面和层面,去认识和展开它的全部丰富性和复杂性。

得益于这种开放的批评立场,金赫楠的文学批评获得了更为开阔的视角。

比如,现代主义文学(或称先锋文学)素以叙事策略的成熟、考究自许,对这一类作品的批评,也鲜见有人挑剔它的叙事方式和叙述过程。但金赫楠却偏能由此入手,指出这类作品的缺失:"现代主义文学在作品中太过专注地去发现真相和抵达本质,或者说他们太急不可待地直奔目的,而往往忽略过程。而恰恰这个过程,是读者最在乎的,也是最能够影响读者情感的,这个过程正是说服读者相信作家所发现的真相和本质的过程。"

再比如,基于对"真实"与"虚构"之间"张力"的理解,在研究"底层叙事"时,金赫楠注意到"作家"在"底层叙事"中的存在:

其一:

"底层叙事中是不是根本就存在这样一个悖论式的矛盾:真正身处底层的这些人们,囿于文化水平、资源占有、生存条件的种种局限,他们没有能力也没有机会来实现对自己生活的真实呈现以及对自己内心的准确表达……所以,我从文学作品里面看到的底层世界永远都是作家化了的底层世界。"

其二:

"几年来的底层写作中,还有这样一种倾向,那就是因为贫穷，因为贫困，因为容易受到来自外部的欺辱与伤害，所以身处底层的人在丧失了资源占有上的优势之后，却被作家们赋予了道德上的优越感。"

这些发现，无疑深化了我们对"底层叙事"的认知。

拉拉杂杂说了很多，归拢起来说，对金赫楠文学批评的印象是，有很好的艺术感觉，也不乏深刻的见地，特别是，以80后的年龄，秉持着开放的、成熟的批评立场。这些，共同成就了她作为一个青年评论家。

固执、尖锐与个人才能
——金赫楠印象

李 浩

这是一个"再讲一遍的故事",我愿意重新回到旧时光里寻找,我相信我和金赫楠的初次见面对彼此都会印象深刻。那时,她二十几岁,刚刚在《文学自由谈》发表了关于余华的批评文字——平心而论那篇文章极显才情和锐气,也算理据充沛,大约也恰因如此,才让我感觉其"现实主义"理念太过偏谬,才让我感觉深受冒犯。我从不隐瞒我的写作深受余华的影响,那种影响至今还在,他部分地塑造了我的审美趣味。在那个旧时光里,我也只有三十几岁,身体里充满了热烈、狂妄、勇气和尖锐——我到石家庄参加一个大概是诗歌的会议。中间,或者是会议结束之后,我敲开了金赫楠办公室的门。我敲门的手指上带有轻微的"杀伐之气"。

"请问谁是金赫楠?"面对开门的小姑娘,我保持着谨慎的客气——在我的想象里,金赫楠应当是一个五十多岁的"老头儿",这个年轻的小姑娘不可能是我要讨伐的"债主"。然而她说,我是。我不知道我是愣了一下还是愣了很久,我对此印象有些模糊,但,随后的那句话我记得大体不差,我说,"你写余华的文章我看了,我极不同意你的看法"。

后面的争执我试图操持客气、冷静与温和，毕竟我面对的是个漂亮的小姑娘——然而我实在说不过她的利嘴，说着说着我的火气就上来了，在使用语词上就有些只求快意的"不择手段"，说她观念陈旧迂腐，只具中学课本的水准，甚至连她的母校也表示了毫无道理的轻蔑；至于她，大约也没用什么好词儿，针锋相对的时间里每次交手的剑锋上都闪着毒汁涂过的颜色。到现在为止我也没有问过金赫楠对我当时的印象，反正，我是带着一肚子的气愤离开的，当然也包含着小小的得意，尽管我的确不曾战胜。那时我足够轻狂，认定真理越辩越明，也认定，自己掌握着部分的真理。我也想，这个"老朽"的、让我气愤的金赫楠，永远都不可能走近。

然而，我们最终成为了非常要好的朋友，几乎无话不谈。当然我们还会争论，争论的话题也不限于文学，而是由此至文化，政治，观念和个人好恶……我和金赫楠往往各持一端，我们从不轻易调和，尽管，我想我们都会在争论结束之后重新思忖，我们刚才的话，对方的话。她还有相对固定的"现实主义"理念，把现实性放在文学评判的首位，重视细节真实也重视言说的深刻性，但对于某些溢出的"现代性"文本有了更多宽恕和理解，甚至喜爱；而我，也在争论中获益，改变着对传统、现实的理解，而不再是简单否定。我们两个人，在观点上从不轻易调和，始终如此，大约能让我还肯如此的多年来也只有她一个，大约，在争执之后依然是好朋友的也只有她一个——至少有两次，我们争得面红耳赤，怒不可遏的金赫楠指着我的鼻子：出去，你给我出去！——或许是事隔多年的缘故，或者是出于自我"淑女"的维护，或者是别的什么原因，今天的金赫楠承认我们的争吵众多却不肯再承认她曾经叫我出去，离开她的办公室——她很认真地不承认。其实我是有人证的，两次怒喝叫我出去，和她同办公室的李红英都在场，第一次，她们两个的观点还很相似……我不知道她为什么非要"抵赖"，但事实真的不容篡改，人民也不答应。我在想，我写到这里，金赫楠会不会专门再写篇文字反驳我？她会不会继续表情严肃：这绝不是事实。可怎么不是事实呢？

"和金赫楠的认识、熟悉与情谊均由争执开始，这份争执一直延续至今，很可能还会不断地延续下去——我们都有属于自我的固执和文学偏见，难以轻易被说服，有时在共识达成之后又有新的分歧产生出来……况且，在我和金赫楠的争执中，友谊日渐加深，相互的理解日渐加深，对于对方缺点、弱点的包容也日渐加深，从文友渐成精神上的亲人……"这是一篇旧文里的文字，重复它并不是出于"偷懒"的考虑，而是，它是未有变化的实情。作为批评家，金赫楠有着她艺术标准上的"严苛"，功成名就的批评家难以说服她，位高权重的领导也难以说服她，当然作家们更难以说服她，她是不惮坦露自己的标准的人，她是不惮得罪和冒犯权威的人，但同时，她也是一个能够听取意见和建议的人，虽然这多少有些难。和她争执，有一点尽可放心，她从来都是对事不对人，你和她吵得再激烈些也无妨，你的反对意见完全可以获得充分阐述，"不会因文学的争吵记仇"不只是我一个人的特权，事实上所有人都有。这当然是一份可贵而难得的品质，尤其是在今天。她曾写过对李建军文章的批评，其尖锐感一点儿也不逊于对余华的批驳，然而这并不妨碍她仍以李建军为"师"为"长"，对李建军文字中的合理和认真表达尊敬，并力邀李建军先生来河北讲座，两人也建立了较为良善的私交；就在前几天，河北师大和花城出版社组织的"现代性·五面孔"的研讨中，金赫楠的发言引发了争议，在中间茶歇时我看到徐则臣去和金赫楠"理论"，尽管温和，但观点上的不同还是显见的。晚饭后则臣匆匆赶回北京，第二日上午，金赫楠就在给我的微信中发来关于徐则臣小说的阅读感受，依然对他作品中的优长赞赏有嘉，你看不出半点儿因争论而导致的"偏见"。

金赫楠号称"侠妹"，当然得此"名号"是因"河北四侠"而起，然而更能担得起这个侠字的,似乎是金赫楠——这不是我的概括,而是源自"四侠"中的另一侠,张楚。这是他的感受,其实也是我们其他三个写作者的共通感受。金赫楠身上有股特别的侠义之气(我这样说她她还会否认,她觉得自己是理性的、严谨的,而"侠"字里,包含着为哥们、为朋友不惜改动原则的鲁莽和轻易,这是她一向所不喜的;然而我将侠字用给她,则是取侠字里的另外赋予,譬如仗义、友爱、知恩、愿意成全别人却不摆功劳,甚至在坚持原则上小小的"以武犯禁"),"河北四侠"之所以有时今的团结和亲密,有时今的影响力,其实也包含着这个"侠妹"的诸多功劳。

　　因我和学文、张楚都在创作室,来单位较少,而到单位,多数时候会去建东屋和金赫楠的屋里坐坐,后来我和学文获得了特权:每人拥有一把金赫楠屋的钥匙,即使她不在的时候也可以进去小坐,看看书,沏杯茶——我们也分别拥有了她为我们准备的专用杯子。令人遗憾的是我的特权在两年之后被收走了,原因之一是我两次在她把钥匙锁在屋里的时候不在石家庄,让她感觉恼怒;原因之二是我喝过了茶不涮杯子,如果她也出门,那片狼藉会让她不适;第三点,是反感我总把她的办公室当成仓库,把我的书、报和其他物品存放于她的办公室里,让习惯干净整洁的她下不去脚。大哥胡学文憨厚、老实,不像我,于是他的特权获得了保留,这当然让人妒忌,雪上加霜的是金赫楠反复提醒:你看你们大哥,你看你,你看大哥……以致于我为此生了胡学文三天的气,直到他请我们几个人吃饭气才消了一半儿。

　　张楚来石家庄,在我印象里似乎夜车的时候较多,我也不知道自己怎么会有这样的印象;后来想,之所以有这样的印象,是每次张楚到来,大抵金赫楠都会安排我们一起吃个饭。再回到刚刚提到的河北师大的会议——"现代性·五面孔"的研讨是一个系列,我们6月16日先在鲁迅文学院有一场,然后在6月17日的河北师大再有另一场。16日,鲁院,会场上,我突然接到山东作家赵月斌发我的微信,他说马上要到石家庄。我愣了一下：前一天，我和李建周老师还反复核对，感觉上午没有到石家庄的嘉宾，所以没安排接站，而当时建周也在鲁院的会场，准备发言——11点20。那时我非常焦急，尽管赵月斌是我们的好友，也不是事多的人，但把人家丢在车站上也自是不太礼貌。抱着试试的心情给金赫楠发微信：在不？在。有事求你帮助。什么事？……我说明了情况，那边的回复也很直接：我来接，放心，这边我做好，我联系他。

是的，有事，金赫楠从不推辞，她肯于补台，她愿意让和她交往的作家、批评家们产生更多的亲近感，像是亲人。有时，有许多时候，也不都是她"份内"的，但她在心底有着和作家们的亲近与尊重。她有着貌似的高冷范儿，却同时有着一颗乐于助人的心。她愿意看到每一个写作者的精进，愿意为这份精进叫好，也愿意为认真写作的作家和批评家提供更多的机会，为他们鼓和呼——尤其，对河北的年轻作者们。我们可以理解为职业使然，职务使然，但如此理解肯定是狭小了。偶尔，她也会抱怨自己的"多事儿"，然而在抱怨之后她也依然"乐此不疲"，不肯只做份内而落得轻松。这里当然可以举例说明，我的手上有太多这样的例子，而她在举荐青年小说家和诗人的时候也多会对我提出要求，"你也帮帮他们，他们需要鼓励。扶一下，也许就上去了，有自信了"。在这时，她说的最多的一个词是，成全。她乐得成全那些有才情的写作者，乐得成全那些认真做事的写作者，也乐得成全那些有某些小小偏执、个性和非常才能的写作者。更为让我尊重的是，她做这些，致力做这些，却并未得到什么，当然也不摆功、不显功，从不标榜自己的所做。许多人在多年之后依然不知道当时得益于金赫楠的力荐，很可能他们记住的是另外的人，另外一些人……

在这篇印象记里我所谈到的都是生活里的金赫楠，关于她的文学批评，关于她批评的批评，基本上我没说一字——其实以我的性格我大约更愿意多谈文字里的金赫楠。在文字里的金赫楠——我有两篇文章都写到了,她和王力平都嘲笑我"完全是在说自己""至少一大半在说自己":我不以为他们说的是真的。反正,对我的攻击已经持续了十多年,我想很可能还会继续下去,在写下这段文字的时候,我竟然有些感动于旧日的争吵,心动,心酸。